DUMONT

STEEN T. KITTL CHRISTIAN SAEHRENDT

Du hast die Haare SCHÖN!

FRISCH FRISIERTE WEISHEITEN FÜR SIE UND IHN

DUMONT

Unseren herzlichen Dank an:
André Märtens, Angela, Annett Eßer, Anthony Llobet, Bernd Kramer, Boris Entrup, Christa, Christiane Buchholz, Christian Janecke, Christopher, Dennis Creuzberg, Elke Hausmann, Fabienne Hargarten, Gabriele Zander, Gilles D., Hans-Jürgen Dzwikowski, Ines Hammer, Iris Schomaker, Janette M., Jason Hsu, Joy Gebhardt, Jörg Leupold, Karla Schmidt, Katharina Fischer, Kerstin Großbröhmer, Martina, Neele und Nele, Peter, Raquel Esteban, Renate, Sabine Granners, Sabine Steuerwald, Sarah Hunger, Sarah Niehaus, Selina Byfeld, Sophia, Stephanie D., Tobias Sommer, Valerie Pohl und viele lieber ungenannt Bleibende für ihre Hilfe und Anregungen.

INHALT

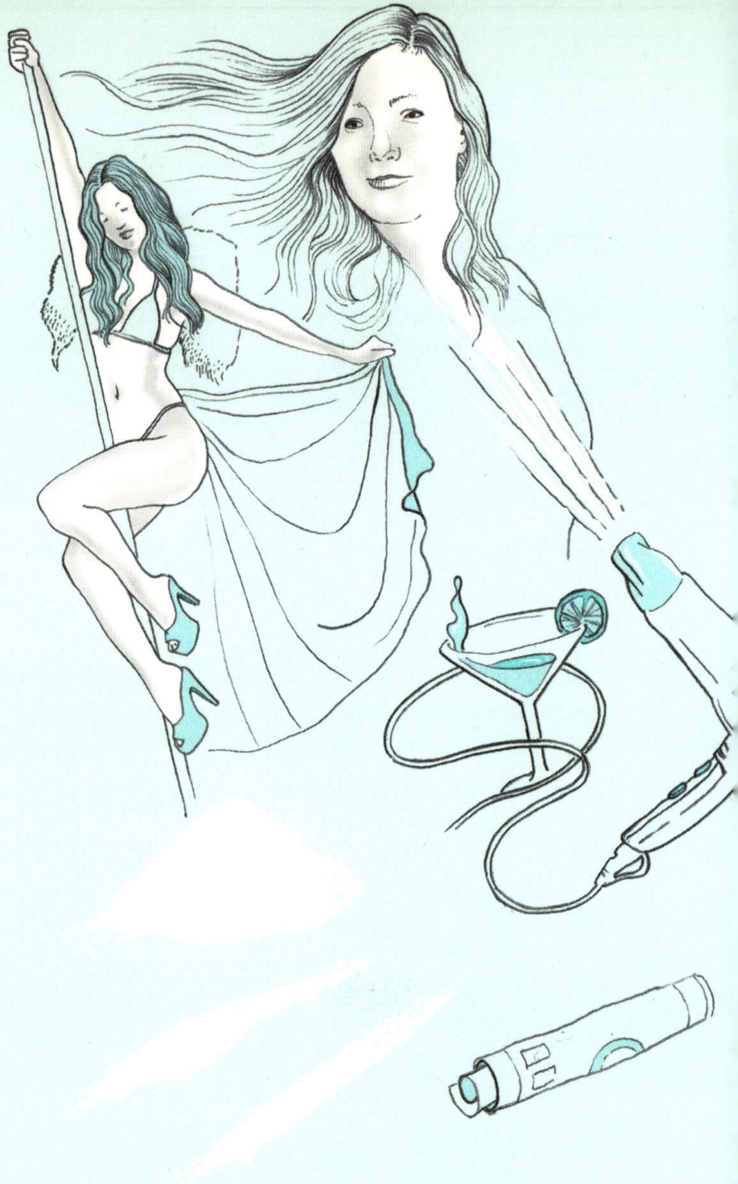

KAPITEL 1
BAD HAIR, GOOD TIMES?

Ich treffe Gilles in seinem geräumigen Loft im Marais, einem aberwitzig teuren Stadtteil von Paris, in dem die Menschen sonst in Wohnungen leben, die sich räumlich eher an den Hutschachteln der Madame de Pompadour orientieren. Betäubende Elektrobeats stöbern durch die rauchige Luft. Ich komme auf Empfehlung meines amerikanischen Freundes Christopher, der sich seit Jahren von Gilles die Haare machen lässt und hier ein beneidenswert freies Leben als ewiger Student und Mann für gewisse Stunden vernachlässigter Pariserinnen führt. Wer es so weit in der Stadt der Liebe bringt, der muss etwas richtig machen, denke ich braver deutscher Großstädter und lausche immer wieder voller Neid, wenn Christopher seine neuesten Eskapaden zum Besten gibt – ein Amerikaner in Paris. Mein sonstiger Freundeskreis ist so kultiviert und etabliert, dass postpubertäre Prahlereien mit Sexgeschichten ganz sicher in die soziale Isolation führen würden. Wenn ich daheim mit einem Kumpel etwas trinken gehe oder ein Grillnachmittag mit Familienanschluss ansteht, dann reden wir eher über Themen wie das Abzahlen unserer Kredite, ob Ryan Gosling besser aussieht (oder schauspielert) als Michael Fassbender oder umgekehrt, ob man sich mal wieder nach einem neuen Job in einem etwas weniger irren Irrenhaus umschauen sollte, oder darüber, ob man lieber einen Sporturlaub auf den Kanaren macht oder eben – nach Paris fährt, um einen alten Freund zu besuchen. Christopher lebt nun schon seit Jahren dort. Einmal hat er wegen seiner chronischen Geldprobleme gedroht, das teure Paris zu verlassen, da wollten gleich drei seiner weiblichen Bekanntschaften mit finanzieller Unterstützung für seinen Verbleib sorgen. Ich bin bis heute nicht hinter sein Geheimnis gekommen.

»Du siehst scheiße aus!« Ich schaue in den kleinen, schief hängenden Spiegel in Christophers winzigem Bad und komme auch auf den zweiten Blick zu keinem versöhnlicheren Urteil. Nach einer weiteren unruhigen Nacht auf dem faltigen Besuchersofa haben sich noch tiefere Gräben in meine ohnehin schon grantig wirkende Visage gezogen. Die Haare sind ein einziges Elend. *Bad hair, good times* – das funktioniert bei mir nicht. Schließlich bin ich zum Feiern hier in Paris, der Geburtsstadt der modernen Friseurkunst, der Liebe und der – ja, sagen wir es ruhig – gepflegten Männlichkeit. Anders als in Deutschland, wo ein Mann, der gesteigerten Wert auf sein Erscheinungsbild legt, schnell mit dem zum Schimpfwort verkommenen Adjektiv »metrosexuell« belegt wird – für viele längst ein Synonym für »tuntig« –, darf sich der Mann in Frankreich, und erst recht in Paris, ungestraft herausputzen, ohne gleich als Pfau zu gelten.

Heute Abend muss ich gut aussehen, mein schwammiges Französisch wettmachen – durch ein gestochen scharfes Erscheinungsbild, das den Eindruck von Energie und wilder Entschlossenheit vermittelt. Und da ich weder zum Womanizer, Girl Magnet oder gar Aufreißer tauge, sondern in jeder Hinsicht den Durchschnittsmann westlicher Komfortzonen repräsentiere, verspreche ich mir von Gilles' Künsten einen echten Schub für mein Selbstbewusstsein in Sachen Wirkung auf das weibliche Geschlecht. Meine Hoffnung: Schönheit ist heute kein Schicksal mehr, sondern, auch ohne Skalpell, machbar. Dabei bleibe ich Realist und weiß, dass ich in diesem Leben den Olymp der Dreamboys nicht mehr besteigen werde, wo etwa Brad Pitt, George Clooney und Clive Owen für die distinguierte Dame posieren, während Chris Hemsworth, Channing Tatum und Taylor Kitsch ihre Waschbretter für die bodenständige Lady ölen. Nur kann ich hier niemanden mit inneren Werten oder mühsam antrainierten Derrida-, Foucault- und Bernard-Henri-Lévy-Zitaten auf Deutsch beeindrucken. Lévy, unter dem Markenlabel »BHL« bekannt, sieht übrigens stets unnachahmlich gut aus, als hätte er seinen schweren Kopf nach dem Mittagsschlaf aus einem tiefen Kissen gehoben, wodurch ein Teil seiner Haare in eine etwas exaltiert wirkende Spannungslage geraten ist

– ein idealer Philosophendarsteller. Meine Haare hingegen streben wie eine kakofonische Sound-Installation in alle erdenklichen Richtungen, nur nicht harmonisch zusammen. Von einer Frisur kann eigentlich keine Rede mehr sein. Das ist der Moment, in dem einem klar wird: Jetzt muss sofort etwas mit deinen Haaren geschehen! Ein typisch weiblicher Gedanke? Selbst als hochreflektierter, alternativkulturerprobter, postmetrosexueller und *queerculture*-zumindest-nicht-unaufgeschlossen-gegenüberstehender Genussmensch, der in New York einstmals nicht nur im ›Limelight‹, sondern auch im ›Splash‹ getanzt hat, spüre ich hier mit Unbehagen eine gewisse Verunsicherung, was mein Selbstbild als Mann betrifft.

Und jetzt grinst mich Gilles an, *ready to perform* …

VERWIRRUNG IN DER MÄNNERWELT

Meine Suche nach den geheimen Quellen der Schönheit und nach dem Rätsel ihrer Macht über uns – das wird mir am Ende dieses unvergesslichen Tages in Paris klar sein – wird noch viele Wendungen, Irrwege und Abschweifungen bieten. Auch als Mann treibe ich im Strom des Verschönerungsbooms, ohne mir das eingestehen zu wollen. Es herrscht Verwirrung in der Männerwelt – oder nur bei mir? Mein letzter Friseurbesuch in Berlin war dafür wieder mal bezeichnend. Ich bekomme ein »Haarbad« (hier heißt es nicht profan »Haarwäsche«) inklusive einer ausgiebigen Kopfmassage. Gerade fällt der Alltagsstress von mir ab, da fragt mich die blutjunge und bildhübsche Auszubildende, die ich wortreich für ihre Power in den Fingern gelobt habe, doch tatsächlich, ob sie mir auch die Augenbrauen zupfen soll.

»Wie bitte?«

»Wünschen Sie eine Augenbrauenkorrektur?«

»Äh, ich gebe zu, die sind vielleicht etwas buschig, aber … haha … nee, lieber nicht.«

Da war der Stress schon wieder voll da. War es die letzten Jahrhunderte eher der männliche Blick, der den Frauen diktiert hat, was eine schöne Oberfläche und eine schöne Pose ist – bzw. der noch strengere Blick der Konkurrentinnen –, stehen jetzt auch die Männer unter verschärfter Beobachtung. Im Alltag sind sie nun immer stärker dem Urteil einer selbstbewussten weiblichen Jury ausgesetzt, von der Schwiegermutter bis hin zur Kollegin. Und es wird noch schlimmer, denn es soll das Jahrtausend der Frauen werden, hat kürzlich irgendwer gesagt. Dann muss ›mann‹ natürlich mehr bieten als Muckis und Moneten. Der Anforderungskatalog hat sich erheblich erweitert und lässt sich nicht mehr auf die Fragen »Player oder Loser?« und »Waschbrett oder Waschbär?« reduzieren. »Lieber einen Tag als Tiger als tausend Jahre lang als Schaf« – ein Lebensmotto von gestern, wie aus Großvaters Rock 'n' Roll-Antike. So ein kuscheliges Schaf im Streichelzoo hat es doch gar nicht so schlecht, die sanfte, konsensorientierte Tour mögen doch auch die meisten Ladys, denken da viele Typen – die, die nicht den ganzen Tag Gewichte stemmen und nicht mit Tattoos aufwarten, die flächenmäßig den Fresken der Sixtinischen Kapelle Konkurrenz machen. Aber Schluss mit dem Gejammer, schließlich lasse ich mich gerade von einem der angesagtesten Friseure von Paris auf Vordermann bringen. Aufbruchstimmung! Aufbruch okay, aber wohin?

Ein Buch (wie dieses hier beispielsweise) zu lesen hat immer auch etwas von einer Begegnung, vielleicht sogar von einem *Date*. Leser und Leserinnen begegnen Autorinnen und Autoren, und oft entscheidet sich schon auf den ersten Seiten, ob daraus was wird – eine Liaison, die zumindest bis zur letzten Seite hält. Stil, Sympathie, Humor, Gefühl – das alles kommt im gedruckten Wort zum Ausdruck. In der heiklen Anfangsphase, wenn man sich gerade kennenlernt, wie im Moment wir beide, Sie und ich, sollte man als Autor oder Autorin auf keinen Fall mit wirren oder extremen religiösen oder politischen Thesen kommen, ebenso tabu sind Kalauer, plumpe Anbiederungsversuche oder abseitige Verschwörungstheorien. Nur zu verständlich, wenn Sie dann annähmen, ich hätte nicht mehr alle Pfeifen in der Orgel, und schleunigst das Feld räumten. Aber da wir nun schon einige Buchseiten lang miteinander auskommen, scheint unsere Beziehung doch einigermaßen stabil zu sein, und man kann auch mal riskieren, vom netten Small Talk zu einem wirklich brisanten Thema überzugehen: Was sagt eigentlich Gott zum Thema Haare?

Da sind zunächst mal ein paar auffällig frisierte höhere Wesen, sei es das himmlische Geflügel mit herrlich fließenden Goldlocken, sei es der unvermeidliche Jesus, dessen lange Haare bis heute – ob bei Musikern, Bikern oder Schauspielern – zumindest eine starke Inspiration geblieben sind. Reden wir über den ersten Struwwelpeter der Geschichte, über Esau, der wegen seines wilden, unkontrollierten Wesens von der Mutter und dem Bruder übervorteilt wurde und zugleich den Anspruch verlor, in der Bibel weiter mitzuspielen. Irgendwer muss das richten und im Zweifel ein Friseur. Der oberste dieser Gattung ist – Überraschung! – Gott *himself.* Das weiß ich noch aus der Konfirmandenzeit, ist zwar schon sehr lange her, aber manches brennt sich dann eben doch auf der Festplatte so ein, dass man es *jederzeit* abrufen kann. »Jederzeit« heißt übrigens im hohen Alter dann tatsächlich jederzeit, also ständig und wiederholend. Wieso ausgerechnet das und nicht etwas anderes – das wird noch lange ein Rätsel der Hirnforschung bleiben.

Zurück zum Thema: Es war also Gott persönlich, der den hochmütigen Töchtern Zions die Locken abschnitt (Jesaja 3, 16–24). Sie hatten es vielleicht etwas übertrieben mit dem Beauty-Ding und darüber Gott ein bisschen links liegen gelassen. Allgemein hat der Allmächtige laut Bibel aber nichts gegen gutes, gepflegtes Aussehen. Kann man eine höhere Autorität herbeizitieren, um zu belegen, dass der Friseur seit Urzeiten ein prädestinierter Mittler zwischen Mensch und Welt, ein Streiter gegen unsere naturgegebene Neigung zum ästhetischen Sündenfall ist? Wen die Bibel nicht überzeugt, der kann sich bei Joanne K. Rowling an eine jüngere Instanz wenden. Im zweiten Teil der Harry-Potter-Reihe stellt sich der eingebildete Star-Zauberer und Lehrer in Hogwarts, Gilderoy Lockhart, seinen Schülern vor und prüft sie mit einem umfassenden Fragebogen auf ihre Kenntnisse über ... ihn selbst. Streberin Hermine Granger schneidet bei dem Test natürlich am besten ab. Sie kennt sogar die geheimsten Wünsche des Zauberers von Weltruhm: »Die Welt von allem Bösen zu befreien und meine eigene Serie von Haarpflegeprodukten zu vermarkten.« Wer will das nicht?

Der Friseur als Medium unseres Willens zur Zivilisation – dieser vielleicht etwas pathetische Gedanke geht mir durch den Kopf, während ich bei Gilles auf einem himmlisch bequemen Friseurstuhl sitze und die Augen für einen Moment geschlossen halte. Gilles' unverschämt gutes Aussehen und sein dreistes Lächeln, das er gleich bei der Begrüßung in mein Universum schiebt, haben mich verunsichert. Dennoch ahne ich, dass ich bei ihm in guten Händen bin.

Für mich ist es immer wieder ein irritierender Moment, wenn ich vor einem großen Spiegel Platz nehme und gezwungen bin, mich anzusehen. Zu Hause habe ich nur einen kleinen Spiegel im Bad, der mir jeden Morgen wie ein unbestechlich kühler Wissenschaftler meine Makel präsentiert. Es ist wie ein anstrengendes lebenslanges Seminar, in dem wir lernen müssen, dass es keine Makel sind, sondern nichts anderes als biologische Zeitansagen. Am Ende sind wir alle dann kostbare Uhren mit irre vielen Komplikationen. Sammlerstücke.

Gilles schiebt eine Anekdote ein, weil er spürt, dass ich Probleme habe, mir selbst, obendrein mit nassen Haaren, zu gefallen.

»Mit den Spiegeln ist das so eine Sache. Ist noch gar nicht lange her, da habe ich Natalia Vodianova für ein Shooting gestylt. Erst läuft alles gut – sie fühlt sich wohl, schaut in den Spiegel, mag sich. Valentino ist auch da und schaut: ›*Wow, amazing*‹, sagt er, und dann, als ich mit den Haaren und dem Make-up fertig bin, holt sie plötzlich ihren eigenen Riesenspiegel aus der Handtasche und inspiziert jedes noch so kleine Detail. Sie guckt auf ihren Mund, mit dem sie prüfend grimassiert, zieht die Augenbrauen zweifelnd zusammen und macht ›Mmmmmh ... ‹. Plötzlich kommt Valentino wieder, schaut auf die Vodianova, wie sie eine Schnute zieht, und ändert plötzlich seine Meinung – ›*It's true, it's not very good.*‹« Gilles seufzt.

»Das ist manchmal echt hart, diese Fashion People zu managen.«

Was will er mir damit sagen? Dass ich ein vergleichsweise harmloser Fall bin? Das finde ich gar nicht. Es ist natürlich hochgradig lächerlich, sich als Mann mit einem weiblichen Supermodel zu vergleichen. Aber wenn man jetzt mal die Evolution inklusive nachfolgender Kulturgeschichte in Anschlag bringt, die wir alle in uns tragen, dann ist die Krux mit dem Aussehen, also die Frage, welches Selbstbild wir haben bzw. welches Wunschbild wir von uns selbst mit uns tragen und wie unsere Oberfläche das ausdrückt, für fast jeden eine Herausforderung. Schließlich ist das Aussehen ja nichts für die Ewigkeit, es ist ständiger Veränderung unterworfen, und je näher der Verfall rückt, um so verzweifelter versucht man, einen bestimmten Zustand möglichst lange zu konservieren.

FRISCH FRISIERTE ZWILLINGE IN DER BADEWANNE

Wo waren wir? Gott, wird das langsam unübersichtlich! Ich schließe wieder die Augen, während Gilles an mir arbeitet, und schlüpfe gedanklich in die Haut eines Urmenschen. In irgendeiner Höhle erwache ich vom Wasser, das von der Decke tropft. Das war dann auch schon die kleine Morgentoilette, für die große trete ich aus der Höhle ins Licht. Die Vögel zwitschern, Bienen summen von einer Blüte zur anderen. Ein schönes Bild. Und wie sehe ich aus? Wie einmal mit dem Mixer gekämmt. Der Urmensch hatte keine Frisur, vermutlich nicht mal einen Haarschnitt. Er hatte Hunger. Keine Zeit für »Beauty« oder »Grooming«, zumal das Leben im Durchschnitt nach 27 Jahren schon wieder vorbei war. Da hat man heute vielleicht gerade seinen persönlichen Stil gefunden. Es wird von der Wissenschaft leider nicht ausreichend gewürdigt, aber die Entdeckung des Menschen, dass die Haare auf seinem Kopf kein Fell (mehr) sind, rangiert zivilisatorisch mindestens auf gleicher Höhe wie die Entdeckung des Feuers. Und beides ist bis heute nicht mit hundertprozentiger Sicherheit zu kontrollieren. Die Haare mit ihrem eigenen Temperament und ihrer individuellen Beschaffenheit sind unser erstes körpereigenes Gestaltungselement, mit dem wir eine skulpturale Chiffre von uns selbst formen. Wenn in Steckbriefen, Literatur und selbst Popsongs eine Figur beschrieben wird, steht an erster Stelle das Geschlecht, an zweiter Stelle oft die Größe und dann schon die Haare.

»Welchen Beruf hat eigentlich dein Friseur?« oder »Wann kommt endlich dein Friseur aus dem Knast?« Solche unsensiblen Kommentare musste ich mir früher von Verwandten anhören, weil ich ab 14 und bis in die frühen Zwanziger keinen Friseur an meine Haare gelassen habe, sondern selbst mit der Nagelschere für Kontrolle und improvisierte Ordnung sorgte – eine Tätigkeit, die etwas von gärtnerischer Hobbyarbeit hatte und beinahe täglich ausgeübt werden musste. Dabei ging es damals wie auch heute vor allem darum, einen authentischen Ausdruck für sich selbst zu finden; aber »authentisch« heißt nicht, die Haare so zu belassen, wie sie von Natur aus wachsen. Das dürfen nur Grizzly Adams oder Waldschrate. Da ist das authentisch und zweckmäßig, allein schon, um sich mangels Alternativen mit wilden Tieren zu befreunden. Menschen brauchen Freunde. Aber als zivilisierter Bewohner urbaner Kulturlandschaften sollte man deshalb nicht hinter die Hygienestandards für Haustiere zurückfallen.

Aber, und das ist ein großes ABER: Wie viel Arbeit unser Erscheinungsbild auch immer macht – es soll möglichst natürlich aussehen. Menschen, die sehr auf Äußerlichkeiten achten und deren Look etwas Artifizielles umweht, setzen sich schnell dem Vorwurf aus, oberflächlich zu sein. Für meine Stammfriseurin Sabine Granners, in ihren Lehrjahren war auch sie in Paris und absolvierte dort eine Art Bootcamp für Friseure, ist Deutschland nach wie vor ein Entwicklungsland, wenn es darum geht, das ästhetische Äußere auch mit einem geistreichen Wesen in Verbindung zu bringen: »Warum wird hier ein Widerspruch gesehen? Warum wird jemand, der viel Wert auf sein Äußeres legt, als eitel abgetan?«

Eigentlich ist es ja anders herum, denn letztlich macht er sich vor allem für die Leute zurecht, die sich ihm nähern und das vielleicht sogar müssen – keine Seltenheit in einer Dienstleistungsgesellschaft. Ich kenne niemanden, der sich nur »für sich selbst« schön macht, auch wenn das viele behaupten. Wer einen gemütlichen Tag zu Hause ohne physischen Weltkontakt verbringt, findet sich doch meist nicht wie aus dem Ei gepellt, sondern aus dem Bett gequält mit Zauselhaar und wenig repräsentativen Klamotten ganz passabel für den Tag gestylt. Insofern ist ein Kraut-und-Rüben-Look, oder sagen wir: ein Look, der weit hinter den Möglichkeiten der jeweiligen Person bleibt, auch kein Ausdruck für Charakterstärke und geistige Tiefe, sondern signalisiert eine ganz perfide Eitelkeit, denn *erstens* wird so ganz elitär eine Sonderbehandlung eingefordert. Die Mitmenschen müssen mehr Wohlwollen und Größe aufbringen, um mit jemandem in Kontakt zu treten, der ein imaginäres Schild um den Hals trägt, auf dem »Leck mich!« steht. Und *zweitens* sollen wir einfach mal annehmen, der Kontakt lohne sich, wenn wir uns dann endlich durch ein Dickicht unangenehmer Impressionen gezwängt haben.

Mein etwas überpflegter Kumpel Sascha, neben Christopher der einzige Mann, mit dem ich über Beautythemen sprechen kann, ohne mich lächerlich zu machen, sieht das noch viel drastischer: »Einmal habe ich einen Kunden im Meeting gehabt – ich wäre fast umgekippt, so einen Mundgeruch hatte der. Ich konnte mich nicht entscheiden: Soll ich ihm Zahnseide anbieten oder die Leute vom *Guinness-Buch* anrufen? Wie soll man da smalltalken? Dann sehe ich so weiße Flocken in seinen Haaren, und ich frage: ›Schneit es draußen?‹ Dann erkenne ich aber gerade noch rechtzeitig, dass es Riesenschuppen sind und wechsele schnell das Thema. Beim Lunch dann fühlt er sich pudelwohl, zu wohl jedenfalls, und fängt an zu quatschen: ›Na, bei euch sind ja ganz schön viele Schönlinge in der Firma unterwegs – braucht ihr da überhaupt 'ne Heizung?‹ Ich sage dir, manchmal ist mein Gehalt echtes Schmerzensgeld.«

Ich kenne natürlich auch viele Männer, die laufen in absurd teuren Turnschuhen herum, doch der Haarschnitt darf maximal acht Euro kosten, wenn überhaupt, und dann aber bitte nur alle drei Monate. Dass die eigene Frisur auch ein Zeichen von sozialem Denken, ja von Mitmenschlichkeit sein kann – dieser Gedanke ist ihnen völlig fremd. Ich meine, es muss auch nicht so sein, dass man vor lauter Shampooflaschen nicht mehr bis zum Klo durchkommt. Aber bitte! Das ist schon ein krasser Widerspruch zwischen der Entwicklung dieser ganzen *Convenience* im Alltag mit Quite-Flush-Toiletten inklusive automatischem Deckelheber, Gesäßdusche, Warmluftgebläse und katalytischer Selbstreinigung, elektrischen Zahnbürsten mit 3-D-Reinigungstechnologie, Kieferquadrantenführung, smarter Pulsationsregulierung, Sensitiv-Modus und dreifacher Andruckkontrolle, Waschmaschinen mit vollelektronischer Einknopf-Bedienung und TouchControl-Tasten, Durchflusssensor, ressourcenschonendem Wassermanagement, Schaumerkennung, stufenloser Mengenautomatik und Unwuchtkontrolle – und dann diese Degeneration der

Alltagsfrisur hin zum Megapraktischen, aber leider auch Megaunansehnlichen. Dabei sollten die Leute durch die technischen Fortschritte doch Zeit gewinnen. Aber was machen sie mit dieser Zeit? Sie pflegen lieber ihr Auto als ihren Körper, ihren Rasen liebevoller als die eigenen Haare – was ist da schiefgelaufen in der Kindheit?

Fest steht: Mutwilliges Verlottern sollte ein Privileg der von Pubertätskrisen gequälten Kids bleiben. Als ungepflegter Erwachsener gilt man nur noch als optische Nötigung. Das hatte selbst ich Anfang 20 begriffen und bin nach Jahren der Abstinenz wieder zum Friseur gegangen.

Beinahe wäre es auch das letzte Mal gewesen, denn ich war für das Studium gerade in eine fremde Stadt gezogen und in den erstbesten Salon gestolpert. Die Tür quietschte noch erbarmungswürdiger als das Bett meiner WG-Mitbewohnerin Renate, wenn ihr Freund aus Klein Schnakenbek zu Besuch kam (mit ihr bin ich bis heute befreundet und suche auf meinem Irrweg über das Feld des Schönheitsspiels mehrfach ihren Rat). Im Salon selbst war alles vergilbt, seit 1933 war hier wohl nicht mehr renoviert worden. Zigarettenqualm lag in der Luft, so schwer, dass der Friseur, ein fahles Männlein mit schlohweißem Haar, bei meinem Eintreten Mühe hatte, sich von einem der sechs leeren Stühle zu erheben. Früher, ganz früher, war hier wohl mal mehr Leben gewesen. – »Geht gleich los« waren seine Worte, als er eine Schublade aufzog. Ich dachte, er holt sein Werkzeug heraus, doch er drückte dort nur seine Zigarette in einem Massengrab für Kippen aus und schob beinahe lässig, als wäre das der normalste Aschenbecher der Welt, die Lade wieder zu. Wohl um seine Autorität als Friseur zu untermalen, trug das Männlein einen weißen Kittel und spielte damit auf die historische Tatsache an, dass Barbiere und Chirurgen einst in einer Gilde vereint waren und der Barbier oft auch chirurgisch tätig war. Im 16. Jahrhundert kam so Ambroise Paré am französischen Hof Heinrichs II. zu Ruhm.

Das Weiß des Kittels meines Barbiers hatte sein Strahlen durch die Anziehungskraft unendlich vieler Haarsprayschichten eingebüßt, doch aus der Brusttasche stach – einer Drohung gleich – ein frisch gespitzter Bleistift heraus. Will der seinen Schnitt anzeichnen oder was?, dachte ich ängstlich.

Der Besuch bei einem fremden Friseur kann ja auch Überraschungen in technischer Hinsicht bringen. Immerhin war ich mir sicher, dass er meine Haare nicht – wie in der Steinzeit der Friseurkunst – nass an den Nacken kleben würde, um dann eine gerade Linie zu schneiden. Denn er kam gleich zur Sache und schnitt meine Haare trocken, pieferte hier und da zwar mal mit dem Vaporisateur, machte aber den Eindruck, als stünde er unter Zeitdruck. In dem Alter vielleicht normal. Eigentlich bin ich ganz froh, dass Friseure und Chirurgen heute nichts mehr miteinander zu tun haben, wenngleich die Schönheitschirurgen immer noch darauf herumreiten und sich mit ihrer Spezialität der Haartransplantation etwas vom Glamour des Coiffeurs ergaunern wollen.

Dass der Salon direkt gegenüber einem Friedhof lag, fiel mir erst auf, als ich schon auf dem Stuhl saß und bis auf den Kopf unter dem schwarzen Kabinettumhang verschwunden war. Mit Mühe konnte ich durch das trübe Schaufenster die träge schaukelnden Zweige der Trauerweiden erkennen. Ich fragte mich, ob dieser Friseur sein Geld weniger mit den Lebenden als mit den Toten verdiente und deswegen so wenig Wert auf das Interieur seines Salons legte. Vielleicht frisiert er im Hinterzimmer die Leichen, bevor die Hinterbliebenen Abschied nehmen, schoss es mir durch den Kopf. Das wäre für so manch Trauernden ein zusätzlicher Schock gewesen, denn als ich den Salon verließ, hatte ich einen verboten kurzen Fassonschnitt, der mich eher als Statist für eine Kriegsfilm-Produktion empfahl denn als ambitionierter Student gleich mehrerer Laberfächer. Aber leider belästigte Kultregisseur Quentin Tarantino damals noch als Videothekar hübsche

Kundinnen mit Porno-Empfehlungen, statt in Potsdam mit *»Inglourious Basterds«* den Ausgang des II. Weltkriegs zu korrigieren. So provozierte ich an der Uni für eine Weile unangenehme Blicke und Kommentare. Aber die Toten meckern nicht, und ich selbst habe mich ihrem Schweigen angeschlossen. Bis heute. Wer hätte geahnt, dass an diesem unwirtlichen Ort gegenüber dem Friedhof, an dem die Berufung des Friseurs als Diplomat der Schönheit ad absurdum geführt wurde, meine Odyssee auf der Suche nach der richtigen *self-expression* begann?

Man kann sagen, mein Weg in den kleinen, feinen Kreis von Gilles' Privatkunden in Paris begann ganz unten. Jetzt sitze ich hier in seiner Wohnung; sonst schneidet er bei seinen Kunden zu Hause, aber sein Ego passt nicht in die winzige Wohnung meines Kumpels. Gerade hat er noch Juliette Binoche, Courtney Love und Kirsten Dunst frisiert, um sie für die Partys der Filmfestspiele in Cannes schön zu machen.

Aber auch Gilles hatte es anfangs nicht leicht. Heute frisiert er zwar Stars und Models für die großen Magazine, aber bis dorthin war es absolut kein Zuckerschlecken:

»Erfolg als Stylist in der Fashion-Szene – da musst du durch Phasen, in denen es verdammt schwer ist, überhaupt Geld zu verdienen. Oft tauschst du deine Dienste für das Foto eines bekannten Fotografen, das du dann in die Mappe mit deinen Referenzen nehmen kannst.«

»Und wovon hast du in der Zeit gelebt?«

»Ach, ich habe ein paar Leute getroffen, zufällig, die mich gefragt haben, ob ich die Tänzerinnen eines Lap-Dance-Clubs in Paris vor ihrem Auftritt stylen würde. Das Pink Platinum war der erste Club dieser Art in Frankreich und ich quasi der erste Striptease-Coiffeur ... das war ein Riesenerfolg.«

»Wozu brauchen die denn einen Friseur im Striptease-Club? Geht's da nicht um was ganz anderes?«

»Nein, die stylen sich immer vor der Show, ist doch klar. Die haben ganz kleine Ecken mit Spiegeln in den Umkleideräumen, wo die das normalerweise selbst machen. Aber wenn dann einmal ein Profi da war, der im Fashion-Bereich unterwegs ist, der das für 20 Euro anbietet, dann wollen die darauf nicht mehr verzichten – das ist nicht viel für die Tänzerinnen, die machen am Abend auch mal 3.000 Euro, manchmal habe ich sogar 50 Euro Trinkgeld bekommen, nur fürs Föhnen – damit ich einen guten Job mache. An guten Abenden bin ich mit 600 oder 700 Euro nach Hause gegangen – und immer einem anderen Girl.«

Ich sehe meine Augen weit aufgerissen im Spiegel vor mir und fühle mich wie eine kleine graue Maus. Der Friseur, das unbekannte Wesen. Gilles' Offenbarungen werden im Lauf des Abends immer bizarrer. Vorsorglich sichere ich ihm Diskretion zu. Ist er einfach nur ein Angeber, wenn er vom Pink Platinum erzählt oder von wildem Sex mit frisch frisierten Zwillingen in der Badewanne oder von *Lines* mit Koks, so lang wie Schnittlauchstengel, die er sich angeblich mit langjährigen Kunden gönnt?

Mann, denke ich, hier geht es doch darum, mein Ego ein bisschen aufzubauen – und nicht runterzuziehen. Aber ich bleibe stumm, lächele verständnisvoll und rutsche etwas nervös auf dem Stuhl umher. Gilles interpretiert es wohl als Ungeduld und legt nach: »Wenn du einer Frau die Haare schneidest und sie dabei nicht mindestens einmal begehrst, ist es schwierig, ein gutes Ergebnis zu erzielen. Dann wirst du deinen Job nicht gut machen.«

Auf einer späteren Reise nach Spanien konfrontiere ich Anthony Llobet – britischer Starfriseur, der in Barcelona fünf Salons betreibt und in Madrid für Shows frisiert – mit dieser verrückten These. Ich merke, wie er sich dem Charme von Gilles' Überzeugung nicht ganz entziehen kann, aber er relativiert lächelnd: »Meine älteste Kundin ist über 80. Sie könnte meine Großmutter sein. Da kann ich nicht wirklich von Begehren sprechen.«

Da zählten andere Dinge, die auch wichtig sind. Zuhören, bestätigen, zuhören. Generationen-Diplomatie – behandele Greise stets so, wie auch du als Greis behandelt werden willst. Aber Anthony sagt mir auch, dass man als Friseur von Berufs wegen schon eine Erlaubnis hat, den Sicherheitsabstand, den fremde Menschen zueinander einhalten, zu überwinden und der Frau (oder dem Mann, das ist aber riskanter) einfach mal ins Haar zu fassen, um ihren Look als Experte ins Visier zu nehmen; wie ein Kommissar, der sich zum Tatort begibt und das Absperrband hebt, um drunter durchzuschlüpfen, während die Schaulustigen neidisch dahinter bleiben müssen. Der Friseur überwindet ganz nebenbei das rituelle Problem der Kontaktaufnahme, indem er die Haare der Frau adressiert. Stimmt da was nicht? – »Lassen Sie mich durch, ich bin Friseur!« ... Vielleicht sollte ich das heute Abend mal ausprobieren, um ins Gespräch zu kommen.

Mir wird klar: Typen wie Gilles in Paris und Anthony in Barcelona haben nichts mehr gemein mit der Gestalt des tuntigen Figaros, der Klatsch verbreitend im Salon umherwirbelt, sich selbst kaum ernst nimmt und die Damen mit maßlosen Schmeicheleien eindeckt. Ich denke sogar, dass sich das Vorurteil, männliche Friseure sind praktisch immer schwul, irgendwann mal als präventive PR-Maßnahme der Friseure entpuppt – in die Welt gebracht, um die Männer ihrer Kundinnen nicht unnötig in Aufregung zu versetzen.

PARTY-PRINZEN MIT NEUEM LOOK

Jetzt greift mir Gilles entschlossen ins Haar und schüttelt es ein bisschen durch. Er pflügt mit seinen Fingern noch eine etwas texturierende Creme unter. Mit kühlem Forscherblick begutachtet er das Ergebnis, tippt hier und da noch mit Fingern und Handteller gegen meine Haare und ist zufrieden. Deshalb holt er auch keinen Handspiegel hervor, um mir meinen Hinterkopf zu präsentieren. Mit dieser

Situation bin ich eh immer ein bisschen überfordert. Was soll ich da sagen? Nee, das ist zu kurz?

Mein Vertrauen wurde belohnt. Mein einfallsloser brav-halblanger Cut, der am Morgen wie aus dem Nichts kollabiert war, ist einem fantastisch kultivierten Chaos gewichen – Rock-and-Romance; es ist unglaublich. Und ich bin in einer Stadt, wo mich keiner kennt; das ideale Terrain, um den neuen Look erst mal mit dem Selbstbild vertraut zu machen. Ich schöpfe Mut für heute Abend, als Christopher anerkennende Blicke auf meine Haare wirft. Gilles lässt sich in einem Anflug der Überwältigung durch sein eigenes Genie zu schwärmerischen Gesten hinreißen, die sonst nur italienische Chefköche – *»Mmmh, buono!«* – zum Besten geben. Allenfalls noch Dieter Bohlen, wenn er ein besonders hübsches Flötentalent serviert bekommt. Jetzt habe ich eine Frisur, die mich mindestens fünf Jahre jünger erscheinen lässt, wenngleich das in meinem Alter auch nicht mehr den ganz großen Unterschied macht.

Ausgelassen starten wir zusammen in den Abend, trinken uns quer durch Gilles' Hausbar, man könnte auch sagen »saufen«, aber nicht in Paris. Schließlich machen wir uns auf den Weg ins La Perle, mischen uns unter die Leute. Im Gedränge verlieren wir bald schon den Kontakt zu Gilles; er hat allein sicher mehr Erfolg. Hier brauche ich kein Französisch, aber mein Englisch ist in meinem Zustand auch schon so breit, dass ich es selbst kaum verstehe. Eine Frau wuschelt mir durch die Haare – hat Gilles ihr den Auftrag gegeben, um mich vollends zu überzeugen? Ich traue ihm alles zu. Aber es ist das »Hey, wie süß«-Wuscheln, nicht das »Wow, sexy!«-Wuscheln. War die ganze Mühe umsonst? Die Fashion Week ist in der Stadt, superviele supergut aussehende Menschen pressen ihre Leiber an die Theke, der Alkohol fließt in Strömen. Ich hatte doch noch was vor ... und versuche, gleichzeitig *cool* und *cute* zu gucken, das frisst beinahe meine ganze Konzentration. Mein Kumpel Christopher ist dagegen ein echter Pick-up-Routinier, ständig quatscht er irgendwelche Frauen an, das setzt mich Unschuldslamm ziemlich unter Druck. Da sehe ich das Lächeln einer Frau, keine zwei Meter von mir entfernt. Meint die etwa mich? Ich drehe mich vorsichtshalber um, ob da hinter mir gerade eine Lichtgestalt im Heldenformat – vielleicht Ryan oder Michael? – durchs Partyvolk pflügt, aber nein, hier bin eindeutig ich gefragt! Es ist zwar nur ein »Versuch doch mal dein Glück, du Vogel«-Lächeln, aber was soll's. Ich kratze meinen ganzen Mut zusammen und quatsche sie an.

»Abgesehen vom Gutaussehen ... was machst du so?« Uh, denke ich, das war nicht gut genug.

»Ich warte auf meinen Freund.« Ich schalte einen Gang zurück.

»Und weiß er schon, dass es dich gibt?«

In dem Moment kommt ein französischer Zwei-Meter-Mann mit halblangen blonden, nach hinten gegelten Haaren heran, eine jugendliche Version von Gérard Depardieu, um sein Revier zu verteidigen. Ein rosa Seidenschal verhindert wenigstens den Eindruck, er gehöre einer Rocker-Gang an. Ich wage die Flucht nach vorn, beflügelt von Gilles' Weisheit und der des Alkohols.

»*Salut*, du hast tolle Haare. Wo lässt du sie machen?«, frage ich ›Gérard‹, der irritiert aus der Wäsche schaut, gerade war er noch im Kampfmodus. Ich versuche mich als Friseur im Fronteinsatz.

»Würdet ihr beide mal als Modelle in meinen Salon kommen?« Beide geben mir ihre Telefonnummern, sind nun irgendwie beflügelt von meinem Interesse als ›Beauty-Experte‹.

»*You're such a stylish couple! Très chic, très hip, très sexy!*« Puh, jetzt brauche ich noch einen Drink und überlasse die beiden ihrem Schicksal. Zu fortgeschrittener Stunde fällt mir eine zierliche Gestalt in die Arme, die neben mir beinahe gestürzt wäre. Lautes Lachen, Gläserklirren, aufgekratzte, planlose Erregung rings um uns herum. Die Beats der Musik treiben die Party in eine Sphäre, wo sich die Grenzen zwischen Ich und Du, Mann und Frau, Identitäten verflüssigen. Wir genießen den Augenblick, ich halte ihren Fall auf. Für einen Moment ist nicht klar, wer wen hält, und ich sage »Olàlà!« – es ist mein Kumpel Christopher. Wir sind reif. Fürs Bett ...

KAPITEL 2

HAIR MAGIC IN LITTLE VIETNAM

Du – hast – die – Haare schön, du hast die Haare schön ..., ein hypnotisierend-eintöniger Gesang aus der Ultra-Kurve schallt durchs Olympiastadion, während wir lustlos schales Bier herunterkippen. Auch auf dem Spielfeld passiert wie so oft nichts, was man in Worte fassen oder als »Handlung« beschreiben könnte; »Arbeitsverweigerung« wäre wohl zu hart, »Spiel« zu unernst und »Fußball« ein Euphemismus.

»Du – hast – die – Haare schön ...«, das ist dann die Konzentration auf Dinge, die eben sonst noch wichtig sind. Und ich, frisch aus Paris zurück, bin irritiert. »Meinen die mich?«

»Nein«, beruhigt mich Sascha lachend. »Dann schon eher mich!«

»Oder vielleicht mich?«, grummelt Walter.

Doch es geht weder um meinen Rock-and-Romance-Look, noch um Saschas zur Mitte aufsteigend gestuften Fassonschnitt und erst recht nicht um Walters ausgedünnte Stoppelfrisur – es geht um einen jungen Kerl auf dem Spielfeld, dessen Haare man am ehesten noch als zeitgenössische Interpretation des Sturm und Drang bezeichnen kann; seitlich sind sie ganz kurz rasiert, und oben auf dem Kopf stehen sie in schnittiger Schräge wie eine Al-Saud-Jacht, die bei unruhiger See durch den Wellenkamm emporstößt. Auch ohne Großaufnahme und Zeitlupe erkennt noch der Zuschauer auf den billigsten Plätzen die glitzernde Unmenge von Hightech-Gel in seiner Frisur. Ein einziger Ballkontakt mit dem Kopf wäre eine Katastrophe. Nicht nur für die Frisur, sondern auch für den völlig eingeglitschten Ball – Spielsabotage!

Aber dazu, das ist allen im Stadion klar, wird es heute nicht kommen. Sturm und Drang ist auch hier vor allem Kopfsache. – »Du – hast – die – ...« Schön, schön. Vielleicht sollte man erst mal klären, was überhaupt »schön« ist. Weltweit beschäftigen sich damit unzählige Attraktivitätsforscher, Kulturwissenschaftler, Philosophen, überbezahlte Trendscouts und weiß Gott wer noch. Da habe ich mir natürlich auch mal so meine Gedanken gemacht; eigentlich tun das wir alle jeden Morgen vor dem Spiegel: »Ist da heute ein Hauch Schönheit in deinem Gesicht?« Und wenn ja – wie lange noch?

Klar ist, dass wir alle blitzschnell beurteilen können, wen wir schön und wen wir nicht so schön finden. Das kommt in diesem nervigen Du-hast-die-Haare-schön-Mantra doch ganz gut rüber. Aber natürlich noch viel mehr. Denn es bringt auf einfachste Weise die zwiespältige Haltung der meist männlichen Stimmen zur Schönheit zum Ausdruck. Der Mann von heute macht sich schön oder versucht es; er gibt es aber nicht zu. Er spricht lieber von »gepflegtem Aussehen« und führt berufliche Pflichten als Begründung an.

Als mein sechzehnjähriger Neffe Ruben aus der Vorort-Provinz mal wieder zu Besuch kommt, verpflichte ich mich, ihn in eine Disco am Ku'damm zu begleiten, deren Ruf sie als beliebtester »Ballermann« außerhalb Mallorcas ausweist. Themenschwerpunkt heute Abend: »BOOM!BASTIC GLAM BANG«. Für mich eine echte Überraschung, dass die Frauen mit langen blondierten oder langen schwarz gefärbten Haaren und in einheitlichem H&M-Look kaum Unterscheidungsmerkmale bieten. Dafür gibt es zwischen vielen bauchigen Touristen mit Motto-T-Shirts wie »Fuck you if you can!« oder »Where are the cameras?« auch ein paar Muskelboys, vermutlich aus den Randbezirken der Großstadt, die mit gewagten Stylings auf sich aufmerksam machen. Teilweise sind sie zurechtgemacht wie Paradiesvögel und so stark parfümiert, dass selbst einer Douglas-Verkäuferin der Atem stocken würde. Aber von »Schönheit« würden die wahrscheinlich auch nicht sprechen wollen. Genau wie Karrieremänner oder Selbstverwirklicher würden sie von »gepflegtem Aussehen« sprechen. Am Kopf tragen sie Fade Cuts, teilweise Hairtattoos und Bartdesigns, sofern sie bereits über ausreichenden Haarwuchs im Gesicht verfügen. Baggy Pants sucht man bei denen vergeblich – Ghettoimitation im amerikanischen Stil ist wohl nicht ihr Ding. Sie tragen einen wilden Mix aus Street Wear und Hosen, deren Schnitte an die 80er-Jahre-Popper denken lassen, allerdings sind sie mit Scratches, Prägungen etc. verfeinert. Die Shirts sind mit riesigen Logos, wild geschwungenen Schriftzügen oder Ornamenten bedruckt. Man merkt gleich: Die machen aus ihrem Stil keine Ideologie und wollen auch gar nicht als kreative Trendsetter in den Stadtmagazinen gefeiert werden – das ist was für Akademikerkinder oder Designhochschüler. Um ›entdeckt‹ zu werden, sind sie hier ohnehin im falschen Club. Aber wahrscheinlich wollen sie einfach nur gut aussehen, wenn auch nicht so, wie sich das die Chefeinkäufer von Tchibo oder *GQ*-Redakteure vorstellen. Dafür nehmen diese Typen einige Mühe auf sich. Proleten mit Stil, denke ich, während ich an meinem laschen Gin Tonic nippe und das Mienenspiel meines braven Neffen zu deuten versuche. Natürlich kann man sich leicht über diese explizite Art sich zu stylen lustig machen – »Guck mal, die Picaldi-Prolls. Wie ungeil!« Aber mir ist dieser Abgrenzungsfuror von privilegierten Besserwissern suspekt. Mit Inbrunst pochen sie auf die Stylishness irgendwelcher Marken und *must haves*, von denen sie selbst erst kurz vorher auf irgendeinem Blog erfahren haben. Da stimmt doch was nicht, wenn man sich mit so viel Eifer aufregt und sich von der Masse distanziert. So weit ist es bei Ruben zum Glück noch nicht, er konzentriert sich auf die Girls, aber so, dass ich es nicht mitbekomme, damit ich meiner Schwester Heike, seiner Mutter, nichts petze. Das verletzt mich etwas, aber als *wingman* tauge ich in seiner Altersklasse sowieso nicht …

›NEUE MÄNNER‹ IN DER FANKURVE

Wo wir schon dabei sind: Schönheit ist für die meisten Männer vor allem weiblich und eigentlich nur ein Thema als rezipierender Betrachter. Männer, die schön sind, verdienen damit Geld oder sie sind verdächtig. Der Fußballer ist da ein echter Grenzgänger. Als Protagonist körperlicher Arbeit repräsentiert er das althergebrachte Mannsbild, das sich in erster Linie darum sorgt, dass die Physis (möglichst ohne Schweißgeruch) funktioniert und das Muskelspiel auf Stärke schließen lässt. Als Medienfigur und A-, B- oder C-Prominenter hingegen gehört es zum Job, sich ansehnlich und unverwechselbar zu präsentieren. Und dazu gehören nicht nur Tattoos und rosa Fußballschuhe, sondern auch die Haare. Auch am Rand des Spielfelds wird an der Selbstinszenierung gearbeitet. So hat sich Erfolgstrainer Jürgen Klopp die Geheimratsecken machen lassen – »Ja, es stimmt, ich habe mich einer Haartransplantation unterzogen. Und ich finde, das Ergebnis ist ganz cool geworden, oder?« Für die gegnerischen Fans ist es allerdings eine Steilvorlage. Ganz gleich, wo Klopps Mannschaft nun spielt – überall erklingt das muntere Liedchen von den schönen Haaren. Zu Beginn seiner Coach-Karriere musste sich der Jürgen wegen seiner Brille und Frisur noch als »Harry Potter des Fußballs« titulieren lassen. Und was bei ihm kaum mehr zum Thema gemacht wird, war Jahre zuvor im Fall Silvio Berlusconis noch ein mediales Weltereignis. Denn zum ersten Mal hatte da ein Mann seine Schönheitspraxis unverblümt transparent gemacht, wenn man mal von Harald Glööckler absieht, den man mittlerweile weniger als Mann denn als Gesamtkunstwerk rezipiert. Der mehrfache italienische Ministerpräsident ließ sich allerdings nicht nur aufwendig frisieren, sondern auch körperlich aufmöbeln. Er verwies darauf, dass er diese Mühen auf sich nehme, weil er das Land auf internationaler Bühne vertreten müsse: »Ein politischer Leader hat die Pflicht, sein eigenes Bild zu erneuern« und »sich schöner und frischer zu machen, um ins Fernsehen zu gehen.«

Das gilt für den Jürgen natürlich erst recht, weil er nicht nur Interviews gibt oder als TV-Experte Fußballspiele kommentiert, sondern auch wirbt: für Rasierer von Philips, Süßigkeiten von Ferrero, Zwieback von Brandt, Geschäfte mit der Raiffeisen-Volksbank, Autos von Mitsubishi, Seat und zuletzt Opel, Tapetenkleister von Henkel und Versicherungen von Ergo – bis rauskam, dass führende Angestellte des Versicherungskonzerns in Budapest Sexpartys mit Prostituierten auf Firmenkosten feierten; das allerdings ohne Jürgen.

Noch höhnt und spottet ihr, denke ich, als der Gesang wieder anschwillt. Damit lässt sich die Verunsicherung beherrschen. Denn in meinem Stadionblock erkenne ich ein paar zurechtgemachte Typen, die nicht mit Vereinskutten, 08/15-Jeans und Stoppelhaaren, sondern mit gewagten, stylischen Klamottenkombis, elaborierten Frisuren und Schlaumeier-Brillen aufschlagen. Eine Gruppe von ihnen nicht weit von mir entfernt wirkt wie ein Schmale-Schultern-Wettbewerb. Ihre Bewegungen grenzen sich bewusst von demonstrativen Machogesten ab – körperliche Machtdemonstration haben sie nicht nötig, und das drücken sie mit ihren Outfits aus. Sie kichern, albern herum – nicht sehr männlich. Sie stimmen in die Gesänge ein, ironisieren aber durch betont tiefe Stimmen den Gesang von den schönen Haaren des Fanblocks; ironisch gebrochene Ironie, wer hätte gedacht, dass man so etwas Anspruchsvolles im Stadion geboten bekommt? Gehören sie zu den Vorboten eines neuen Typs Mann, der auf den gesteigerten Schönheitsdruck nicht maulig, sondern schon mit gewisser Souveränität reagiert?

Bisher haben Männer sich mit konventionellen Statussymbolen präsentiert, darunter auch der Schönheit ihrer Frauen. Heute müssen sie selbst schön sein, weil sich die Machtverhältnisse verschieben, sagen die Soziologen. Frauen verdienen ihr eigenes Geld und sind nicht mehr auf Männer angewiesen, um gesellschaftlich eine Rolle zu spielen. Ihre Partner suchen sie nach neuen Kriterien aus. Kein Wunder, dass die Männer nun verstärkt an ihren Features arbeiten, ob sie es nun »Gepflegtheit« oder »Schönheit« nennen, egal.

»Natürlich«, bestätigt Sabine, als sie versuchte, von meinem Pariser Look noch ein wenig in den Berliner Alltag hinüberzuretten,

»heute sind auch die Männer bereit, mehr Zeit auf ihr Äußeres zu verwenden als früher. Das ist auch ein Schutz gegen die allgemeine Gehässigkeit und das stressige Umfeld.«

Aber, liebe Männer, denke ich da, bitte verzichtet auf die Ganzkörperrasur unter der Dusche im Fitnesscenter. Das muss man nicht sehen und das machen die Frauen auch zu Hause. Oder?

Da reißt mich das Gelächter von drei kräftig blondierten Frauen um die 40, eine Tribünenreihe schräg unter uns, aus den Gedanken. Gerade haben sie sich noch gelangweilt, weil auf dem Platz nichts passierte und ihre korpulenten Männer kenntnisreich Vereinsprobleme diskutierten. Jetzt haben sie die adretten Kerle erspäht und lästern aus sicherer Distanz:

»Wat'n ditte?«

»Detlef-Alarm.«

»Also echt...!«

»Nicht Detlef; die heißen doch jetzt Bjööörn!«

»Oder Feeeeeelix ...«

»So heißt mein Hund!«

»Hahaha.«

So engstirnig sehen die doch gar nicht aus, denke ich noch. Einige Nöte der menschlichen Existenz dürften sie auch schon erschüttert haben. Da lernt man, gönnen zu können. Oder auch nicht. Die nächste Lachattacke. Eine der Frauen verzerrt dabei das Gesicht fast schon wie im Schmerz, sie schnappt in kurzen Etappen nach Luft, als wäre sie im Ausverkauf, fängt sich wieder, um ihr Make-up durch allzu heftiges Grimassieren nicht zu zerstören. Offensichtlich irritieren sie die ins Visier genommenen Männer, deren Attitüde den Frauen wohl zu viel Modebewusstsein, zu viel Schönheitssinn signalisiert. Zwischen den vielen prolligen Igelfrisuren fallen diese Typen neuen Typs ziemlich auf. Zugegebenermaßen sind scheckheftgepflegte Männer in den deutschen Stadien eine eher seltene Erscheinung.

Einer der gut frisierten Herrschaften hat seine Freundin dabei, die aussieht wie aus einem *Wendy*-Comic. Die langen Haare hat sie nachlässig zu einem Dutt gebunden, der allerdings so locker sitzt, dass er am Hinterkopf hin und her wippt. Die können die drei Lästerladys doch unmöglich übersehen haben! Aber vielleicht sind die auch gar nicht so ignorant, sondern nur unendlich abgeklärt, der vielen in der Stadt konkurrierenden Lebensentwürfe überdrüssig und darüber auch schon eine Spur giftig geworden; jedenfalls können die Fußballer sie heute nicht mehr animieren. Dankbar nehmen sie deshalb jeden nennenswerten Reiz zum Anlass, um mit der Expertise lebenslangen Trainings im Bild- und Medienkonsum andere Looks, Lifestyles und Taste Cultures zu analysieren.

Die drei da wissen ganz genau, dass andere Leute wiederum – und wohl auch die Männer, über die sie sich gerade lustig machen – über ihre künstlichen Fingernägel lästern würden. Die gelten nämlich weithin als sicheres Indiz für vulgären Trashtussi-Geschmack. Ernsthaft analysiert hat das aber wohl noch niemand. Mir persönlich machen diese Nägel auch immer ein bisschen Angst. Traditionell stellen sie ein Statussymbol dar und drücken aus: Körperliche Arbeit – ohne mich! Allerdings habe ich sie vor 20 Jahren das erste Mal bei einer Supermarktverkäuferin in den Staaten gesehen, die irrsinnig flink mit diesen offensichtlich bombenfesten und mit kleinen abstrakten Gemälden verzierten Nägeln auf die arme Kassentastatur einhämmerte und dabei sehr, sehr cool und unnahbar wirkte. Heute deute ich diese Nägel als Zeichen für ein offensives Schönheitsdenken, das auf Natürlichkeit, Distinktion und Understatement pfeift und stattdessen selbst noch den grellsten Körperschmuck als willkommenes Ausdrucksmittel der Selbstbehauptung ins eigene Erscheinungsbild einbaut. Es ist ja letztlich, historisch betrachtet, auch ein Privileg, sich überhaupt um sein Aussehen kümmern zu können. Die Zeit und das Geld dafür hatten früher nur Reiche. Für die einfachen Leute war es kein Thema, außer sonntags beim Kirchgang vielleicht. Im Setting der Supermarktverkäuferin, mit der obligatorischen Firmenkleidung, umringt von knallbunten Verpackungen und Produktanpreisungen, zehn Stunden Tippen, Einräumen, Umpacken, Stress mit Psychopathen an der Kasse – da würde ›natürliche Schönheit‹ schnell fad wirken. Deshalb, so meine Deutung, setzt sie sich mit neonpoppiger Oberflächengestaltung über das triste Ambiente ihrer Alltagswelt hinweg und bildet gleichzeitig eine Art Schutzschild, der sogar noch die leuchtendste Verpackung, die über den Kassenscanner läuft, aussticht. Da können die Nägel gar nicht lang und bunt genug sein. Und über die bunten Strähnen haben wir noch gar nicht gesprochen.

DAS IST HALT EIN TYP

Wo waren wir stehen geblieben? Dass es hier nur vordergründig ums Fußballspiel geht. Wir sind da, um uns zu zeigen und andere anzusehen. Schönheit ist ein Kommunikationsmittel. Deshalb ist dieser alte Witz vom Mann im Frisiersalon auch so dumm: Fragt der Friseur: »Wie hätten Sie denn gern Ihre Rasur?«, sagt der Mann: »Schweigend!« – ganz falsch! Denn der Friseur ist doch eigentlich ein Profi der Kommunikationsbranche. Er richtet unseren Draht zur Welt neu aus. Darüber muss man doch reden.

Aber das müssen wir erst lernen; damit haben Männer ein Problem. Frauen übrigens auch, wenn die Männer sich dann erst mal warm gequatscht haben, mehr Schuhe als sie selbst haben oder länger im Bad brauchen. Neulich luden meine Exfreundin Wiebke und ihr Mann Wolfram zum Dinner. Wir saßen im niegelnagelneuen Townhouse mit Spitzen-Wohnatmo und tranken supergeilen Wein.

»Der hat 94 Parker-Punkte ...«, sagt der »Wolli«, wie ihn seine Freunde nennen (ich kenne keinen davon), noch bevor wir uns selbst ein Urteil bilden können, und ich überlege, ob er das Kind, das Wiebke demnächst auf die Welt bringt, seinen Gästen alsbald so vorstellt:

»Das ist Mathilda Marie. Sag Guten Abend, Mathilda.«
Und ich pflichtgemäß: »So ein schöner Name.« Innerlich echauffiere ich mich über Mathildas Frisur. Wiebke hat dem armen Kind, obwohl nicht mal im Kindergarten angekommen, schon die gleiche Bob-Frisur verpasst, wie sie Natalie Portman in ihrem Schauspieldebüt als lolitaeske Killerauszubildende an der Seite von Jean Reno trägt. Es war unser erster gemeinsamer Film.

Darauf Wolfram wieder: »Ja, Mathilda mit h.«

Und ich: »Ach so.«

Und er flüsternd: »Mathilda hat 121 IQ-Punkte, neulich war eine Psychologin in der Kita und hat Begabungsdiagnosen gestellt.«

Und ich: »Da bleibt ja nichts mehr für das nächste Kind. Wollt ihr noch einen Jungen? Den könnt ihr dann Léon nennen.«

Und er: »Witzig ..., haha. *Léon, der Profi.* Nee, ich glaube, Mathilda wäre ein Schwesterchen lieber.«

Und ich: »In den Staaten wollen sie angeblich alle nur noch Mädchen. Weil die später wohl erfolgreicher sind.«

Und er: »Sag Gute Nacht, Mathilda. Der Onkel geht jetzt ...«

Das aber nur am Rande.

Ich bringe natürlich auch immer einen guten Tropfen mit, bin aber etwas abgetörnt, als Wolfram zur Begrüßung sein stählernes iPhone zückt und den Strichcode der Flasche scannt, um zu sehen, ob ich mit meinem Gastgeschenk die Einladung auch gebührend zu würdigen weiß. Immerhin sind wir die ersten Gäste im neuen Heim. Und kaum haben wir das superperfekte Rindercarpaccio und das supersmoothe Petermännchen hinter uns (Wolfram übt sich neben seinem stressigen Job als Projektleiter in einer Multimedia-Agentur hobbymäßig als Sternchenkoch), da macht sich Wiebke, deren Steckfrisur für diesen Abend bestimmt eine Stunde gedauert hat (welche ich überschwänglich lobe: »Wow! Supergeiler Look!«, sie darauf pseudobescheiden: »Ich wollte mal was ausprobieren ...«), plötzlich über ihren Mann lustig, weil der eine Dreiviertelstunde lang das Bad blockiert habe: »Fast hätte ich euch im Bademantel empfangen müssen. Keine Ahnung, was Wolfram neuerdings so lang im Bad treibt.« O-oh, denke ich. Ein bisschen freue ich mich aber auch über diese Boshaftigkeit, weil ich Wolfram nicht wirklich mag und ihn eigentlich nur über Wiebke kenne. Manchmal nenne ich ihn aus purer Lust am Gemein sein »Wulfrääm« – eine Anspielung an die Internationalität seiner Arbeit, mit der er gern angibt.

»Kann ich gut verstehen, wenn ihr im Bad so hammermäßige Designer-Armaturen habt wie in der Küche«, sage ich und ernte einen bösen Blick von Wiebke, die es nicht mag, wenn man sie in ihrem Lebensentwurf mit Townhouse und allem Zipp und Zapp nicht ernst nimmt. Wolfram überlegt, ob er vor den anderen Gästen gleich die Fäuste hochnehmen soll oder die Attake seiner Frau später rächt.

Samanta, eine bildhübsche Work-Life-Balance optimierte Powerfrau mit 4/5tel-Topjob in irgendeinem Ministerium, nimmt Wiebkes Ball auf und zieht ihren Freund Hinnerk mit rein, der bisher kaum etwas von sich gegeben hat und den 94 Parker-Punkten seine größte Aufmerksamkeit widmet.

»Da wird immer gelästert, Frauen hätten einen Schuhfimmel und würden irre viel Kohle dafür ausgeben. Aber ratet mal, wer mehr Schuhe hat: Hinnerk oder ich?«

Der arme Hinnerk, bisher im Windschatten seiner dominanten Freundin, gerät nun auf die Anklagebank.

»Sind alles nur Sneakers ...«, sagt Hinnerk, der mit gut trainierter Harmlosigkeit unter seinem dunkelblonden Lockenschopf hervorschaut.

»Ach klar. Dann bist du der erste Mann mit rahmengenähten Sneakers.«

Wiebke und Samanta schütteln sich vor Lachen.

»Also echt. Verkehrte Welt!«

»Jetzt mach mal 'nen Punkt. Da brauche ich ein Mal länger als FÜNF Minuten im Bad und schon ist dein Weltbild zerstört ...«

»Ach Wolli! Bist du aber empfindlich heute, ich sag's ja nur.«

Plötzlich bin ich sehr froh, dass aus der Sache mit Wiebke damals nichts geworden ist. Wiebke und Wolfram führen eine Ehe wie zwei ineinander verbissene Hunde, denke ich und nehme mir vor, den Abend über nach weiteren Indizien dafür zu suchen – gemein, aber menschlich ... als Ex. Wiebke legt nach:

»Außerdem sind mein Spezialshampoo und meine Tagescreme in der letzten Zeit immer so schnell alle ...«

»Klar! Wir wohnen doch erst vier Wochen zusammen ...«

»Eben!«

»Habt ihr ein Gästebad?«, frage ich und biete Wolfram damit eine Gelegenheit, das Thema zu wechseln. Hat er nicht Unterstützung verdient, wenn er sich aus alten Rollenmustern löst und sich um sein Erscheinungsbild kümmert?

»Hat Wiebke dir noch keine Führung durchs Haus gegeben? Die hat sogar der Postbote schon bekommen. Gott, gütiger! Natürlich haben wir ein Gästebad. Komm mal mit.«

Nur zusammen aufs Klo gehen, finde ich, müssen Männer den Frauen nicht nachmachen ...

POPULÄRE LÜGEN UND UNBEQUEME WAHRHEITEN

Der Schönheitsboom hinterlässt seine Spuren sogar im akademischen Betrieb. Was die Schönheit wirklich ausmacht, das bleibt für Männer und Frauen gleichermaßen ein Rätsel. Sie ist jedenfalls nicht das Ergebnis vieler kleiner Details, die sich zu einem Highscore summieren. Wer könnte schon auf Anhieb sagen, wie ein besonders schönes Ohr aussieht? Volle Lippen bei Frauen gelten als schön, genau wie die Stupsnase, aber wann ist der Punkt überschritten, an dem das Bild kippt? Da wandern Schönheitschirurgen auf einem schmalen Grat. Wenn die Lippen zu voll sind, fühlen wir uns unangenehm an gestapelte Schlauchboote oder Küssende Guramis erinnert; wenn die Nase zu stupsig ist, weckt das Erinnerungen an Sokrates, der so hässlich gewesen sein soll, dass sich seine Zeitgenossen vor Audienzen bei dem Denker warnten, damit ihnen bei erstmaliger Begegnung mit dem Philosophen nicht die Gesichtszüge entgleisten.

Seit dem Altertum ist Schönheit natürlich schon ein Zahlenspiel – Maße, Proportionen, Symmetrien. Ist das Rätsel der Schönheit was für Mathefreaks? Das Ding mit den Symmetrien ist ja eine der beliebtesten Thesen der Attraktivitätsforschung. Ebenmaß, gleichmäßige Gesichtszüge kommen gut an. Aber das ist weniger als die Hälfte der Wahrheit. Wer sieht jemanden schon wie bei der erkennungsdienstlichen Behandlung frontal von vorne? Meist reicht doch schon eine verwischte Impression von Sekundenbruchteilen und im Hirn wird gegebenenfalls der Schönheitsalarm ausgelöst.

Seit einem Vierteljahrhundert steht die These im Raum, dass Schönheit ein Produkt des Durchschnitts ist. Bei einem Experiment zur Erforschung der Attraktivität von Gesichtszügen wurden viele Leute fotografiert und dann am Computer paarweise ›gekreuzt‹, die Originalgesichter wurden also übereinandergelegt (Morphing). Die entstandenen Mischgesichter wurden dann weiter zu immer neuen Gesichtern zusammengesetzt, bis schließlich hochgradig ›durchschnittliche‹ Gesichter entstanden. Die Durchschnittsgesichter wurden von Testpersonen um so attraktiver bewertet, je mehr Gesichter zu ihrer Erzeugung verwendet worden waren. Das habe ich mir nur deshalb so genau gemerkt, weil mir als Normalo das Ergebnis natürlich besonders gut gefällt. Interessanterweise ist dieser Versuch schon uralt, allerdings wollte der Erfinder, Sir Francis Galton – ein Cousin von Charles Darwin –, gar nichts über Attraktivität herausfinden. Er legte ein Konvolut transparenter Fotos von Schwerstverbrechern übereinander und fotografierte das Ergebnis, um auf diese Weise das Abbild des ›geborenen Verbrechers‹ zu erhalten. Aber der sah wider Erwarten gar nicht so übel, sondern sogar ziemlich gut aus. Das Experiment verschwand in der Schublade, weil Galton sich das irgendwie anders vorgestellt hatte.

Aber jetzt kommt's – denn da ist doch noch diese ziemlich charmante Idee, dass Schönheit nur eine sprichwörtlich schöne Fantasie ist. So schwer zu fassen, dass man sich die Finger wund schreiben kann und doch nur einen Funken vom Feuerwerk erfasst. Jedenfalls liegt es auf der Hand, dass Schönheit ein extrem wandelbares Phänomen ist und nicht so sehr mit der ein für alle Mal richtigen Oberfläche zu tun hat. Schönheit ist Kopfsache, also alles andere als oberflächlich. Was gestern noch als schön und begehrenswert galt, ist heute nur noch langweilig. Oder wird gar mit Häme überzogen. Wurde vor zwei Generationen aus der richtigen Taille bei Frauen noch eine regelrechte Philosophie gemacht, kennen manche junge Männer heute nicht einmal mehr das Wort »Taille«.

»Ich kann kein Japanisch«, musste ich mir neulich von Benedikt, einem Praktikanten, sagen lassen, der mir gerade vorher mit großer Leidenschaft vom *Bachelor* erzählt hat und sich wundert, warum seine Lieblingssendung genauso heißt wie sein angestrebter Studienabschluss. Ansonsten hat er aber von allem eine Ahnung, so sehr, dass er – wenn es ihn damals schon gegeben hätte – sicher auch den Allmächtigen bei der Schöpfung noch hätte beraten wollen. Als eine erwachsene Kollegin, die keinen Kinderpo hat, in unserer Abteilung vorbeikommt, reißt er hinter ihrem Rücken mit gespieltem Entsetzen die Augen auf und formt mit ausgestreckten Armen einen imaginären Globus, eine Geste, die er zur Untermalung auch noch mit dem Mund nachformt, was wohl so viel heißen soll wie »Bounce«, »Booom« oder ein in die Länge gezogenes »Poooooooooooorn«. Sie gilt bei ihm also praktisch schon als *oversized.* Bis dahin empfand ich immer ehrliche Freude, wenn die Kollegin vorbeikam – einer dieser seltenen Glücksmomente im Büro, den mir dieser kleine, unfassbar überhebliche Kackvogel für immer vergiftet hat, weil ich nun jedes Mal, wenn ich sie sehe, ins Grübeln gerate, ob mit mir etwas nicht stimmt, weil ich nicht finde, dass mit ihr etwas nicht stimmt. Das wohldosierte Kindchenschema gilt also nicht mehr exklusiv fürs Gesicht, wo große, weit auseinanderstehende Kulleraugen unter einer hohen Stirn, runde Wangen, glatte Haut und kleine Nase für entsprechende Anziehungskraft sorgen.

Aber wenn eine Frau nicht nur kein Miniaturgesäß hat, sondern darüber hinaus Achselhaare trägt – was ja früher völlig normal war –, dann ist das praktisch schon ein Skandal. In Schweden, einem Land, dem doch eine recht liberale Mentalität nachgesagt wird, sorgten 2012 die Achselhaare der Schulbibliothekarin Lina Ehrin für einen Aufschrei der Entrüstung, als im Rahmen des Vorentscheids für den *Eurovision Song Contest* besagter Haarwuchs besagter Zuschauerin für einen Moment Millionen schwedischer Fernsehzuschauer völlig unvorbereitet ins Auge stach. Die Folge war ein *Shitstorm* sondergleichen in den sozialen Netzwerken – bis hin zu Morddrohungen gegen Lina. Die schwedische Zeitung *Aftonbladet* bemühte gar eine Sexologin zur Erklärung des Entsetzens. Offenbar beförderte die blitzartige Erkenntnis, dass auch Frauen die Veranlagung zur Körperbehaarung haben, schockähnliche Reaktionen. Noch aus der urigsten Holzhütte in Jokkmokk wurde gegen Linas Achselhaare gewettert. Eine Gruppe von Pro-Achselhaaraktivistinnen (»Ta Håret Tillbaka!«) blies daraufhin mit Aktionen und »Bekennerinnenfotos« zur Gegenoffensive, um die Deutungshoheit über die Haare zurückzuerobern und Körperbehaarung zu enttabuisieren.

Fassen wir mal zusammen: Schönheit ist wie ein großer süßer Kuchen, von dem jeder ein Stück abhaben will. Die Rezeptur verändert sich ständig und beim Mischen und Anrühren helfen wir alle. (Selbst wenn man in Jokkmokk lebt.) Wer zu viel davon abbekommt oder zu gierig wird, hat es nicht unbedingt besser als andere. Das ist die gute Nachricht für die, die nicht von Natur aus mit typischen Schönheitsmerkmalen gesegnet sind.

»Alle beneiden die junge, superattraktive Blondine und denken, die hat nur Vorteile«, sagte mir mal Ex-Kollegin Melissa, eine junge, superattraktive Blondine, die heute braune, kurze Haare trägt und nur noch in dunklen Hosenanzügen zur Arbeit geht.

»Aber die Realität sieht anders aus. Wer zu schön ist, wird von männlichen Kollegen und Vorgesetzten auch schnell darauf reduziert und wie ein Büromaskottchen behandelt.«

Für den Berufseinstieg sind lange blonde Haare und Endlosbeine wahrscheinlich wirklich hilfreich; aber dem Aufstieg ist besonders grandioses Aussehen wohl eher im Weg. Männliche Vorgesetzte konzentrieren sich dann nicht mehr so richtig auf die fachlichen Kompetenzen und weibliche Vorgesetzte sehen sich in ihrem mühsam eroberten Revier bedroht. Die kultivierte und kontrollierte Stimulation im Büro droht mit der Blondine aus den Fugen zu geraten. Jetzt wird mir auch klar, warum Frauen, die dabei sind, Karriere zu machen, öfter einen Bob oder gleich einen praktischen Dunja-Hayali-Kurzhaarschnitt tragen, statt *Big Hair* à la Maria-Elisabeth Schaeffler, Erbin und Gesellschafterin des gleichnamigen Autozulieferers. Dabei spielt natürlich auch der Zeitaufwand für die Pflege eine große Rolle. Manche Karrierefrau wie Facebook-CEO Sheryl Sandberg besteht aber trotz 18-Stunden-Tag und jahrelangem Hocharbeiten genau auf diesem majestätischen Powerlook: mindestens schulterlanges, leicht gewelltes Haar, das Macht und Weiblichkeit vereint und nicht Gefahr läuft, mit dem Kommentar »pfiffig« degradiert zu werden.

»Du hast die Haare schön ...« – die Gesänge in der Fankurve lassen diesen Gedanken zerplatzen wie eine Seifenblase, nur, um gleich den nächsten aufsteigen zu lassen. Aus unerfindlichen Gründen fällt mir ein alter Schlager aus dem *Weißen Rößl* ein, mit dem würde ich jetzt gerne antworten: »Was kann der Sigismund dafür, dass er so schön ist?« Traue mich aber natürlich nicht. Wenigstens google ich gedankenverloren den Text:

»Frau Lehmann, die sehr spröde war, die war bei Sigi zahm,
weil er sich gut benahm, er ging, eh Lehmann kam!
Doch wenn Herr Lehmann, der Barbar,
mitunter kam zu früh und laut mit Sigi schrie, da sagte sie:
Was kann der Sigismund dafür, dass er so schön ist?
Was kann der Sigismund dafür, dass man ihn liebt?«

Das zeigt schon mal, dass Schönheit auch etwas mit Benehmen, Haltung und Stil zu tun hat und nicht nur eine Frage der DNS ist. Sonst müsste ich mich mit dem Thema ja gar nicht auseinandersetzen. Okay, das ist die gute Nachricht.

Aber das Ganze hat auch noch eine dunkle Seite. Denn durch den Vormarsch der plastischen Chirurgie und die globale Macht von Vorbildern gelten Schönheit und Hässlichkeit, oder sagen wir: unvorteilhaftes Aussehen, heute nicht mehr als naturgegebene Schicksale, sondern als persönliche Leistung oder Schuld. Wenn etwas technisch möglich ist und sich gesellschaftlich als Standard etabliert hat, dann bist du selbst schuld, wenn du dir dein Fett nicht absaugen lässt, deine Brüste nicht in den Himmel drehen lässt, die Falten nicht mit Fillern ausbügelst oder zu faul bist, jeden zweiten Feierabend zu McFit zu gehen. »Zwischen dir und deinem Ziel steht nur eine Person: du«, wirbt das Fitnessstudio und macht mir damit jeden Tag ein schlechtes Gewissen.

Allerdings, das ist meine feste Überzeugung, wird das Urmedium der Schönheit, die Haarpracht, bei all den irren chirurgischen Schönheitsmaßnahmen und Fitnessprogrammen sträflich unterschätzt. Aber den Chirurgen fällt ja auch immer was Neues ein, angefeuert von gewaltigen Umsatzaussichten. Mal ist es die ›perfekte‹ Lücke zwischen den Innenschenkeln, die zurechtgesaugt wird (die »*Thigh Gap*« bei geschlossenen Beinen ist eigentlich ein Zeichen für Unterernährung), dann sind es Zehverschlankungen oder – statt wie früher Mutter-Kind-Kuren – jetzt Mutter-Tochter-Schönheits-OPs; in Großbritannien ist nach den gruseligen Augenbrauentätowierungen gerade »*Tittooing*« sehr im Kommen, eine Technik, die ursprünglich für Brustrekonstruktionen nach Krebsoperationen entwickelt wurde, jetzt in den Katalogen der Schönheitsindustrie Einzug hält und wohl mehr und mehr bei Brust-OPs als i-Tüpfelchen dazukommen wird. Um möglichst dunkle, präzise und symmetrische Brustwarzen zu bekommen, lassen Frauen 1.400 Euro für das Set springen.

Dabei ist es vor allem das Haar als besonders dynamisches Medium der Selbstdarstellung, das mit einer geradezu mysteriösen erotischen Macht aufgeladen ist. Wie ist sonst zu erklären, dass durch die Kulturen und Religionen hindurch die Haartracht so streng reglementiert wurde? Damit die Fantasie nicht verrücktspielte und die bestehende Ordnung infrage stellte, mussten die Haare der Frauen während langer Jahrhunderte im Christentum unter einer Kopfbedeckung verschwinden oder zumindest züchtig zusammengesteckt und -gebunden werden, die Männer trugen Hüte und Kappen – vor 100 Jahren hätte sich ein Mann, der barhäuptig auf die Straße tratt, noch peinlich nackt gefühlt. Bei orthodoxen Juden und konservativen Muslimen ist die weibliche Haarbedeckung, ob in Form von Perücken oder Kopftüchern, bis heute noch die Regel, wobei die muslimischen Männer den traditionellen Fez kaum noch tragen – der sieht einfach zu altorientalisch aus. Stattdessen verbreitet sich im großstädtischen Straßenbild die *Takke*, eine gehäkelte Gebetskappe, die zusammen mit dem Kinnbart als radikales Statement im Alltag getragen wird.

Warum kann ich nicht wie Sigi aus dem *Weißen Rößl* sein? Einen Traum verkörpern, der einfach unwiderstehlich ist wie ein »*Babà alla crema pasticcera*«. Auch wenn man nicht weiß, was das ist – es klingt, als würde es schmecken, oder? Versuchen kann man es ja mal. Wie einst, es muss irgendwann in den 1980er-Jahren gewesen sein, als ich kurz vor meiner totalen ästhetischen Verweigerungsphase zu Svenja, unserer Dorffriseurin, ging, um mir eine Dauerwelle machen zu lassen. Svenja fand das irgendwie komisch und wollte meine Mutter vorher anrufen, erreichte aber niemanden. Schon damals erkannte ich den Vorteil berufstätiger Mütter.

Aber jetzt hat die Svenja Zweifel. Ist das wirklich okay, denkt sie, wenn ich dem Bengel 'ne Dauerwelle mache?

»Hast du denn genug Geld dabei?«

Ich mache mein beleidigtes Gesicht, zeige ihr ein paar Scheine, und Svenja holt die Wickler raus. Sie war die einzige Erwachsene, die ich, abgesehen von Verwandtschaft, dutze. Klar, wenn ihr Salon schon mit dem Vornamen so eine artistische Note bekommt – SVENJA! –, da sagt doch niemand Frau Meier, Müller, Mihajlović. Das haben sich die brasilianischen Fußballer von den Friseuren abgeguckt. Wenn die ein paar Tricks mit dem Ball draufhaben, lassen die sich ja nur noch beim Vornamen ansprechen: Raffael, Robinho, Kaká – das klingt nach Kunst, letzterer zumindest nach moderner Kunst.

»Guck doch mal den Sänger von »Foreigner« an, der hat doch auch 'ne Dauerwelle.«

»Echt?«, fragt mich die Svenja. Als Friseurin sollte sie es wissen, aber ich behaupte es auch einfach nur so, weil es eben *urgent* ist mit der Dauerwelle.

»Klar.«

Heute weiß natürlich jeder, dass Lou Gramms Locken echt waren, sich aber wohl aus Altersgründen ›ausgehangen‹ haben, wodurch Lou heute aussieht wie der schöne Vetter von Peter Sloterdijk.

Als Svenja fertig war, fühlte ich mich wie ein Rockstar; die Locken verliehen mir, so meine Einbildung damals, einen Hauch Glamour, wenn ich durch das Hypothekenviertel stromerte, in das es meine Eltern zum Nestbau verschlagen hatte. Die Leute sollten sagen: »Guck mal der – jetzt ist er noch hier in diesem gottverlassenen Kaff, aber morgen kennt er uns nicht mehr und steht wahrscheinlich auf den Bühnen der großen weiten Welt – London, New York, Las Vegas ...« Nur in der Schule begriffen es die Leute nicht.

»Hast du deiner Mutter 'ne Perücke geklaut?« Als sich das Schulvolk an meine Frise gewöhnt hatte und die Locken langsam rauswuchsen, fanden es dann alle cool und experimentierten mit den Lockenwicklern ihrer Mütter. Na ja, nicht alle; genau genommen ein Kumpel von mir, der mir ohnehin alles nachmachte. Heute arbeitet er im Management eines Konzerns, der Einwegverpackungen für Medizinprodukte herstellt, und trägt laut Facebook Glatze.

WIE EIN BÄR UM DIE EIER

Pfostenschuss, ein Raunen geht durch die Menge. Gedankenverloren schaue ich auf. He, wer hat denn den Kragen meines Mantels mit Schuppen übersät? Heute bleibt mir auch nichts erspart. Gut, dass die Ränge hinter mir praktisch leer sind. Pfiffe ertönen, der schön frisierte Spieler wird jetzt ausgewechselt. Er hat sich so wenig bewegt, der muss nicht mal duschen. Dann dreht das Vereinsmaskottchen – ein Mensch in einem zotteligen Bärenkostüm – auf dem Moped seine Runden. Das Vieh sieht ein bisschen wie die Kreuzung aus Yogi Bär und einem Flokatiteppich aus. Es wird immer losgeschickt, wenn die Stimmung im Stadion mies ist. Und die Stimmung bessert sich tatsächlich: Als das Maskottchen die Fankurve passiert und mit wedelnder Tatze die Zuschauer zum Anfeuern des müden Teams anfeuert, legen die Fans eine neue Platte auf: »Bär, – du – Fotze! Bär, – du – ...«

Sascha stimmt freudig ein, die gute Laune wirkt ansteckend. Mit 'nem Bären können sie es ja machen. Nachdem es auf den Rängen wieder ruhig geworden ist, beginne ich wieder zu grübeln: Ab welchem Kostümierungsgrad trifft eine Beleidigung eigentlich nicht mehr den Verkleideten, sondern die Verkleidung? Merkwürdig auch die Assoziation von einem Bären mit der weiblichen Schambehaarung, was ich gegenüber Sascha und Walter gleich zur Sprache bringe. Viel näher liegt ja bei ungepflegtem Haar eine ganz andere Analogie: Dann sieht man »auf dem Kopf aus wie ein Bär um die Eier«, gebe ich zu bedenken und fühle mich wie ein Sprachwissenschaftler.

»Hast du noch nie das Wort ›Bärenfotze‹ gehört? Ach, stimmt ja, du warst nie beim Bund. Das ist die Winterkopfbedeckung der Bundeswehr. Sie hat Ohrenschützer, die mit einer Schnur über dem Kopf zusammengebunden werden«, doziert Walter stolz.

Auf einem anderen Blatt allerdings steht diese kindliche Lust am schmutzigen Wort. Fußballfans zeigen sich erstaunlich erfinderisch, wenn es darum geht, hoch angereicherten Unsinn zu produzieren. Das ist seit Dada ja auch eine Kunst. Deshalb gehe ich gern mal ins Stadion, auch als Ausgleich zu den faden, überkorrekten, gendergemainstreamten Individualisten in meinem privaten und beruflichen Umfeld; Typen, die dir auf einen beiläufigen kulturpessimistischen Kommentar hin unaufgefordert einen Aufsatz von Freud oder ein Buch von Kracauer (der Autor, nicht das Würstchen) empfehlen, in ihrer Bürogemeinschaft nur Untermieter mit Designerschreibtischen dulden und abends gern in feuchtes Frottee furzen. Typen, die man gern mal in den Vorstadt-Ghettos von Paris aussetzen würde, um zu sehen, ob sie es von dort lebend in den Louvre schaffen.

Aber ganz ehrlich: Solche derben Sprüche und Ansichten wie die aus der Fankurve kann man auch in einer hochgelobten Inszenierung eines zeitgenössischen Theaters mal um die Ohren gedonnert bekommen – dann natürlich in bravourös gestimmtem Bariton oder schmerzend klarem Sopran. In der Hochkultur steckt eine ordentliche Portion Leidenschaft für das Hässliche, Vulgäre und Beknackte – vorgestellt meist von sehr schönen Menschen. Das Derbe, das Plakative, das unmittelbar Emotionale dient als Lebenselixier, von dem man nur in diesem Rahmen öffentlich ohne Prestigeverlust kosten darf. Meist gelten Events als besonders bemerkenswert, wenn sie aus dem Schema hochkultureller Veranstaltungen ausbrechen, sei es durch Protagonisten, die besonders vulgär sind und den Laden samt Etikette ein bisschen aufmischen, oder eine Inszenierung, die in ungewohntem Rahmen stattfindet und Anlass zum ungezwungenen Miteinander gibt. Ein bisschen ... Stadionatmo eben.

AUSSEHEN WIE EIN ECHTER KERL

Plötzlich spüre ich das Bedürfnis, mir einen maskulineren Look zuzulegen; einen Look, der Entschlossenheit und Kampfbereitschaft signalisiert. Weg mit meiner Rock-and-Romance-Tolle *à la parisienne!* Zurück zur kernigen Männlichkeit! Ich könnte mir eine Glatze schneiden lassen, das gilt zumindest als fankurventauglich, wenn es früher auch ein Signal sexueller Enthaltsamkeit war, z. B. bei Mönchen. Vielleicht trugen auch die Eunuchen und Haremswächter aus diesem Grund Glatze und ihr Kinn glatt rasiert. Auch zur Demütigung wurde Menschen immer der Kopf kahl geschoren, Häftlingen, Huren, Kollaborateurinnen, dann aber machte die Glatze aus unerfindlichen Gründen Karriere als supermaskulines Erkennungsmerkmal gewaltbereiter Neonazis und Hardcore-Homosexueller – schließlich auch als ›Kulturglatze‹ urbaner Intellektueller: Nachdem sich coole Promis wie *Peanuts*-Star Charly Brown (als Sohn eines Friseurs), der Philosoph Michel Foucault und der Komponist Jean Sibelius mit Glatze präsentierten, machte sich ganz allmählich die Erkenntnis breit, dass man auch als kultivierter, sexuell aktiver Mensch das ohnehin spärlicher werdende Haar ganz abschneiden kann. In der Folge hat sich heute die Glatze als Look alternder Architekten, Designer und Fußballmanager gemausert, und nicht wenige davon hegen die zarte Hoffnung, dass ihnen die Glatze so gut steht wie Hollywoodveteran Bruce Willis – »Auf die bin ich sehr stolz, denn ich kann sie mir leisten. Ich habe eine sehr schöne Kopfform. Die hat nicht jeder.« Ja, Bruce, der auch vor der Kamera zum Overacting neigt, kann also als leuchtendes Beispiel gestählten Selbstbewusstseins und damit als Vorbild für so manchen verunsicherten Mann gelten, dessen Haupthaar die Biege macht. Mir bangt allerdings vor der Stunde der Wahrheit, deshalb fällt Glatze für mich aus.

Ich könnte meine Haare auch mit viel Gel nach hinten legen – irgendwie ein 80er-Jahre-Ding, das vor allem in München hängen geblieben ist. Ich kenne einen statusbewussten Luden (natürlich nur vom Sehen), der das nach hinten gegelte Haar à la Kai Diekmann trägt und mit einem kleinen Zopf kombiniert – dadurch mischt sich noch eine Spur Gewaltbereitschaft in den öligen Look. Aber, muss man einschränkend sagen, es gibt auch Typen, die bis über beide Ohren in der Fashion-Szene stecken und die prolligsten Stilelemente wild kombinieren – zurückgeschmiertes Haar, Tattoos kreuz und quer ohne Konzept über den Körper verstreut, dazu ein Weihnachtsmannbart –, und plötzlich sieht das alles irrsinnig cool aus. Allerdings ist dafür unerlässlich, dass man als Wild Boy den Bart auch trimmt, statt der Natur zügellose Freiheit zu gewähren, sonst gerät man schnell in den Verdacht, Mitglied einer ZZ-Top-Tribute-Band zu sein. Damit geht die alte Rechnung – Bart wachsen lassen = mehr Zeit für die Playstation – nicht mehr auf.

Im Netz betrachte ich Bilder des gut geölten Diekmann. Ein paar jüngere Fotos im nerdigen Seebärenlook mischen sich darunter. (Komisch, dass mir Google bei seinem Namen immer auch »Penisverlängerung« vorschlägt.)

Das Öl darf jedenfalls nicht aus der Fritteuse stammen oder mehrere Tage im Haar sein, und die Klamotten müssen wie aus dem Ei gepellt sein. Die Haare nach hinten ölen, das soll Stärke, Status, Überlegenheit demonstrieren, bestätigen auch führende Coiffeure wie Shan Rahimkhan.

Als ich vor einiger Zeit, einen Karriereschub herbeifantasierend, schon einmal mit dem Gedanken an eine Diekmann-Guttenberg-Friedman-Frisur spielte, warnte mich meine Bekannte Tina: »Gel und Öl sind meistens eklig. Das sieht immer schleimig aus, und durch die Haare wuscheln kann man auch nicht.«

Klingt einleuchtend, auch wenn ich als ›harter Kerl‹ vielleicht nicht so viel Wert aufs Wuscheln lege.

Wie wäre es mit einem Kamm auf dem Kopf, im Volksmund »Irokesenschnitt« oder auch »Mohawk«? Eine von der Natur abgeschaute Methode, sich größer zu machen, denn der »Iro« ist eine stilisierte Imitation des gesträubten Fells, wie es Katzen, aber auch Menschenaffen zeigen. Aber interessant daran ist, dass dieser Tribal Look mit dem stehenden Haarkamm eine Verbindung mit Punk einging – eine in jeder Hinsicht schrille Verweigerungsästhetik, deren Ausgangspunkt bei Kunsthochschulkids westeuropäischer Metropolen zu finden war, nachdem sich GIs im Vietnamkrieg schon mit einem ›Flat Iro‹ stilisiert hatten. Dann eroberte der Haarschnitt den Laufsteg und anschließend mit David Beckham, vor Urzeiten mal Flankengott, dann vor allem Frisurenavantgardist und heute Unterhosenmodel, den Fußballplatz. Nach ›Becks‹ mildern Nachahmer das martialische Erscheinungsbild allerdings oft dadurch, dass sie links und rechts noch Haare stehen lassen, die sich zur Mitte hin zum Kamm türmen. Bei Frauen konnte sich die Frisur nie so richtig durchsetzen. Mittlerweile gehört der Irokesenschnitt bei notorischen Aufmerksamkeitsjunkies zum Besteck des Egomarketings und wird von Betrachtern meist als zu bemüht belächelt.

Auf der Suche nach dem größtmöglichen Kontrast zu Gilles' Pariser Salon begebe ich mich ins Dong Xuan Center, Berlin-Lichtenberg – das ist der vietnamesische Ausdruck für »Frühlingswiese«. Das weitläufige Areal ist Berlins »Chinatown« mit unzähligen kleinen und großen Geschäften von Pakistanis, Koreanern, Indern, Chinesen und anderen Minoritäten, in dem aber vor allem Händler vietnamesischer Abstammung dominieren. Mein Weg führt mich ins Hair-Studio Linh Lan, was so viel heißt wie »Maiglöckchen«, das Haarschnitte für weniger als acht Euro anbietet. Als ich meiner Kollegin Hedi davon erzähle, dass ich eine Reise nach »Little Vietnam« plane, um mir die Haare schneiden zu lassen, schlägt sie die Hände über dem Kopf zusammen.

»Das würde ich nie tun. Ich habe so lange gebraucht, um den Richtigen zu finden.«

»Den richtigen ... äh ... Friseur?«, frage ich vorsichtig nach, obwohl ich weiß, dass Hedi schon seit Ewigkeiten verheiratet ist.

Vorlaut schaltet sich Praktikantin Mia ein. Sie ist 19 und damit gerade alt genug, um Dieter Bohlens Exfrau zu sein. Mia ist neu in der Stadt. Die langen nussbraunen Haare geben ihrer Silhouette etwas Märchenhaftes. Doch ihre Augenringe deuten darauf hin, dass sie das Praktikum nur zum Anlass nimmt, um sich fern der Heimat mal ein bisschen was zu gönnen.

»Ich war vor zwei Tagen beim Friseur, und ich habe gesagt, hier, nur die Spitzen schneiden.« Zärtlich streicht sie dabei durch ihr Haar und hält mir dann eine Handvoll Haarspitzen zur Begutachtung hin. »Und dann hat der zehn Zentimeter abgeschnitten. Ich habe echt geheult.«

Auch jetzt sehe ich wieder Tränen in ihren Augen aufsteigen.

»Das dauert mindestens ein Jahr, bis das wieder nachgewachsen ist!« In ihrer Stimme schwingt ein weinerlicher Unterton mit, der wie die Aufforderung zur Umarmung klingt. Das überlasse ich dann doch lieber Hedi, die sich aber, aus Ärger darüber, dass Mia das Gespräch wieder mal an sich gerissen hat, auch nicht zu einer tröstenden Geste aufrafft. Ich bringe es nicht übers Herz, Mia die Wahrheit zu sagen; nämlich dass der Friseur wahrscheinlich nur seinen Job gründlich gemacht hat und die vom dauernden Heißföhnen, Nasskämmen, Trockenrubbeln und ungepolsterten Haargummis ruinierten Haare so weit wie nötig abgeschnitten hat. Stattdessen erzähle ich von Cameron Diaz:

»Cameron hat neulich auch geweint, weil ihre Friseurin so beim Plaudern und Plaudern und Plaudern immer kürzer geschnitten hat.«

Ich dachte, es würde der Mia ein bisschen schmeicheln, dass ich sie – wenn auch nur indirekt – mit einem Hollywoodstar vergleiche, aber stattdessen schimpft sie:

»Hal-looo? Soll das jetzt ein Trost sein? Die ist doch voll alt. Voll egal bei der!«

Undankbares Luder, denke ich und kontere mit einem harten Verbalpunch: »Warum trägst du eigentlich so oft einen Dutt? Macht dich ja auch irgendwie alt.«

Ich lege so viel Gleichgültigkeit in meine Stimme wie möglich, denn ich will nicht verdächtigt werden, mich zu sehr für sie zu interessieren. Könnte peinlich werden im Büro. Aber der Dutt und seine widersprüchlichen ästhetischen Implikationen beschäftigen mich schon eine Weile: mal entsteht die Idee mühsam gezügelter Erotik – Walter gestand mir neulich, dass ein Dutt bei ihm stets die Assoziation »Wildkatze im Käfig« auslöst, – mal ist der Dutt in der Variante oben auf dem Kopf *(Top Knot)* die Ultima Ratio der Stylisten, wenn alles andere nicht funktioniert, und mal ist der Dutt Sinnbild für großmütterliche Unsexyness.

Fest steht, dass der *Top Knot* eigentlich das Ergebnis eines Unfalls ist – im wahrsten Sinne des Wortes. Denn 1680 hat die Herzogin Angélique de Fontanges, die so schöne wie jugendliche Mätresse von Frankreichs Sonnenkönig Ludwig XIV., während eines Jagdausflugs mit dem König einen Reitunfall, bei dem ihre Frisur tüchtig durcheinanderkommt. Aus einer Eingebung heraus nimmt sie eines ihrer Strumpfbänder und türmt damit die Haare oben auf dem Kopf zusammen. Der König, heißt es, ist entzückt, deshalb entwickelt sich aus diesem Knoten auf dem Kopf eine richtige Haarmode mit Drahtgestell und allerlei Spitze und wird nach der Mätresse auch »*Fontange*« genannt. Allerdings kühlt sich die leidenschaftliche Beziehung alsbald ab, weil die blutjunge Angélique wohl manchmal ganz schön nervt und der fast ein Viertel Jahrhundert ältere König einen hohen Verschleiß an Geliebten hat. Angélique, die sich mit ihren 18 Jahren nie richtig von einer Fehlgeburt erholt, stirbt ein Jahr nach dem Reitausflug und einer weiteren Fehlgeburt an einer Brustfellentzündung oder zu hohem Blutverlust, heißt es. Vielleicht hat auch jemand nachgeholfen. Die von ihr angestoßene Haarmode indes hält sich noch lange und verfolgt den genervten König bis ins Grab.

Zur jüngeren Geschichte des Dutts: Mein Kumpel Paul kam mal total frustriert zu mir, weil seine Freundin zwar lange, traumhafte Haare hat, aber immer, immer, immer einen Dutt trägt und sich daran auch nicht rumspielen lässt.

»Es nützt nichts. Ich habe schon versucht, sie zu erschrecken, und ihr gesagt, dass der Ausdruck ›Dutt‹ aus dem Niederdeutschen kommt und eigentlich ›Haufen‹ bedeutet. Das heißt, eine Frau, die ihre Haare zum Dutt bindet, macht einen Haufen. Da sagt sie nur: ›Sei nicht albern und schau mal in die Magazine ...‹«

Ich sehe das ähnlich wie Paul, auch wenn ich weiß, dass ich mich damit unbeliebt mache, und mich meine eigenen Fehltritte beim Hairstyling einigermaßen milde bezüglich aktueller Frisurexzesse stimmen. Aber ich halte den einfachen Dutt (ich spreche hier nicht von den kunstvollen Chignons bzw. Haarknoten) für einen Irrtum, auch in seiner losen Variante. In den letzten Jahren hat er sich wie ein

Parasit auf den Köpfen junger Frauen – manchmal sogar schon bei langhaarigen Männern wie Schwedens Fußballheld Zlatan Ibrahimović ausgebreitet, wobei man zweifeln darf, dass Zlatan sich das bei den Dutträgern in Brooklyn abgeguckt hat, wo dieser Trend wohl zuerst gesichtet wurde. Die Motive indes dürften hüben wie drüben ähnliche sein. Ob am Tresen im Williamsburger The Commodore oder im Maserati auf den Straßen von Paris – der Männerdutt vermittelt mühsam gezügelte Wildheit und einen Hauch von Samurai-Exotik. Bei allzu weichen Gesichtszügen muss dann aber mindestens auch ein Bartschatten sein.

Mir gefällt das Comeback locker geflochtener Haare, aber mich fragt ja keiner. Stattdessen frage ich meine ehemalige Kollegin Sarah, was sie von den quer über den Kopf gelegten Flechtzöpfen der zeitweiligen ukrainischen Ministerpräsidentin und Petrol-Unternehmerin Julija Tymoschenko hält, deren weizenblonde Prinzessin-Leia-Frisur zu ihrem politischen Markenzeichen wurde.

»Ich glaube, Männer finden das nicht schlecht. Es hat eine gewisse Erotik. Stellt euch nur vor, diese Zöpfe zu lösen. Das macht Männern doch Spaß, wenn's was auszupacken gibt …« Allerdings – es darf nicht zu lange dauern. Ob Julijas politische Zugkraft von der Nachfolgeregierung durch einen Veruntreuungsprozess und die Verurteilung zu sieben Jahren Haft für immer gebrochen ist oder auf ein Comeback zu hoffen ist, wird sich zeigen.

Und was sagt Mia auf meinen Hinweis, dass der Dutt auch manchmal ein bisschen alt aussehen lässt?

»Quatsch! Ist doch voll praktisch«, dröhnt sie mit hundertzehnprozentiger Überzeugung. Bis zum Ende ihres Praktikums haben wir dann kaum noch miteinander gesprochen.

Ich gehe über das Gelände; mehrere riesige Hallen beherbergen die Geschäfte. Auf dem Weg zu Halle Eins kommen mir zwei typische Lichtenberger entgegen, autochtone Ostberliner. Noch war niemand so nett und hat ihnen gesteckt, dass weite, tief hängende »Anti-Fit«-Jeans bei kurzen Beinen sehr, sehr unvorteilhaft wirken – zumindest wenn man nicht der Berufsgruppe der Clowns angehört (*No offense*, liebe Proficlowns). Kurzgeschoren wie amerikanische Elitesoldaten fahren sie mehrmals prüfend mit der Handfläche über ihre Schädel, als ließe sich so besser begreifen, was darunter vorgeht – aber man sieht nur jeden aufgekratzten Pickel auf der Kopfhaut, keine Zeichen der Erleuchtung. Ich werde unsicher, ob ich hier richtig bin. Ich lege mein skrupellosestes Gesicht auf, kaue mein Kaugummi breit und offen, um mir mehr Sicherheit zu geben. Das hält zwei Minuten. Danach schaue ich schüchtern bei fünf oder sechs Friseuren in die Arbeitsräume und sehe auch andere, anspruchsvolle Kundschaft. Postmigrantische Kids aus Berlin mit fancy Pop-Frisuren, solche, die Sidecuts trugen, lange bevor die Agenturmenschen in Berlin-Mitte das aufschnappten. Hier funktionieren die alten Zuweisungen von Oberklassenästhetik auf der einen und Proletenchic auf der anderen Seite überhaupt nicht mehr. Das beruhigt mich einerseits, weil das Friseurhandwerk hier offensichtlich im 21. Jahrhundert angekommen ist, andererseits will ich ja was anderes.

Ich kaufe also erst mal ein paar Asia-Cracker und Kokoscreme und frage den Verkäufer, einen topfrisierten Berliner mit vietnamesischen Wurzeln, welchen Salon er empfehlen könne.

»Keine Ahnung. Was wollen Sie denn für einen Schnitt? Eher konservativ oder jung?« Touché! Ich habe keine Ahnung, wie ich das erklären soll. Am liebsten hätte ich DEINE Haare, geht das?, denke ich. Die Überlegenheit asiatischer Haare sticht mir kalt ins Auge. Sie sind dicker und strapazierfähiger – richtige Powerhaare. Wahrscheinlich arbeiten in irgendwelchen Laboren schon zig Molekularbiologen daran, nach einer Liste mit weltweiten Best-of-Features den neuen Menschen zu designen.

Sabine, Managerin in einem mittelständischen Betrieb, erzählte mir mal, dass sie noch nie ein nettes Wort zu ihren Haaren gehört habe, so typisch mitteleuropäisch dünn seien sie: »Ein Creative Director von Vidal Sassoon war hinter mir als Schnittmodell her, weil die Struktur meiner Haare jeden Fehler sofort sichtbar machten. Komisches Kompliment ...«

Dann traue ich mich ins »Maiglöckchen«. Phong, der Friseur, der eben noch lässig zwischen zwei Spiegeln lehnte und sich mit einer Kollegin unterhielt, verliert keine Zeit: »Haare?«

»Ja, schneiden. Nicht zu kurz ...«

»Bitte setzen.« Das mache ich.

Erste Kunden asiatischer Abstammung werden neugierig. Mein Nachbar zur Rechten wirft einen prüfenden Blick via Spiegel auf mich, wundert sich, was ich als Deutscher hier suche. In China, das war vor einigen Jahren, haben sie mir mal nicht geglaubt, dass ich Deutscher bin, als ich mir in einem schmalen Kabuff zwischen zwei Garküchen die Haare schneiden lassen wollte. Wenn ich unser Gespräch damals, das wesentlich lebhafter, aber auch diffuser war als das mit Phong, richtig interpretiert habe, dachten sie, ich käme aus irgendeiner entfernten Region Chinas, wo der Staub der Wüste Gobi den Unterschied zwischen Himmel und Erde spielend verwischt. Gut, das Licht im Salon war an dem Abend schon etwas schummerig, und die Friseure hatten vermutlich einen harten Arbeitstag in den Gliedern. Jedenfalls glaubten die mir meine Herkunft erst, nachdem ich die Stammelf des FC Bayern fließend aufgesagt hatte. Möglich, dass der kulturelle Austausch zwischen Deutschland und China heute schon ein bisschen weiter ist, aber das ist ein anderes Thema.

Mein Nachbar zur Rechten widmet sich jetzt wieder seinem eigenen Abbild. Man sieht, er kann sich noch nicht entscheiden, ob es ihm gefällt, versucht es aber dann mit entschlossener Autosuggestion. Die extrem aufgebrezelte Friseurin, auch Vietnamesin, spricht ein paar beruhigende Worte, dabei blinzelt sie ihm über den Spiegel versöhnlich zu – wie eine große Schwester, die dem kleinen Bruder Mut macht, zum ersten Mal in seinem Leben von der Rutsche zu rutschen. Seine Frisur interessiert mich jetzt mehr als meine eigene, die durch das monotone Summen der Schermaschine etwas in Vergessenheit gerät. Mein Nachbar trägt seitlich fast nichts mehr, oben aber längere Haare, wie englischer Rasen recken sie sich in den Himmel und – Farbe. Ein tiefes Rot, das im Licht der Neonröhren einen Schlag ins Kastanienbraun bekommt. Wahnsinn, der Typ ist doch mindestens Mitte 50. Darauf verwette ich meine Rentenansprüche. Jetzt macht er mir ein bisschen Angst, dabei will er vielleicht einfach nur mal was Neues ausprobieren. Ich frage nach, aber er schaut mich nur an, lang und intensiv, was so viel heißen mag wie »Nicht reden«, dabei legt er seinen Zeigefinger auf die Lippen. Er möchte diesen sensiblen Moment ganz für sich haben und nicht durch irgendein Geschwätz verunreinigen lassen. Es fällt mir schwer, mit dieser Zurückweisung zurechtzukommen, aber meine in den 80er-Jahren geschulte Überreflektiertheit macht das Unmögliche möglich. Ich habe Verständnis und lächele. Mein Nachbar ist eben, wie wir alle, beim Friseur so anfällig und verletzlich wie die Giraffe beim Trinken. Allein vor dem Spiegel zu sitzen, sich anzustarren, während da jemand ›am offenen Herzen‹ operiert – das ist so etwas wie eine kultivierte Krisenerfahrung. Trotzdem muss ich mir nach dieser Abfuhr ein paar Szenen seines Lebens ausmalen, die nicht unbedingt großartig sind: Mit seiner roten Etagenfrisur würde er eine gute Figur in einem postnuklearen B-Movie machen, in dem er, sagen wir, den Assistenten von Mel Gibson spielt, ihm die Drinks und die Waffen reicht, oder er muss gleich als Hairdouble für Nicolas Cage herhalten.

»Kommen viele Deutsche hierher zum Haareschneiden?«, frage ich Phong, obwohl das penetrante Summen des Trimmers die Konversation erschwert.

»Viele, ja, viele ... Deutsche.« Mittlerweile hat er die Maschine schon einige Male durch meine Haare gezogen; es fühlt sich an wie ein Flug unter Radar, Grasnarbeninspektion. Ups, das wird aber kurz, denke ich noch. Ich sage erst mal nichts und versuche, die zarte Blüte unserer Konversation weiter gedeihen zu lassen. Aber er kommt mir zuvor:

»Es te Mal hie e?«

Ich verstehe ihn nicht gut, weil meine Ohren die Melodie seiner Worte noch nicht kennen und die Schermaschine richtig Rabatz macht. Er spricht deutlicher, was ihm erkennbar Mühe bereitet:

»Sin Sie zu erste Mal hier?«

»Ja, eine Freundin hat mir den Tipp gegeben.«

»Ahh.« Er freut sich; eine Empfehlung.

»Sind bestimmt mehr Frauen, die zu Ihnen kommen, oder? Mehr Frauen als Männer?« (Ich versuche, eine neue Stufe im Gesprächsniveau zu erklettern.)

»Nee, kommen alle«, sagt er. »Fraue. Männe. Alle.« Er wittert Zweifel, das sehe ich seinem Gesicht an. Jetzt bläst er zur Gegenattacke.

»Ist schon dünn, das Haar oben, ne?«

»Äh, ja ... leider, ja.« Jetzt wird er aber zu vertraulich! Die smarte Beleidigung, die das Gespräch öffnet, aus den Konventionen der Floskeln befreit – das hat Phong offenbar auch drauf. Er kann es sich bei seinem dichten schwarzen Haar leisten, auf meine Haare von oben herabzugucken.

Joy, eine Freundin und Amerikanerin mit philippinischen Wurzeln, ist 48, sieht aber aus wie Mitte, Ende zwanzig. Ich frage sie, ob sie das Phänomen des »Haarneides« kennt, weil ihre dunkelbraunen, glatten Haare an Dichte und Glanz kaum zu übertreffen sind.

»Ich bekomme immer Komplimente – wer weiß, wie lange noch ... Es ist mir sogar mehrmals passiert, dass Friseure total angetan von meinem Haar waren und in ihrer Begeisterung vergessen haben, was ich eigentlich wollte. Die schneiden dann immer weiter und lassen ihre Finger tausendmal durch meine Haare laufen.«

»Da macht der Job wahrscheinlich richtig Spaß. Vielleicht ist das ein Suchtding oder wirkt hypnotisch.«

»Ja, ich rede deshalb sehr wenig beim Friseur, weil ich will, dass er oder sie sich konzentriert.«

Diese Gefahr besteht bei mir und Phong nicht, der Gesprächsfaden zwischen uns ist noch dünner als mein Haar. Ich behaupte ihm gegenüber, das mit dem dünner und lichter werdenden Haar gehe europäischen Männern ja häufiger so, und spiele auf sein Haar an, das wahrscheinlich auch in 50 Jahren noch genauso aussieht wie jetzt – *lucky bastard!* Wir lachen beide, er eine Spur lauter.

Meine Haare sind jetzt wirklich sehr kurz, die Ohren wirken anmontiert wie Satellitenschüsseln an einer Hausfassade. Die Gesamterscheinung ist eindeutig zu militant geraten. Mist, das heißt für die nächsten Tage oder Wochen: Rollkragen, luftige Männerschals, knallbunte Sneakers, vielleicht sogar ein Hut – alles, was mir eine kreative Note verleiht und den GI-Eindruck mildert. Jetzt holt Phong als letzte Amtshandlung ein Rasiermesser heraus. Kaum habe ich es realisiert, führt er die Klinge auch schon an meiner Schläfe entlang, um den Haaransatz superpräzise zu definieren. Dann arbeitet er sich rundum über den Nacken hin zur anderen Schläfe. Fertig. Phong fragt nach: »Okay?« – und ich? Ich bin begeistert – was bleibt mir anderes übrig?

Beim Verlassen von »Little Vietnam« habe ich ein Hummelbrüten im Magen, wie vor einem Mathetest. Da steigt ein Verdacht in mir auf. Bin ich in Phongs Salon automatisch in die Barbarenschiene gerutscht, weil mein Haar aus seiner Perspektive zu nichts anderem taugt als zum raspelkurzen Einheitsschnitt? Oder geht er davon aus, dass Männer wie ich die Evolution der Hairstyles nicht mitmachen, sondern für immer auf dem Niveau der Nacktschnecken verharren? In meiner Fantasie fliege ich ein paar Jahrzehnte weiter, wenn die Gesellschaften im Dunstkreis Chinas endgültig das Sagen haben und die europäischen Männer und Frauen Gentherapien für kräftiges, schwarzes Haar machen, um auf dem internationalen Heirats- und Arbeitsmarkt gut performen zu können. Schon jetzt etabliert sich ein Selbstbewusstsein, das sich auch in den Maßgaben der Beautywelt niederschlägt. Als ich im vergangenen Jahr Taiwan bereiste und eine Geschäftspartnerin nach dem Friseur ihres Vertrauens fragte, empfahl sie mir »Senior Hair Designer« Jason Hsu, dessen Salon im international geprägten Universitätsviertel Taipehs liegt und der auf »Problemfälle« wie europäisches Haar eingestellt ist. Ich frage Jason, wohin sich modebewusste Taiwanesen orientieren, und erwarte als Antwort eigentlich New York, London, vielleicht Paris oder gar Berlin – doch ganz falsch. Die Trends kommen jetzt aus Korea und Japan – der Blick nach Westen ist passé. Immerhin war er schon mal auf einer Friseurmesse in Paris. Früher haben sich asiatische Frauen massiv an westlichen Standards orientiert; das ging so weit, dass sich viele die Augen haben »europäisieren« lassen. Heute hingegen schlage ich das *Wella Trend Journal* auf und sehe farbenverliebte Fieberträume aus asiatischen Großstädten und Models, die asiatische Inspirationen in die Salons des Westens spülen.

Auch mich hat es auf der Suche nach einem neuen Look in den Osten gezogen, wenn auch nur in den nahen Osten Berlins, und jetzt fahre ich wie ein GI auf Heimaturlaub zurück nach Mitte. Zugegeben, mein Wunsch nach männlichem Aussehen entstand aus einer Schwäche, ein kulturpessimistischer Reflex, den ich nicht zur Diskussion gestellt habe. Mein Fehler! In so einer Situation ist es auch für den Friseur sehr schwer, es einem recht zu machen. Dabei sind sie es doch, die, abgesehen von der Beherrschung der Schere und des richtigen Blicks für Möglichkeiten auf dem Kopf, immer wieder an einen Punkt anknüpfen, der weit zurückliegt, in den Kindheitsjahren der Menschheit – als Friseure noch zum spirituell autorisierten Personal der Gesellschaft gehörten. Da ist etwas, was der Komiker George Burns einmal im Scherz umkreiste: »Zu schade, dass all die Menschen, die wissen, wie man ein Land regiert, damit beschäftigt sind, ... Haare zu frisieren« (Und weil die keine Zeit haben, müssen sich verkrachte Juristen darum kümmern).

KAPITEL 3

TOP IN SHAPE MIT JANETTE

Darf ich vorstellen? Janette, meine ... »Friseuse«. Auf meiner endlosen Odyssee durch die Friseursalons dieser Welt zieht es mich immer wieder zu ihr zurück. Wenn ich auf der Durchreise in der Provinzmetropole H. umsteigen muss und neben einer aufgemöbelten Frisur auch eine Seelenmassage brauche, lasse ich mir von ihr die Haare schneiden. Vor einigen Jahren habe ich in dieser Stadt mal gearbeitet, die Firma war allerdings entgegen großspuriger Ankündigungen und Neueinstellungen nach sechs Monaten pleite.

Die Mitarbeiter sind in alle Winde zerstreut, mir ist in dieser Stadt nichts geblieben – außer Janette. Sie zu sehen ist wie ein Kurzurlaub, der meine stumpfe Reiseroutine unterbricht. Meist nehme ich nach einem Besuch bei Janette einen Zug später, es werden auch schon mal zwei, wenn es viel zu quatschen gibt, wobei ich »quatschen« relativieren muss: Den Ausdruck »Lass uns quatschen!« finde ich problematisch, weil er ein Gespräch von vornherein in Richtung mentalen Leerlauf abwertet. Aber »konsultieren« nähme mir bei meiner »Friseuse« jetzt auch niemand ab. Aber vielleicht ja doch, wenn ich Janette erst mal näher vorgestellt habe.

Einige werden schon stutzig geworden sein – darf man »Friseuse« überhaupt noch sagen? Die Sprachhygiene der letzten Jahrzehnte hat den »Hausmeister« zum »Facility Manager«, die »Putzfrau« zur »Raumpflegerin« befördert, und einer, der Feuerwerke zündet, heißt ja auch »Pyrodesigner« und nicht »Knaller«. »Sitzenbleiber« darf man so nicht mehr nennen, sie sind jetzt »Verbleiber«. Miese Selbstdarsteller in der Politik darf man nicht mehr als »Clowns« bezeichnen, dann beschweren sich führende Clowns wie Bernhard Paul, Chef des Zirkus Roncalli – »Clown ist ein ehrenwerter, ganz schwieriger, sensibler, künstlerischer Beruf!« Wo man auch hinschaut, herrscht der Trend zur sprachlichen Edelverpackung. Deshalb sagt man auch nicht mehr »Friseuse«, sondern »Friseurin«! Mir liegt auch nichts ferner als geschmacklose Witze (»Das Ohr hatten Sie aber schon in der Hand, als Sie reinkamen!«) zu kolportieren oder anzügliche Pistenhits wie *Zehn nackte Friseusen* eines gewissen Mickie Krause in den Status zitierwürdigen Kulturguts zu erheben; der Mickie trägt übrigens bei seinen Auftritten gern eine verfilzte Surferperücke und beschallt als »ewiger Partyprinz« im Windschatten des frisch verföhnten »Königs von Mallorca«, Jürgen Drews, die Schlagerpartyzonen zwischen Santa Ponça und Sankt Peter-Ording.

Ich kann »Friseuse« auf eine Art sagen, dass es nach »Psychologin« oder »Therapeutin« klingt, verzichte aber im Alltag trotzdem darauf, denn es ist einfach zu belastet, ist zu tief in eine – Achtung! – ressentimentgeladene diskursive Textur des Alltags eingewoben. Es hängt eben immer damit zusammen, was andere mit einem Wort assoziieren, auch wenn man es nicht *so* meint. Ich weiß, ich schweife etwas ab, aber wenn man das Wort »Schwein« benutzt, kommt es, klar, auch auf die »diskursive Textur« an, in die man es einspinnt, also auf den Kontext. Aber eben auch darauf, wie wir das Wort in die Welt ›einpflegen‹. Das kann man gar nicht genug üben. Mein Kumpel Christopher, der Amerikaner in Paris, hat mir mal über eine Stunde lang beigebracht, wie man das Schimpfwort »Fuck« richtig launcht. Das ist gar nicht so einfach, wenn man nicht wie eine deutsche Parodie klingen will. Eine spontane Sprachbeherrschungsübung (heute gibt es schließlich für alles Seminare) wäre jetzt, auf verschiedene Art und Weise »Du Schwein!« zu sagen:

Erstens – als Tatsachenfeststellung im Stall: Du Schwein, ich Mensch.

Zweitens – als gespielt zwiespältiger Kommentar, wenn uns eine Freundin erzählt, sie habe ihrem jüngeren Freund direkt nach dem Umzug, bei dem er sich als Lasttier richtig verausgabt hat, den Laufpass gegeben.

Drittens – als bewundernder Kommentar, wenn sich ein Freund

beim erstmalig gemeinsamen Saunabesuch als Ritter »Lanzelot« erweist – wie damals, als ich mangels Freundin mit Walter ein Spa-Wochenende an der Ostsee verbrachte, und:

Viertens – als verächtlicher Kommentar, wenn sich der Chef eine dritte Villa gönnt und gleichzeitig eine Entlassungswelle durchs Unternehmen spült.

Für schlimmere Vergehen ist »Schwein« heute längst zu schwach. »Fuck« leider auch.

EIN GENIE DER OBERFLÄCHLICHKEIT

Ich habe Janette gefragt, ob sie nun »Friseuse« oder »Friseurin« ist, und sie sagt, ich solle sie einfach »Janette« oder (was nur Freunde dürften) »Netti« nennen, denn sie schneidet mir jetzt zum letzten Mal die Haare. Janette hängt ihren Beruf an den Nagel. Das hat sie mir vor meinem Besuch am Telefon angekündigt.

»Echt? Warum das denn?« Mein Entsetzen ist echt, ich falle aus allen Wolken, weil in meinem Weltbild nicht viele Konstanten für Halt sorgen, aber Janette gehörte mit ihrem sonnigen Naturell und ihrer direkten, herzlichen Art stets dazu. Ich habe mir immer vorgestellt, dass sie morgens schon mit einem Pfeifen auf ihren vollen Lippen aufwacht. Nach einem Hauch von Frühstück – Janette passt in Größe 36, wenn sie die oberen zwei, drei Knöpfe wie üblich offen lässt, denn sie hat einen großen, selbstbewussten, vielleicht sogar überheblichen Busen – macht sie sich heiter und gekonnt zurecht, um der Brandung der Blicke und Sprüche zu trotzen, die den ganzen Tag lang von grollenden und miesepetrigen Zeitgenossen anrollen werden. Jetzt sind da plötzlich Risse im Bild dieses unerschütterlichen Gute-Laune-Felsens.

»Ich erzähl dir alles, wenn du zum Schneiden kommst.«

»Wie kannst du mir das antun?«, lag mir schon auf der Zunge;

habe ich mir dann aber doch verkniffen, weil ich befürchtete, nicht den richtigen Ton zu treffen, der unserer Dienstleistungsbeziehung angemessen wäre.

Ich eile vom Bahnhof Richtung Salon, voller Gefühle von Verlustangst, Schmerz und Trauer. Jetzt sich bloß nicht von negativen Gedanken überwältigen lassen! Ich nehme mir vor, Janette heute nicht mit meinen Sorgen zu belasten. Heute soll es nur um sie gehen.

Jetzt habe ich mich in eine Nachdenklichkeit hineingegrübelt, die gerade recht ist für das, was ich loswerden muss, bevor ich ihren Salon das letzte Mal betrete. Es ist höchste Zeit für eine Hommage an sie – Janette, meine Friseurin! Eine ernste Würdigung ihrer inneren Qualitäten, zumal so viele Leute eine seltsame Abneigung gegen sie und ihresgleichen vortragen. Warum? Das will ich heute ebenso herausfinden wie Janettes Geheimnis.

Noch kurz etwas darüber, was bei Janette jedem gleich ins Auge sticht: Sie ist blond, sehr blond; auf der Skala der verschiedenen Blonds – das fröhliche (Susanne Fröhlich), das gefrorene (Ursula von der Leyen), das giftig-süße (Daphne Groeneveld), das puppig-spookige (Lindsey Wixson), das sphärische (Cate Blanchett), das manische (Claudia Roth) und das sexy Blond (Kate Upton) – landet sie beim etwas trashigen Blond, trashig und leider auch, ja, sexy; obwohl ihre Haare durch das viele Bleichen gelitten haben. Entgegen der Vermutung, dass jemand wie Janette sich stundenlang aufbrezelt und macht und tut, damit die Haare geschmeidig glänzen, hat sie für ganz aufwendige Prozeduren morgens kaum Zeit. »Ich sage immer, ich muss das Zeug doch für meine Hübschen ausprobieren, wenn mich eine Kundin darauf anspricht, warum meine Haare nicht so *shiny* sind. Aber das machen die eigentlich kaum; sind ja alles Stammkunden. Und die Männer sehen so was eh nicht, die sehen Blond – und Bingo!«

Seit 15 Jahren arbeitet Janette als Friseurin. Jetzt ist sie altersmäßig »so um die dreißig«, und ihr Gesicht bedeckt sie mit einer ziemlich dicken Schicht Make-up. Sie hat ausdrucksstarke blaue Augen, in die sie morgens Berberil tropft, damit sie noch mehr leuchten. Sie trägt einen starken Lidstrich und angeklebte Wimpern, um ihre Augen zusätzlich zu betonen. Sie kennt ihre Features. Sie trägt meistens rosafarbene, eng anliegende Tops und spricht mit einer mädchenhaft hohen Stimme, vor allem aber, und das ist *ein* Grund, warum ich immer wieder zu ihr zurückkehren muss, mit einer Dialektfärbung, die mich an meine Kindheitstage erinnert.

Warum ist Janette für mich etwas Besonderes? Klar, sie sieht gut aus. Wer ist nicht gern von schönen Menschen umgeben? Aber das trifft es nicht. Ich halte Janette für ein »Genie der Oberflächlichkeit« – ein seltener Typ von Menschen, den ein einstmals bedeutender Schriftsteller – Gerhart Hauptmann – mal ganz ohne Ironie in den Raum geworfen hat, ohne genauer zu erklären, was es damit auf sich hat. Deshalb hier jetzt ein Versuch. Was ist ein »Genie der Oberflächlichkeit«?

Ein Genie der Oberflächlichkeit verspürt keinerlei Zwang zu einem gehaltvollen Gespräch oder Notwendigkeit, dem Gegenüber hinter die Maske zu schauen. Im Gegenteil. Die Gesprächsgrundlage ist ja die Erneuerung und Perfektionierung der Maske. Der Intellekt ist darauf ausgerichtet, die Eigendynamik des Dialogs zu ermöglichen, und dazu gehört, so ironisch das klingt, auch der Mut, Dummes, Flaches, Überflüssiges zu sagen. Dabei geht das Genie zwar in aller Harmlosigkeit auf das Gegenüber zu, meidet aber jede Form der Unterwürfigkeit, weil das wiederum beim Gegenüber eine unangenehme Haltung aktivieren kann, die im Arbeitsumfeld antrainiert wurde – dann macht mancher Kunde auf »Bossing«. Furchtbar, wenn der CEO nicht mal im Friseurstuhl mit seinem *Tough talk* aufhören kann und seine Körperspannung ausreicht, um eine Kleinstadt mit Strom zu versorgen.

Das geläufige Klischee vom servilen Figaro, der einem nach dem Mund redet und artigst Komplimente streut, habe ich bei Janette nie auch nur ansatzweise erlebt. Heute sind es eher die nach Compliance-Vorgaben optimierten Büromenschen, die eine extrem durchtrainierte Freundlichkeit an den Tag legen. Bevor sie morgens an ihrem Arbeitsplatz angekommen sind, haben sie sich schon zehnmal bedankt: Danke für den Blaubeer-Muffin, danke für den Kaffee, danke für die Post, danke für die Verlegung des Termins, danke, dass ihr alle arbeiten kommt, und danke, dass ihr die gleiche Luft atmet wie ich. Vielen Dank!

Wahrscheinlich war nicht mal der geniale Léonard Autié, seines Zeichens Haus- und Hofcoiffeur von Marie Antoinette und vermutlich sogar Vorbild des beredten Kammerdieners in Beaumarchais' Theaterstück *Figaros Hochzeit*, je so anbiedernd freundlich gegenüber seiner teuren Kundschaft. Léonard war, obwohl aus der Provinz stammend, gebildet, redegewandt und technisch brillant – sagt man, ich habe ihn ja nicht kennengelernt. So viel aber steht fest: Er entwickelte in den letzten Jahrzehnten vor der Französischen Revolution gigantische Haarkreationen, prächtiger als alles, was man beim Karneval in Rio zu sehen bekommt – zumindest auf dem Kopf. Seine frisierten Haartürme mit eingebautem Schmuck, Figuren und kleinen Automaten waren so hoch, dass die Damen auf dem Weg zum Theater kniend in den Kutschen fahren mussten. Dort waren sie ein Ärgernis für alle, die billigere Karten hatten. Für die Königin entwickelte er eine revolutionäre Kurzhaarfrisur, um ihren Haarausfall zu kaschieren. Alsbald wurde die »*coiffure à l'enfant*« tatsächlich zum neuen Trend der Pariser Modeszene.

Wenn das Genie der Oberflächlichkeit spürt, dass das Gegenüber sprechen möchte, aber nicht weiß, worüber, dann kommt es zu einem oder mehreren niederschwelligen Angeboten zu einem Gesprächseinstieg. Was dann folgt, betrachtet man am besten als Teil einer Art Liturgie, weshalb man beim Friseur keinesfalls jedes Wort auf die Goldwaage legen sollte. Natürlich wird viel Unsinn geredet, und auch

Janette bildet da keine Ausnahme. Wer sich da ganz sicher ausnehmen kann, hat vermutlich keine Freunde. Corinna, eine Psychologin, mit der ich vor Ewigkeiten mal in einer größeren WG zusammenwohnte, tröstete mich nach einer stundenlangen Mitbewohnerversammlung mit den Worten, dass wir Menschen wie Gänse sind. In Gruppen bestätigen wir uns durch unser Geschnatter gegenseitig Existenz und Relevanz – egal, auf welcher gesellschaftlichen Ebene. Mit diesem Blabla ist es wie bei religiösen Zeremonien, in der Politik und gesellschaftlichen Debatten. Jeder Bereich hat seine Phraseologie, seine Blabla-Standards. Wer kennt nicht diese geballte Hysterie in den Medien, wenn sie wieder mal ein Ferkel durchs Dorf jagen und alle sollen es für eine Sau halten. Bei den Friseuren, das habe ich in einer nicht repräsentativen Umfrage ermittelt, sind es, abgesehen von Fachthemen (Hair Profiling, Pflege etc.), die Topics Wetter, Urlaub, Tratsch und Beziehungsprobleme. Trotzdem lohnt es sich, beim nächsten Friseurbesuch ruhig mal zu spüren, wie eine angenehme Plauderei seelische Verspannungen locker wegmassiert. Tief verschüttet oder gar verschlüsselt im wortreichen Quatsch jahrhundertealten Bedeutungsmülls steckt da manchmal sogar Weisheit drin.

Janette hat von beidem eine ganze Menge auf Lager – wortreichen Quatsch und Weisheit. Sie schafft es, Anteil zu nehmen, ohne sich, wie viele sonst, im Elend anderer zu suhlen, und orientiert sich daran, praxistauglich Rat zu geben oder zumindest zu kommentieren. Sie merkt sofort, wenn bei ihrem Kunden die Hölle brennt, und reicht unaufgefordert ein paar verbale Erfrischungstücher.

Mehr kann man meistens eh nicht machen, hat mir neulich selbst ein Psychotherapeut auf einer Party gesagt: »Ich muss damit leben, dass ich da vielleicht jemanden behandle, der nach unserem Gespräch rausgeht und sich irgendwo runterstürzt. Trotz des Redens, trotz Cipramil! Vielleicht halte ich ihn ein-, zweimal davon ab. Aber wenn sich einer definitiv umbringen will, dann kann ich da auch nichts machen.« Dieses Geständnis kann man natürlich nicht in einem Vortrag oder Fachjournalbeitrag ablegen, aber ich halte das für eine gesunde Einstellung zum eigenen Job. Man muss sich nicht größer machen, als man ist, kann die Kirche im Dorf und die Schweine einfach mal im Stall lassen. Wenn bei einem die Sicherungen rausfliegen, kannst du ihm nur den Sicherungskasten zeigen, eindrehen muss er sie selbst. Und was sind Friseure anderes als Therapeuten, die es schon gab, als Freud noch nicht mal in der oralen Phase war? Ja, wenn selbst Mutter und Vater schon lange nicht mehr zuhören und die Krankenkasse keine Therapeuten mehr bezahlt, ist der Friseur noch mit viel Geduld und Verständnis für einen da. Möglicherweise überhöhe ich hier ein kleines bisschen, aber ich glaube, der Friseursalon kann so etwas sein wie ein Rastplatz für das vereinsamte Individuum. Denn alle haben einen Hund, aber keinen zum Reden. Der Friseur als starker Kommunikator in einer kommunikationsgestörten Welt – damit meine ich natürlich nicht dieses penetrante »Und? Hast du noch genug Spülung zu Hause?«, um dem Kunden auf jeden Fall noch ein paar Euro extra abzuknöpfen, oder nerviges Selbstmarketing: »Puh, morgen mache ich meinen vierten Salon auf, da muss ich wohl ein paar Kundinnen an meinen Creative Director abgeben, aber dich schneide ich natürlich persönlich weiter ...«

Janette kommt dem Ideal eines starken Kommunikators für mich zumindest schon sehr nah. Umso schlimmer, wenn ihr – wie vielen ihrer Kolleginnen – eine latente Verachtung entgegenschlägt. Liegt das vielleicht an der beinahe intimen Nähe? »Es gibt ja sonst kaum jemanden, der so nah dran ist am Kunden wie wir«, sagt Hans Wolf, Friseurmeister aus Miesbach. »Der Arzt schon nicht mehr, der jagt die Spritze, wenn es sein muss, auch durch den Mantel.«

Janette sagt, dass sie ja niemanden zwinge, zu ihr zu kommen.

»Den Friseur kannst du dir aussuchen, und wenn's nicht mehr passt, ist auch ohne tränenreiche Szenen oder kostspielige Scheidungsverfahren Schluss.« Andererseits steht sie auch bei Trennungen hilfreich zur Seite und verhindert manchmal schlimmere Folgeschäden.

»Nach einer Trennung wollen manche Frauen krasse Veränderungen. Von langen blonden Haaren dann auf ganz kurz und schwarz. Aber das geht meist nicht gut – ist halt nicht jede eine Halle Berry. ›Am besten‹, sag ich dann, ›erst mal nur eine Sache machen. Also nur Haare ab oder nur färben.‹ Soll sich ja nach dem Friseur niemand elender fühlen als vorher, weil die Verwandlung vielleicht doch zu extrem war.«

EIN BISSCHEN FEIERLAUNE

Janette sieht wirklich gut aus. Hatte ich das schon erwähnt? Aber es ist nicht das gute Aussehen, das wie eine glatte, abweisende Werbefläche für das eigene Ego getragen wird und trotzdem unbedingt ›authentisch‹ sein will, sondern ein gutes Aussehen, das wie eine Gesprächseinladung wirkt. Das ist schon eine Kunst. Ich versuche mal, ihren Style vor dem Hintergrund der Kulturgeschichte zu betrachten, auch wenn das manchem zu viel der Ehre scheint. Zugegeben, Janette entspricht äußerlich dem Klischee der »Friseuse«, jener grelle Typus Frau, der mit billigem, aber effektivem Sex-Appeal arbeitet und von einer gewissen Aura bildungsferner Vulgarität umgeben ist. Der offensive Einsatz dieser Mittel ohne jede ironische Note lässt sie vielen Frauen als verachtenswert ›billig‹, vielen Männern aber insgeheim begehrenswert erscheinen. Meine Schwester Heike (verheiratet, zwei Kinder) trägt einen braunen Pferdeschwanz und Funktionskleidung und urteilt über Janette (deren Bild auf der Salon-Website ich ihr mal zeigte), sie sehe »derart verboten aus, dass man sich wundert, wieso der Arbeitgeber da nicht einschreitet – schließlich sollen die Kundinnen ja nicht abgeschreckt, sondern angelockt werden.« Aber das muss ich jetzt auch mal bei aller Geschwisterliebe sagen: Graue Mäuse sollten nicht über bunte Vögel richten. Außerdem vergessen die Friseusenverächterinnen, dass jede weibliche Sexualität im Spätkapitalismus Arbeit ist, harte Arbeit, die durchgestanden werden muss.

»Angefangen bei der Arbeitszeit, die für den Kauf und den strategischen Einsatz von Kleidung, Frisur und Schönheitsprodukten aufgewendet wird, über die tatsächliche Arbeit bei Diät und Fitness bis zur Erschaffung und Erhaltung der sexuellen Rolle – die Selbstverdinglichung ist Arbeit ...«, schreibt die feministische Bloggerin Laurie Penny, deren Buch mir neulich in die Hände fiel (das ich zugegebenermaßen wegen des reißerischen Titels *Fleischmarkt* kaufte). Und es ist noch nicht lange her, da machte die britische Soziologin Catherine Hakim von der London School of Economics mit ihrer Aufforderung an die Frauen Furore, ihr »erotisches Kapital« systematisch für die Karriere einzusetzen. Diese »schwer fassbare, eminent einflussreiche Kombination aus Schönheit, Sex-Appeal, sozialen Kompetenzen und der Fähigkeit, das eigene Selbst zu präsentieren«, sei eine wichtige Ressource. »Der Volksmund weiß es seit Langem: Männer bekommen nie genügend Sex«, schreibt Hakim und beruft sich dabei auf mehrere Studien. Und diesen Sexmangel sollten sich Frauen ihrer Ansicht nach nicht nur in privater, sondern auch in beruflicher Hinsicht zunutze machen.

Natürlich, man kann Janettes offensives Styling als oberflächlich verachten, aber wenn selbst Soziologen von »erotischem Kapital« und »Bodymanagement« sprechen, das besonders in Krisenzeiten von Frauen *und* Männern eingesetzt wird, dann muss man das vielleicht noch mal überdenken – ein zweites Mal *hingucken* tut man ja ohnehin. Die Gestaltung und Inszenierung des Körpers ist in den letzten 100 Jahren zum wichtigen Instrument des persönlichen Erfolgs avanciert, während der Körpereinsatz für die eigentliche Arbeit immer nebensächlicher wird. Heute sitzen die meisten bei der Arbeit am Schreibtisch und machen »Work-out« erst nach der Arbeit. Allein der Umsatz aller an Körperfitness und -modifikationen beteiligten Branchen und die immer weiter voranschreitende Kommerzialisierung rund ums Körpertuning spricht Bände. Die Idee, der menschliche Körper sei individuell und trotzdem im Einklang mit den gesellschaftlichen Normen gestaltbar und ermögliche so für jeden Einzelnen mehr Glück und Freiheit, ist auf die ein oder andere Weise ins Leben von uns allen gesickert – ob es nun als wichtiger Lebensinhalt empfunden wird oder als sozialer Druck. Das Schönheitsspiel wird heute mehr und mehr als moralische Pflicht empfunden. Deshalb trainieren auch so viele Leute speziell Muskeln, die zwar im Alltag völlig nutzlos sind, dafür aber besonders gut aussehen.

Dass Spielen Spaß machen muss, ist nicht in Stein gemeißelt. Das ist ein Dogma aus jüngerer Zeit. Kinder jedenfalls spielen meist mit großem Ernst, während Erwachsene beim Spiel meist kindisch werden und sich immerzu ärgern – über die Regeln oder darüber, dass sie jemand anders auslegt. Spaßfrei verhärtet hat sich auch das Spiel um die Schönheit. Früher, also vor der zweiten Hälfte des 20. Jahrhunderts, hat die Mode körperliche Schwächen noch kaschiert, um die Imagination zu beflügeln und anderen persönlichen Qualitäten wie Charme, Witz und Wärme eine Chance zu geben. Die Mode heute aber stellt körperliche Makel förmlich aus und fordert meist, wie einst die launischen Götter des Olymp, Opfer – wenn auch nur ›*Fashion Victims*‹. Da kommen wir wieder an den Punkt mit der Entdeckung, dass die Haare auf dem Kopf kein Fell mehr, sondern ein wichtiges plastisches Ornament des Menschen sind. Immerhin hat schon Darwin die nackte Haut als Aufforderung der Natur interpretiert, sich mal was Cleveres einfallen zu lassen, damit wir uns klar von den Affen unterscheiden. Sonst gibt es keinen triftigen Grund, dass wir ohne Fell sind – im Gegenteil, es ist sogar einigermaßen gefährlich, wenn die Haut Kälte, Sonne und anderen Einwirkungen schutzlos ausgeliefert ist.

Aber wir reden ja gerade über Janette, die sich vor diesem Hintergrund also durchaus clever verhält. Sagen wir, im forcierten Schönheitsspiel zieht sie ohne Umschweife ihre Trümpfe, auch auf die Gefahr hin, ein bisschen *over the top* zu reizen. Die Blüte des Lebens ist kurz und es gibt wiederum so viele Beispiele in der Natur, ob tropische Vögel oder Blumen, die genau das machen – mit allem, was da ist, zu strahlen und zu beeindrucken, auch wenn es riskant ist.

Kürzlich sprach ich mit Annett Eßer über dieses Thema, weil sie als Hair- und Make-up-Artist viel mit Frauen und Männern zu tun hat, die sich die gleiche Frage stellen: Welche Strategie im Schönheitsspiel ist die richtige? Annett hat früher als Model gearbeitet, ihr Blow-up für ein amerikanisches Unternehmen, das Haarpflege-Produkte anbietet, hing am Times Square in New York, was für jedes Model wirklich ein Ritterschlag ist.

»Die meisten Frauen lernen das richtige Schminken nicht von Haus aus. Entweder sie dürfen gerade so viel wie die Mutter oder aber gar nicht, und wenn es ihnen keiner mehr verbieten kann, fallen sie erst mal zu tief in den Farbtopf. War bei mir auch so. Dann habe ich irgendwann mal gar nichts drauf gehabt und da meinte jemand zu mir: ›Hey, du siehst heute so frisch aus.‹«

Zu Styling-Seminaren, die Annett regelmäßig gibt, kommen Frauen, um sich professionelles Make-up erklären zu lassen. Die haben ihr Beautywissen aus allen möglichen Quellen zusammengekramt und orientieren sich auch daran, was die TV-Optik anbietet. Bloß: Fernsehen ist für den Alltag kein guter Ratgeber. Doch oft bleibt diese Fernsehästhetik ein Leben lang unhinterfragt. Und mit steigendem Alter werden die Farbschichten natürlich immer dicker.

»Eine Lady hatte blaue Wimperntusche und noch Glitzer obendrauf, und ich frage sie: ›Warum machst du das denn alles? Das brauchst du doch gar nicht‹, und sie dann: ›Ich mach das schon seit 20 Jahren. So sehe ich schon immer aus. So kennen mich alle.‹«

Für manche Frauen ist die Schminke auch eine Art Schutzmaske, um die Außenwelt auf Distanz zu halten. Hinter dicken Farbschichten fühlen sie sich sicher und glauben, damit Schwächen und Emotionen verbergen zu können. Die Make-up-Technik »Viel hilft viel« ist zwar beliebt, funktioniert aber wie eine Einbahnstraße: Es ist schwierig, zurückzufahren. Fies, wenn etwa – wie neulich geschehen – die Lady im Frontoffice mal versucht abzurüsten und die Kolleginnen hinter vorgehaltener Hand lästern: »Krass, die sieht so blank aus – wie 'ne Psychiatriepatientin.«

Bei den Augenbrauen wird auch oft übertrieben, in dem Fall aber nicht zu viel davon, sondern zu wenig. Ich erinnere mich an eine Nachbarin, die ich als kleiner Junge immer gespenstisch fand, weil ihre Augenbrauen eine Mischung aus Malerei und Resthaaren waren. Auch nicht schön, wenn man Kinder so erschreckt. Ganz ohne Augenbrauen, dafür aber mit Tattoos an den entsprechenden Stellen kann auch sehr gruselig sein. Deshalb waren auch die Fans von Katie Price bei ihrem zweiten Auftritt im britischen Dschungelcamp so irritiert und mussten ihr immer auf die Augenbrauen starren. Heute ist die Gelegenheit günstiger denn je, sich in der Kunst der Unterlassung zu üben, denn eine ganze Armada von Models und Schauspielerinnen, darunter Lily Collins, Karlie Kloss und Cara Delevingne, bringt die Augenbraue zurück, und zwar in ganz dickem Stil – dies aber nur am Rande bemerkt.

Bei den Beautyseminaren von Annett bekommen übrigens alle Frauen am Schluss ein Foto von sich. Und so manche nimmt danach nicht nur Abschied von dickem Make-up, sondern auch von alten Vorbildern. Eines davon: Jennifer Aniston, die mit dem Start der Sitcom *Friends* im Jahr 1994 weltweit geradezu epochalen Einfluss erlangte. Frauen rund um den Globus verlangten plötzlich nur noch eine Frisur in den Salons: *»The Rachel«!* Das war ein verlängerter, gestufter Bob mit antoupiertem Ansatz und blonden Strähnen, benannt nach Jennifers Serien-Rolle: Rachel Green. Bis heute soll der Schnitt in den USA die meistgefragte Frisur sein. Dabei war *»The Rachel«* nur eine Art Notlösung, denn Jennifers Haar sah zu Drehbeginn ziemlich kraus und wenig ansprechend aus. Obendrein hatte ihr Lieblingsfriseur Chris McMillan aus Beverly Hills, wie er selbst sagte, »einen zu viel geraucht«. Auch Jennifer mochte den Schnitt nicht besonders. Nach zwei Staffeln präsentierte sie sich mit langen, glatten Haaren, blieb aber auch damit für viele Frauen bis heute ein Frisurenvorbild.

Einmal frage ich Janette, wie sie den Rachel-Look findet.

»Na, das ist schon ziemlich 90er. Aber geht immer noch. Wie Jen wollen die Frauen immer noch aussehen. Ist halt voll 'ne Ikone. Allerdings sehen die glatten, blonden Haare bei einigen Frauen mangels Masse und Pflege aus wie frisch aus dem Topf gezogene Spaghetti.«

»Ich finde Jennifer süß«, gestehe ich Janette.

»Na, jetzt mach mal 'nen Punkt. Die könnte doch deine Mutter sein.« Nee, Janette, das war jetzt eine Nummer zu fett, denke ich. Ich mag Schmeicheleien, aber die müssen schon noch was mit der Realität zu tun haben. Das sage ich ihr natürlich nicht. Ich kichere nur und erwidere:

»Nee, Janette, das war jetzt nicht fair. Jennifer ist PREMIUM. Kein Scherz!«

Aber noch mal zurück zu ihrer Frisur von damals: Ich glaube, der Rachel-Bob ist so prägend gewesen, weil er mit der von der Serie vorgestellten Idee verschmilzt, dass eine Frau witzig, launisch, schlagfertig, auch mal fies, schnippisch, aufbrausend und schnatternd daherkommen kann, aber trotzdem immer superattraktiv ist.

Darum geht es doch eigentlich, wenn nicht gerade eine Hochzeit ansteht, die Haare kunstvoll hochgesteckt werden und mit Haarteilen, Haarkissen und »Fascinator« (besonders beliebt: Marabufedern, Tüllschleier, Rosen und Perlen) weiter dekoriert werden – eine alltagstaugliche Frisur, die trotzdem immer auch ein bisschen Feierlaune ausstrahlt. Der britische Starfriseur Vidal Sassoon sorgte deshalb in den frühen 60ern mit seinem geometrisch inspirierten Fünf-Punkte-Schnitt für einen neuen Kurzhaartrend, nachdem zuvor aufwendige Hochsteckfrisuren das Nonplusultra gewesen waren. Den Bob passte er dabei den individuellen Gesichtslinien und der Kopfform an. Auch in feministischen Kreisen erfreute sich diese Frisur großer Beliebtheit. Meine Deutschlehrerin erscheint mir heute noch gelegentlich im Schlaf – mit grauem Bob. Vidals Credo, dass zu einer Frisur auch die Bewegung gehört *(»Shake it, Baby!«)*, lässt sich direkt auf die erste Protagonistin des Bobs bzw. Bubikopfes zurückführen – Irene Castle. In den ersten zwei Jahrzehnten des 20. Jahrhunderts war die Amerikanerin eine berühmte Showtänzerin, die aus ganz pragmatischen Gründen ihre Haare kurz trug und trotzdem großen Wert auf ein glamouröses Styling legte. Sie ließ sich vor einer Blinddarmoperation von ihrem Mann Vernon die Haare kurz schneiden, weil sie keine Lust hatte, sich während des Krankenhausaufenthalts um das Styling ihrer langen Haare zu kümmern. Und dann sah das erstaunlich gut aus.

Die Erfindung des Bobs wird allerdings dem Starfriseur Antoine de Paris zugeschrieben, der der französischen Schauspielerin Ève Lavallière, die damals schon über 40 war und auf der Bühne eine junge Frau spielen sollte, mit einem Haarschnitt *à la garçonne*, einem jungenhaften Kurzhaarschnitt, einen glaubwürdigen Auftritt auf der Theaterbühne ermöglichte. Die Inspiration dazu wird abwechselnd Abbildungen Jeanne D'Arcs und einem kleinen Mädchen zugeschrieben, das dem Friseur die Post in den Salon brachte. Derweil stieß Irene mit ihrer neuen Frisur eine zunächst sehr umstrittene Entwicklung in den USA an. Plötzlich drängten junge Frauen in die klassischen Barbershops für Männer – wo die Kurzhaarfrisur schließlich zu Hause war –, um sich den Bob schneiden zu lassen. Das ärgerte die Männer, die hier zuvor ihre Ruhe gehabt hatten, plötzlich aber anstehen mussten. Eltern beschwerten sich, weil sie jetzt ganz genau hinsehen mussten, wenn eines ihrer Kinder nachts zu spät vom Feiern nach Hause kam. Ein erster Vorgeschmack auf die kommende Unisex-Mode. Die Friseursalons zogen bald mit entsprechenden Angeboten nach, und in die Barbershops zog wieder Ruhe ein. Die *Washington Post* berichtete 1924, dass es nach dem 1. Weltkrieg ungefähr 5.000 Friseursalons gegeben habe, jetzt seien es schon 21.000! Auch in Europa machte der »Bubikopf« Karriere. Kaum zu glauben, aber bevor der Bob *en vogue* war, gingen die Männer tatsächlich häufiger zum Friseur als die Frauen, weil lange, aber streng als Dutt getragene Haare nicht so viel Tamtam brauchen.

In den 30ern schlug dann zum ersten Mal die Stunde der Dauerwelle, die sich langsam ausbreitete. Ein grandioses Comeback in den 80ern sorgte dafür, dass nun sogar die Männer von dieser ›Welle‹ erfasst wurden.

Auch wenn die Societyfrau alten Schlages mit vornehmlich repräsentativen Aufgaben die Haare grundsätzlich lang trägt, um den sozialen Codes zu entsprechen, stellt sich für die meisten Frauen zeitlebens die Frage immer wieder neu: kurz oder lang? Frauen, die heute auf die 40 zugehen, haben meist schon alles Mögliche ausprobiert, auch, weil sich der früher dominante Einfluss der Mutter nach und nach verringert.

»HEY, DAS MACHT DICH UM JAHRE JÜNGER!«

Als ich endlich bei Janettes Salon ankomme, steht ihre Kollegin Isa rauchend vor der großen Schaufensterscheibe. Mit einem tonlosen »Hi« wechselt sie ihr Standbein, lässt dabei ihren Outlet-Schmuck klimpern und schüttelt ihre kunterbunte Mähne. Mit einem tiefen Zug an der Zigarette wendet sie sich sofort wieder demonstrativ dem hochinteressanten Geschehen auf der Straße zu. Isa mag mich nicht, sie hat schon bei meinem ersten Besuch gewittert, dass einer wie ich nicht in ›ihren‹ Laden gehört. Vielleicht ist ihre hartnäckig abweisende Art auch ein Ausdruck von Eifersucht, weil ich mich schon vor Jahren für Janette entschieden habe und ihr niemals untreu geworden bin. Schon gar nicht für ... Isa! Isa schafft es allerdings, auch mich damit immer ein bisschen zu kränken – beiderseitige Kränkung, eine wahrhaft unglückliche Affäre. Auch Männer wollen gemocht werden, ich wohl zu viel.

Im Salon federt mir Janette versöhnlich lächelnd entgegen. Wenn ich zu ihr in den Salon komme, fühle ich mich gleich wie Dieter Bohlen im Solarium: so richtig zu Hause! Nach dem Bussibussi platzt es aus mir heraus:

»Warum? Janette, was hast du vor?«

»Pssst!« Sie legt ihren Finger auf den Mund. »Komm erst mal rein, ich erzähl's dir später!«

Am Frisiertisch stehen zwei Sektflöten und eine Flasche günstigen Schaumweins. Ebenso befriedigt wie wehmütig wird mir bewusst, dass ich bei Janette wohl einen gewissen VIP-Status erreicht habe. Ich schaue sie mit gespielt überraschter Miene an.

»Das wäre doch nicht nötig gewesen.«

»Ach, der Sekt, der ist noch von Maria, meiner letzten Kundin.« Autsch. Der Satz trifft mich wie ein Schlag. »Maria kommt seit meiner Ausbildung und ist halt traurig, dass sie sich jetzt jemand Neues suchen muss, der ihre Frisur so macht wie seit gefühlt 1.000 Jahren. Willst du auch ein Gläschen?«

Ich bin für Janette ein einfacher Fall, auch technisch – allerdings sind es bei Männern die Details, die sonst vielleicht niemand sieht, die aber darüber entscheiden, ob man noch mal zum selben Friseur geht oder nicht. Das kennt Annett zum Beispiel von ihren Jobs als Visagistin nur zu gut. Sie nennt es das »Donald-Trump-Ding« – eine über die Jahre eingeschliffene Gewohnheit, wie man seine Haare macht oder machen lässt. Dafür ist »The Donald« ja ein weithin bekanntes Beispiel, denn obwohl der Immobilienerbe selbst schon Veranstalter von Schönheitswettbewerben war, reizt er mit diesem quer über den Kopf gefädelten, zwischen orange und blond changierenden Kämmkonstrukt wirklich jeden, nicht nur Leute, die etwas mit Beauty und Haaren zu tun haben. Selbst die giftige Raupe der Flanellmotte wird wegen ihrer bizarren Behaarung schon »Donald Trump-Raupe« genannt. Tierschutzaktivisten sind gegen diesen Spitznamen von *Megalopyge opercularis* bisher allerdings noch nicht vorgegangen.

»Einige Männer sind da beratungsresistent. Aber die meisten sind total offen und akzeptieren sofort meine Vorschläge«, sagt Annett. Neulich hat sie einige Herren zurechtgemacht, die auf einer Messe-Veranstaltung zu moderieren hatten.

»Die Männer gehen dann erst mal auf Distanz: ›Müssen wir etwa auch in die Maske?‹ Und wenn sie es dann einmal mitgemacht haben, dann sind sie am nächsten Morgen als Erste da und schreiben auf, was ich für Produkte verwende.«

Bei manchen Männern gibt es viel, sehr viel zu tun. Mit diplomatischem Geschick geht Annett dann trotz Zeitdruck auch die Problemzonen wie z.B. wild wuchernde Augenbrauen an. Und wenn alles wieder in Ordnung gezupft ist, kommentieren Männer ihre nun wieder akkuraten Haarpartien, als handelte es sich um Juwelengeschenke.

»Da freut sich meine Frau.«

Dass es immer wieder eine Herausforderung ist, in der Beautybranche zu arbeiten, weiß auch Christiane Buchholz. Sie arbeitet seit vielen Jahren als Hair- und Make-up-Artist und macht oft Modestrecken und Porträts. Als ich sie mal auf einer Party treffe, frage ich sie, wie sie mit renitenten Kunden umgeht.

»Klar, beim ersten Kontakt ist es immer wieder eine besondere Sache, dieses Vertrauen herzustellen – egal, ob ich mit Models, Promis oder mit Menschen arbeite, die keine Medienprofis sind. Ich habe ein paar Tricks, um meine Arbeit in Einklang mit deren Sicht zu bringen. Einer ist, dass ich mir erst mal anschaue, wie sie ihr Haar selbst tragen, und mir ihre Vorlieben merke. Dann erkenne ich, wie ich ihren persönlichen Typ herausarbeite, und imitiere auch ihre Handbewegung, um ein vertrautes Haarstyling zu erreichen. Das gibt ihnen das Gefühl, dass der Look zu ihnen gehört.«

Bei langjährigen Beziehungen, und wenn es auch nur Dienstleistungsbeziehungen sind wie bei Janette und mir, ist das natürlich nicht nötig. Aber trotzdem kann es Janette nicht lassen, meinen etwas konservativen Stil durch halbernst gemeinte Anregungen herauszufordern. Ihr ist natürlich auch klar, dass Männer für Frisurwechsel – einfach mal so aus einer Laune heraus oder um die Laune zu heben und Selbstzweifel zu überwinden – schwerer zu gewinnen sind als Frauen. Das Bedürfnis nach Veränderung orientiert sich eher an klaren Brüchen und Lebensphasen. Nach der verlängerten Jugend endlich im bürgerlichen Nest gelandet? Beruflich kurz vorm *touch-down* auf irgendeinem Managerposten? Da ist ein statusgemäßer Schnitt angesagt. Allerdings, wer hat heute schon das Gefühl, ›angekommen‹ zu sein? Das erscheint einem doch oft wie ein labiles Konstrukt aus Halbwahrheiten und vorläufigen Arrangements. Ich habe jedenfalls nicht das Gefühl, dass ich schon meine ›finale‹ Frisur habe. Es ist nicht so wie bei vielen Frauen, die ein Leben lang mit ihren Haaren zu hadern scheinen, aber die Frisur hat auch bei Männern ›Krisenrelevanz‹. Deshalb spielt Janette damit. Intuition. Es geht immer darum, mir eine flippigere, jugendlichere Note zu verpassen, zumal mein aktueller Status, den sie wie immer routiniert abfragt, dafür spricht:

- ★ Großstadt-Single,
- ★ latent beziehungsunfähig, aber nicht unansehnlich,
- ★ hohe bis besinnungslose Konsumbereitschaft bei Produkten, die Sex-Appeal für den Besitzer versprechen,

- kein Schmuck, dafür tiefe und mit Stolz getragene Augenringe als Statussymbol und Ausweis für hohe Leistungsbereitschaft.
- Allenthalben wird ihm, also mir, eine epische Midlife-Crisis prophezeit, weil erste Symptome wie eine im Wohnzimmer aufgebaute Whiskybar und eine aus dem Nichts erweckte (aber schnell wieder eingeschlafene) Leidenschaft für exzessive Dauerläufe bereits aufgetreten sind.

Janette will mir mit ihren herausfordernden Vorschlägen ein klares Statement pro oder kontra Jugendlichkeit entlocken. »Hey, das macht dich um Jahre jünger.« Wer antwortet darauf mit: »Kein Interesse«? Jeder will jung sein, selbst wenn er sich in seinem Leben langweilt wie eine Katze, die sich nach stundenlangem Spiel mit einer toten Maus nur noch über das reflexhafte Zucken ihrer Tatzen ärgert. Okay, die Metapher war ein bisschen sehr um die Ecke. Es geht nur Jungsein oder Kapitulation. Dazwischen gibt es nichts. Das ist wie in der Medizin. »Bei Patienten meines Alters wollen die Ärzte nicht mehr reparieren, sondern stabilisieren«, beschwerte sich Walter neulich bei mir: »Wenn du 20 bist, machen sie dir notfalls aus ’nem Fußnagel eine Knie-scheibe, damit du wieder laufen kannst. Wenn du über 40 bist, gibt’s nur ’ne Spritze oder Reizstrom. ›Mehr können wir da im Moment nicht machen‹, hat mein Arzt neulich gesagt. Das ist doch ’ne Sauerei, oder?«

»Riesensauerei!«, pflichte ich Walter bei. »›Im Moment‹, das klingt doch echt zynisch.«

Eines Freitagabends im Jahr 2060: Ich schlage die *Apotheken-umschau* auf, aus Stolz auf meine Sehkraft lese ich sie nicht auf dem iPad oder einem anderen Seniorencomputer, sondern in der gedruckten Fassung, die dann locker 300 Seiten stark ist und alles zwischen Inkontinenzslips, Shapewear und Mikrodermabrasion behandelt. Bevor es trotz morscher Knochen in den Club ›Peer Pressure‹ und anschließend für einen Absacker ins ›Silver Alert‹ geht, lese ich noch schnell den Leitartikel: »90 und sexy – Tipps und Tricks für *Top Ager.*« Also, ich freu' mich drauf ...

Zurück ins Hier und Jetzt bei Janette. Was sie mir nicht schon alles schmackhaft machen wollte: einen stacheligen Emo-Punk-Look wie Bill Kaulitz, eine von Justin Bieber inspirierte Föhnfrisur – »Mensch, ich bin kein Teenager mehr!« Sie deutet jetzt mit einem gekonnten Griff in mein Haar einen 1980er-Jahre-Retro-Flattop an, wie ihn Grace Jones berühmt gemacht hat.

»Das wäre doch auch mal was ...«

Ich lache etwas verquält.

»Das sieht dynamisch aus, bringt 'ne männliche Note rein, passt auch sonst gut zu deiner sportlichen Figur«, säuselt Janette mir ins Ohr, während ich ihr Kompliment genieße, denn ich bin in einem Alter, wo das Baucheinziehen allmählich anstrengend wird; da hat man jede Schmeichelei nötig. Albern, dieses Spiel, klar, aber ich fühle mich gern mal wie Ken, der von Barbie geneckt wird.

Dann schlägt Janette »Ombré Hair« vor, einen Farbverlauf im Haar, der in den Spitzen blond aufhellt.

»Das haben noch nicht so viele Männer, da wärst du ganz vorn.«

»Find ich ganz schwierig. Muss nicht sein«, wehre ich ab.

Ich verstehe Janettes Fixiertheit auf Blond, weil es nicht einfach eine Farbe ist; Blond ist ein Geisteszustand. Frauen mit blonden Haaren verhalten sich anders, weil sich die Menschen ihnen gegenüber anders verhalten. Schon bei den alten Römern galt die blonde Haarfarbe als Symbol für eine attraktive, glückliche und erotisch selbstbewusste Frau. Gegen so viel Tradition bin selbst ich machtlos.

Schließlich wird der Mythos auch in der oberflächlichen Kulturindustrie der Gegenwart gespeist, wenn nicht gemästet. Es wimmelt von Blondinen in Mode, Medien, Musik und Werbung, sogar die Kuscheltiere sind heute meistens blond.

Blond verschmilzt extrem mit der Persönlichkeit, wie der Tod der Hollywood-Blondine Jayne Mansfield gezeigt hat, deren immense Oberweite eine echte Benchmark für den Berufszweig der »Sexbomben« jener Zeit setzte und sogar Sophia Loren trotz unerbittlichen Gegenhaltens großen Respekt abrang. Jayne entschied sich für ein Leben als Blondine, war unter der Perücke aber brünett. Bei ihrem tödlichen Autounfall wurde die Perücke vom Kopf gerissen. So entstand die Legende, sie sei durch den Unfall enthauptet worden.

Von Jayne zurück zu Janette. Sie ist, seit wir uns kennen, immer blonder geworden. Einmal fragte ich, ob sie »echt blond« sei.

»Eigentlich schon. Das heißt, ich weiß es nicht genau.« Sie färbt ja schon seit Jahren. Angefangen habe es mit 15, als ihr Blond langsam, aber sicher in eine Unfarbe abdriftete, Marke »Straßenköter«. Da hat sie sich entschieden, Klarheit zu schaffen und in große Fußstapfen zu treten. Nicht nur die von Broadway- und Hollywoodstar Mae West, der bekanntlich viele, viele folgten – Marlene Dietrich, Marilyn Monroe, Daniela Katzenberger ...

Mae war vielleicht die wichtigste Blondine von allen – inspirierte Künstler, musste mal in den Knast und war so liberal, dass sie heute noch in den meisten Ländern der Welt genau dort sitzen würde. Über sie hieß es, sie könne nicht mal ein Wiegenlied singen, ohne dass es sexy klinge. Aber es gibt auch zahlreiche Gerüchte: dass sie sich jeden Tag rasieren musste, dass sie gar ein Mann war usw. usw.

Da wird die ganze Sache mit den blonden Haaren heikel, ich meine: bei Männern. Die Steigerung der Attraktivität durch Blondieren funktioniert bei Männern in der Regel nicht. Blond gilt doch eher als Ausdruck einer weiblichen, auf die Männer gerichteten Sexualität. Das kann für Heteros problematisch sein.

»Ach was«, winkt Janette nach meinem Einwand ab, »guck dir Jared Leto an, der kann das alles tragen. Du auch!«

»Wie schmeichelhaft. Nee wirklich, lass mal, neulich habe ich ihn mit blondierten Spitzen gesehen. Grusel. Ein echter Frisurenjunkie.«

»Und?«

»Musiker dürfen das, die stecken ja auch nicht in der Seriositätsfalle und müssen vor einem bierernsten Publikum PowerPoint-Charts hin und her klicken ...«

Ich habe es da ja noch einigermaßen leicht. Männer, die von Natur aus blond sind, kämpfen oft, um ernst genommen zu werden, und stehen womöglich gar nicht darauf, soft zu wirken. Manche sehnen das Abdunkeln der blonden Haare oder gar das erlösende Grau herbei und helfen in dieser Beziehung sogar nach. Andere wiederum kompensieren die brötchenfarbenen Haare dann mit einem schneidigen Kurzhaarschnitt und mathematisch präzisem Scheitel. Also, warum sollte ich meine Haare blondieren? Zumal die Popkultur dem blondierten Mann ein recht enges Rollenrepertoire zuteilt – als Filmschurke (unvergessen: Peter Stormare als Killer in *Fargo*, ebenso eindrucksvoll Drago alias Dolph Lundgren in *Rocky IV)*, Polit-Psycho (Geert Wilders) oder aufgeputschte Rampensau (H.P. Baxxter).

Schmeichelhaft, wenn man in jungen Jahren zeitweilig als sonniger Surfertyp oder frühes Robert-Redford-Double firmieren kann, aber ehe man sich versieht, steht man als Handtaschenversion von Hansi Hinterseer da. Mancher kämpft noch mit seinem Erscheinungsbild, bei Oliver Kahn wecken die noch immer erstaunlich dichten blonden Haare bei ungünstiger Beleuchtung Assoziationen an eine topfartige Playmobilfrisur – ein enormer Fortschritt zu früher, als er noch Vokuhila trug, für das Haarpflegeunternehmen Wella Anlass genug, den Ex-Titanen als Testimonial für Männer-Stylingprodukte zu verpflichten – gewissermaßen als geläuterter Haarsünder. Da fiebere ich immer mit, ob jemand wie der Olli in dieser problematischen Übergangsphase seines Lebens und seiner Haare vielleicht noch mal von einem Spitzenfriseur den Kick in die richtige Richtung bekommt. Es soll sich ja keiner mehr vor ihm fürchten wie dereinst Mehmet Scholl, der auf die Frage, vor was er am meisten Angst habe, antwortete: »Vor Krieg und Oliver Kahn.« Kultivierte Männlichkeit *ohne* Abschreckungsaura – ist das nicht unser aller Ziel? Deshalb müssen wir von Heino erst gar nicht reden.

WALLAWALLA – MÄNNER MIT MATTE

Vom Forscherstandpunkt aus betrachtet ist die Entwicklung der Männerhaarmoden fast noch spannender als die der Frauen. Das Erstaunliche: Männer haben heute einen Variantenreichtum in Sachen Frisur erreicht, der dem der Frauen in nichts nachsteht. *Anything goes* – das ist Fluch und Segen zugleich. Ich frage mich, wieso in den 50er-, und erst recht in den 60er-Jahren ausgerechnet die Haare ein Zeichen für persönliche ebenso wie für gesellschaftliche Veränderungen wurden, nachdem zuvor anderthalb Jahrhunderte auf dem Kopf der Männer wenig Spannendes passiert ist. Ich interpretiere das so, dass Haare eben nicht nur etwas AUF dem Kopf sind, sondern auch dafür stehen können, was IM Kopf ist. Auch wenn das, was im Kopf ist, noch nicht präzise artikulierbar oder gar als geistige Strömung, als Zeitgeist-Bewegung etabliert ist, sind die Haare schon ein Ausdruck dafür; sie sind – ganz nebenbei – auch die besten Überträger von sozialen Infektionen. Haare sind die einfachste Protestform und als Demonstration des Andersseins unmissverständlich – oft reichte es da schon, sie einfach wachsen zu lassen und optisch etwas zu verwildern. Von den Schmalztollen à la Elvis und Entensterzen im Nacken der Halbstarken über die Pilzköpfe der Beatles bis zu den ersten Langhaarigen und Hippiefransen vergingen keine 20 Jahre – so mancher schaffte das in einer einzigen verlängerten Jugend, während sich die Eltern darüber, trotz weit schlimmerer Erlebnisse im Krieg, vor Gram die Haare ausrauften.

Ab den 70er Jahren begannen dann die Pubertätsjahre einer ganzen Modeepoche mit vielen Irrungen und Wirrungen auf dem Kopf und im Gesicht. Von den Klamotten ganz zu schweigen. Das lockig ungezähmte Wallawalla der Männerfrisuren wurde manchmal mit langem Schnauzer oder gleich Vollbart kombiniert, um nicht zu weiblich zu wirken. Anders sein – wie alle anderen. Diese Widersprüchlichkeit brachte Musiker und Fusselhaarkönig Frank Zappa zum Ausdruck, als er forderte, dass Männer mit ordentlichen Frisuren das Establishment unterwandern sollten; Stars wie er wohl ausgenommen. Deshalb entwickelten die Art- und Glamour-Rock Protagonisten der 70er-Jahre auch viele neue Formen auffälliger Haartracht und schufen wichtige Stilvorlagen jenseits der traditionellen Männlichkeit, die einen Jack Sparrow im tuntigen Piratenlook für die Masse überhaupt erst akzeptabel machte und allgemein das Bild des langhaarigen Mannes etablierte.

»Schau mal diesen Showgeiger David Garrett, der blondiert auch. Sieht doch ganz gut aus«, versucht Janette mir ihren Vorschlag doch noch mal schmackhaft zu machen. Als könnte sie Gedanken lesen! So mancher, der im Gesicht *totally* brav aussieht, bekommt dadurch eine Spur Wildheit.

»David finde ich eigentlich ganz cool. Aber manchmal macht er zu viel Gepose«, sagt hingegen Annett, »dann merkt man, dass er nur sein Image bedient – nicht authentisch.« Sie findet lange Haare bei Männern super. Mir rät sie davon allerdings ab.

David steht es schon eher, aber auch er kann sich diesen Look nur dank der Vorarbeit unermüdlicher Langhaarträger leisten, z. B. Thomas Gottschalk oder Karl Lagerfeld. Karl, der seine drahtigen grauen Haare seit 1976 in einem weiß gepuderten Zopf bändigt, war vermutlich daran beteiligt, dass der Mozartzopf auch in der Moderne als Zeichen eines kreativen Geistes gedeutet wird. Vor allem das profane Altern lässt sich so ganz gut kaschieren. ›KL‹ versucht auf diese

Weise den Tod zu besiegen. Es ist allerdings auch nicht auszuschließen, dass heutige Männer mit langen Haaren jenseits von Mozart und Lagerfeld weit ältere, archaische Vorstellungen reaktivieren, die das Haar des Mannes als Ausdruck seiner Macht und Stärke betrachten – quasi als Äquivalent der magischen Verführungskraft weiblicher Haare. Wirkt die Magie der Mähne noch heute?

Neulich kam ein blonder, langhaariger Typ in einen Club mit alternativem Musikangebot, und ich bemerkte, wie einige Frauen sehr interessiert hinterherschauten. Ich fühlte mich wie ein Statist einer Szene im mitteleuropäischen Urschlamm, in der ein Stammesführer, wahrscheinlich ein Vorfahr des Merowingers Chlodwig I., der sich ziemlich was auf sein Haar einbildete, seine Truppen mit halb wehender, halb klebender Mähne in irgendwelche sinnlosen Schlachten führte. Kann sein, dass meine Fantasie schon ein bisschen von Ridley Scott und Co. verseucht ist – wahrscheinlich wehte da gar nichts.

Ich erzähle meiner Bekannten Fabienne von dieser Beobachtung und frage sie, ob das Neid auf die Haare sein könnte oder einfach attraktiv ist. »Mmh, ich möchte jedenfalls nicht, dass mein Freund längere Haare hat als ich.« Kein Problem, weil Fabienne ziemlich lange, im Moment rot gefärbte Haare hat. Sie pflegt einen leicht morbide angehauchten *alternative style*, der verschiedene Konzepte, von subkulturell bis ladylike, unbekümmert kombiniert und Kontraste liebt. »Aber ich finde Männer mit etwas längeren Haaren attraktiv.«

»Da entstehen ja sicher gleich Assoziationen zu einem wilden Musikerdasein«, werfe ich ein.

»Hat wirklich etwas von einem Musiker oder Surferboy. Es kommt aber auf die Frisur an, so Kurt-Cobain-mäßig ist sehr attraktiv. Alles, was länger ist, dann schon nicht mehr.«

Vor Kurzem traf ich Peter auf einer Party. Er trägt sehr langes, dunkelblondes, leicht gewelltes Haar. Ich spreche ihn auf seine Erfahrung mit dieser geballten Ladung »*Hairpower*« an. Beim zweiten Bier haben sich bereits drei Frauen unserem Gespräch angeschlossen und die Gelegenheit genutzt, ihm in die dichten Haarwellen zu greifen. Es ist ein bisschen wie das Bauchgrapschen bei Schwangeren. – »Manchmal nervig, aber meistens cool. So habe ich auch meine Frau kennengelernt«, sagt Peter, der seine Haare mit einem schicken Anzug kombiniert. Das gibt seiner Erscheinung eine gewisse Seriosität. Allerdings ist er weit davon entfernt, das Bonmot zu bestätigen, dass jeder Mann in einem guten Anzug ein bisschen aussieht wie James Bond. Bei ihm vermutet man eher, einen Dotcom-Unternehmer vor sich zu haben. In gewisser Weise stimmt das auch, er ist Powerseller bei Ebay und verkauft »so dies und das«, wie er mit einem Zwinkern im Auge verrät; oder hat er einfach trockene Augen von der vielen Arbeit am Bildschirm?

BLONDIE AUF ABWEGEN

»Wie wär's diesmal wenigstens mit ein paar blonden Strähnchen?«, fragt Janette.

Ein bisschen beleidigt bin ich nun doch.

»So was ist bei mir höchstens als Urlaubsgag oder Faschingsverkleidung vorstellbar. Mit Strähnen kann ich mich unmöglich im Büro zeigen. Da nimmt mich niemand mehr für voll.«

Janette zieht effektvoll eine Schnute.

»Na, ich dachte, ein bisschen Ferienstimmung würde dir nicht schaden.«

Aber bevor ich den Vorschlag in aller Deutlichkeit zurückweise, regt sich eine kleine Abenteuerlust in mir. Vielleicht mache ich Janette mit diesem Scherz eine Freude. Ein Abschiedsgeschenk.

»Unter einer Bedingung!« Janettes Blick hellt sich auf. »Hast du eine blonde Perücke da?«

»Ja, die ist aber schon ziemlich durch. Nur so eine Party-Perücke.«

»Setzt du sie mir mal auf?«

»Uih, jetzt wirst du aber mutig …«

Vielleicht steckt ja ein Funken Rockstar, Surfer oder Guru in mir. Als das Teil auf meinem Kopf sitzt, habe ich zunächst das Gefühl, dass sich ein Parasit an mir festgeklammert hat. Im nächsten Moment befällt mich eine anarchische Lust zu spielen. Ich gehe probeweise in den benachbarten Kiosk, um zu sehen, ob ich von meinem Umfeld auch mit langen Haaren akzeptiert werde. Isa verzieht, wie immer, keine Miene, als ich an ihr vorbeilaufe – sie hat schon schlimmere Katastrophen erlebt. Auf der Straße ernte ich hingegen irritierte Blicke, weil mein Anzug wohl nicht so recht zur blonden Transen-Mähne passt. So, wie die glatten, langen Haare nicht wissen, wohin sie fallen sollen, weiß ich selbst noch nicht, wie ich mich mit langen Haaren bewegen soll. Ich fühle mich wie eine missglückte Mischung aus Account-Manager und Spielerfrau.

»Na, junge Dame, geht's zu 'ner Party?« Die Verkäuferin im Kiosk guckt mich spöttisch an. Beim Blättern durch die Magazine habe ich meine neuen Haare wie eine echte Lady hin und her geschüttelt und eine Strähne vielleicht ein bisschen zu expressiv zur Seite geschoben. Das Transen-Phänomen: Männer, die sich wie Frauen anziehen, überzeichnen ja bekanntlich weibliche Gesten und Stylings bis zum Gehtnichtmehr. Den echten Frauen müssen sie wie Parodien von Weiblichkeit erscheinen; da wollte ich eigentlich nicht hin. Ich spüre, wie mir das Blut in den Kopf schießt. Experiment missglückt. Runter mit der Perücke. Und schnell zurück zu Janette.

Die blondierten Strähnen, die mir Janette jetzt macht, empfinde ich nach dieser kurzzeitigen Verwandlung als geringeres Übel. Es ist mein Abschiedsgeschenk für sie, ich werde sie wohl nicht wiedersehen.

»Lass dich überraschen. Ich mache die echt gut. Außerdem wird niemand meckern. Du bist ja gerade solo.« Wenn ich nachher aussehe wie ein Streifenhörnchen, werde ich das wohl auch noch eine Weile bleiben.

Der Salon, in dem Janette arbeitet, sieht aus wie eine Theaterbühne der 90er-Jahre. Baugerüstelemente und Frisierplätze aus Stahl sollten ein originelles Interieur mit überraschenden Durchblicken schaffen, das gleichzeitig stylish und nach Arbeit aussieht. Damals pusteten einem hier die viel zu großen Boxen kompromisslosen Techno durch die Gehörgänge, der – spielte man ihn Tieren vor – ganz sicher als Quälerei eingestuft würde. Heute läuft meist Dudelfunk. Einmal morgens muss ich an Janette denken, weil einer dieser Radiosender für sein Programm wirbt: »Sie sind zurück. Die heißesten, schrillsten und bemerkenswertesten Friseusen, und sie sind alle auf der Suche nach der großen Liebe!« Wer ist das nicht? denke ich da. »Frei nach dem Motto: Waschen, schneiden, LIEBEN!« So eine hirnlose Anmache morgens um sieben. Wer den Tag schon mit Niveaulimbo beginnt, muss sich selbst sehr und seine Hörer noch mehr hassen.

Philipp, der Chef, hat mehrere Läden und lässt sie seit Jahren unverändert, angeblich, weil die Kunden Veränderung nicht mögen. Auch der Name des Salons – ›Phils Haarmonie‹ – ist ein Witz, den es in Abwandlungen fast in jeder Stadt gibt. Einmal haben Janette und ich uns die bescheuertsten Salonnamen zugeworfen, da waren wir allein im Salon, der Höhepunkt unserer Beziehung, albern, ich weiß, aber bis heute speist sich unsere Vertrautheit auch aus dieser gemeinsamen Blödelei: ›Togethair‹, ›Hin & Hair‹, ›Hair Müller‹, ›Hairgott‹, ›Hairtie‹, ›Welkamm‹, ›Herzlich Willkämmen‹, ›Kamm in‹, ›Kamm Hair‹, ›CreHAARtiv‹, ›Hairforce One‹, ›Fönix‹, ›Cut Walk‹, ›Cut-Haar-strophal‹, usw. usw. Natürlich hat Janette beim *Battle*, wer die meisten schrägen Salonnamen kennt, gewonnen und im Moment des Triumphes so sexy ihre Haare hin und her geworfen, dass ich sie bei jedem Spiel gewinnen sehen will.

Unser Ritual: Ich erzähle großspurig von meinen vielen »spannenden Projekten«, »stressigen Reisen zu Großkunden« und »Präsentationen auf Verbandstagungen oder Messen«, ich spiele den Weltmann;

und Janette spielt mein in der Provinz munter flackerndes Kaminfeuer. Das fällt mir diesmal schwer, denn Janette stellt meine Haare mit dem Kamm auf, dann die Hälfte wieder runter, sie sprüht irgendwas da rein und schmiert anschließend mit CSI-Handschuhen eine weiße Paste in meine Haare. Wenn das alles blond wird, muss ich mich krankschreiben lassen!

»Keine Angst, das ist schon in Ordnung so«, sagt Janette.

»Ich dachte, das wird mit Alufolie gemacht ...«

»Nicht bei dir. Das soll doch schön natürlich aussehen und nicht so gewollt.«

Ich versuche mich zu entspannen, außerdem will ich nicht, dass Janette mich für eine Memme hält. Eine gewisse Unsicherheit, wie sie über mich denkt und mit der bösen Isa über mich redet, hatte ich schon immer verspürt. Selbstverständlich weiß Janette, dass ich nur ein opportunistischer Langweiler aus der Bürowelt bin, aber sie gibt mir das Gefühl, dass meine Arbeit, meine Beziehungen, mein Leben bedeutsam sind, denn auch davon erzähle ich ihr. Sie denkt sich immer voll rein, hört gut zu und gibt mir Tipps – in der Annahme, dass Frauen immer am besten wissen, wie Frauen ticken, selbst wenn sie unterschiedlicher kaum sein können. Ich kenne keine Männer über 30, die ihre Beziehungsprobleme mit Männern besprechen, stattdessen sind hier Expertinnen wie Janette gefragt. Von Männern hörst du nur Sprüche wie: »Sei froh, dass du sie los bist. Hat eh nicht zu dir gepasst.« – »Ach, was soll's. Trinken wir noch was?« – »Jetzt hilft nur noch saufen.« – Oder: »Weiber ...!«

Während Janette mir nach dem Strähnchenprozedere die Haare wäscht, setzen wir unser Spielchen fort. Ich darf von meinen Geschicken und Missgeschicken erzählen, und sie bearbeitet meine Kopfhaut, als würde durch den sanften Druck alles aus dem Kopf fließen und mich erleichtern. Haarewaschen fühlt sich bei Janette immer ein bisschen wie eine Kopfmassage an. Oft bilde ich mir ein, dass sie dabei besonders sorgfältig vorgeht, und ich wage kaum zu denken: Genießt sie es etwa selbst ein wenig? Vorsichtig taste ich mich an letzte Fragen. Ich zögere, will sie nicht nerven. Ich weiß, sie wird mir ihr Geheimnis noch verraten. Deshalb nur Geplänkel:

»Äh, massierst du jedem Kunden die Kopfhaut so intensiv?«

»Kommt drauf an, das hängt von der persönlichen Sympathie ab.«

»Ach so ...«

»... und natürlich davon, ob überhaupt Zeit dafür ist. Männer haben immer weniger Zeit als Frauen. Du bist 'ne Ausnahme.«

»Ach – ich fühl mich geehrt.«

»Da gibt's Typen, die kommen in den Laden ohne Gruß, ohne Worte, machen höchstens so eine Schnippschnapp-Bewegung mit zwei Fingern. Da denke ich, was soll das denn, willst du ein Twix?«

So spricht Janette, schlagfertig, direkt aus dem Herzen. Dabei merkt sie, glaube ich, nicht einmal, wie witzig sie ist. Da ich selbst nur über Minderheitenhumor verfüge (und selbst dann lachen auch immer nur die Falschen), bin ich neidisch, wenn Menschen von Natur aus Humor haben, ohne diese elende Traurigkeit auszustrahlen, unter der viele Komiker jenseits der Bühne leiden.

»Neulich war so ein Knirps hier, vielleicht neun oder zehn Jahre alt, der Sohn einer Stammkundin, musste wohl wegen irgendeiner Familienfeier her. Nicht mal der hatte Zeit, fragt ungeduldig: ›Wie lange brauchst du?‹ – Und ich: ›Wieso, hast du's eilig?‹ Und er: ›Meine Wii wartet.‹ – Und ich: ›Deine Freundin?‹ Da war ich bei ihm unten durch. Beim Schneiden holt er dann sein Nintendo raus ...«

Ich schüttele den Kopf, Janette fixiert ihn mit sanften Fingern an meinen Schläfen. Dabei schickt sie mir versöhnliche Blicke über den Spiegel. Manchmal sehe ich Janette gar als Bildhauerin, so virtuos huschen ihre Hände um meinen Kopf.

»Krass, du glaubst gar nicht, wie schwer es ist, einen guten Ersatz zu finden.«

»Echt?«

»Ja, es gibt zwar superviele Friseure, aber die werden gar nicht mehr richtig ausgebildet, höchstens angelernt. Wir hatten schon sechs Leute hier, aber das war alles nichts. Die Prüfung am Ende der Ausbildung schafft offenbar jeder, aber dann in der freien Wildbahn ... reicht's nur für den Discount-Fließbandfriseur.«

»Was, ich dachte, in Deutschland wird so gut ausgebildet?«

»Dachte ich auch, als ich angefangen habe, aber dann musste ich mir nach Feierabend selbst Modelle zum Üben suchen. Im Salon war ich eine von fünf Azubienen. Schön billig. Keine Chance, da mal richtig ranzudürfen oder schwierige Sachen zu üben. Haare waschen, klar ...«

Ich spüre eine gewisse Verstimmtheit bei Janette, so habe ich mir das heute nicht vorgestellt und so kenne ich sie gar nicht.

»Liegt vielleicht auch an den Preisen. Will ja kaum einer was für den Friseur ausgeben. Aber für Turnschuh mit fünf oder sechs Euro Materialwert hauen die locker 100, 200 Euro raus.«

»Ja, das sind die Leute, die sagen: ›Haare ab – und ich habe wieder freie Sicht.‹ Die brauchen auch niemanden, der was kann.«

WOW! NICE!

»Ist das der Chef?«, frage ich, als ein Typ mit invasiver Tonlage vor Isa den Laden betritt. Mit ausladenden Gesten und einem *Coffee to go* in der Hand gibt er irgendeinen Senf von sich. Aber seine Fingerzeige passen nicht in den Raum, beinahe reißt er eine Reihe Shampoos aus dem Regal.

»Das ist Isas neuer Freund.«

Ich verkneife mir jeden weiteren Kommentar, weil ich nicht weiß, wie Janette über ihn denkt. Mir ist er unsympathisch. Allerdings ist er nicht so unsympathisch wie der Ex von Janette. So ein chronisch eifersüchtiger Kerl. Der steroidgesättigte Nichtsnutz hing den ganzen Tag im Laden herum und musterte alle männlichen Kunden aufs misstrauischste. Zum Glück ist Janette ihn nach kurzer Zeit wieder losgeworden. Isas Freund möchte länger bleiben. Er spendiert sich einen weiteren Kaffee und tut wichtig. Er scannt den Raum, indem er nicht etwa die Augen, sondern den gesamten Oberkörper bewegt, wodurch jeder im Salon sein flatscreenbreites Kreuz zur Kenntnis nimmt, allerdings ist außer mir kein Kunde da. Kein Kontakt mit Isa, ohne dass seine Hanteltatzen Besitzansprüche signalisieren. So einer.

»Hat Isa eigentlich tätowierte Augenbrauen?« Die kurzen Momente, in denen ich sie aus der Nähe sehe, reichen nicht, um das sicher zu erkennen.

»Ja klaro, nicht nur das. Lidstrich und Lippenkontur auch.«

»*What???* Warum das denn?«

»Na, die steht morgens auf und ist praktisch schon geschminkt. Spart 'ne Menge Zeit.«

»Und du?«

»Nee, das geht gar nicht. Mir reicht mein Tattoo hier.« Janette zieht ihr Top am Ausschnitt ein bisschen zur Seite und lässt den Kopf einer züngelnden Schlange ans Licht, vielleicht ist es auch ein Drachen. Der grün schimmernde Kopf mit roten und blauen Akzenten ist so groß, dass man befürchtet, der Rest passt nicht auf Janettes zierlichen Körper. Nichts ist so stark wie die menschliche Imagination – mein Lieblingssatz in diesem Kapitel, deshalb nochmals: NICHTS IST SO STARK WIE DIE MENSCHLICHE IMAGINATION.

»*Wow! Nice!*«, sage ich und versuche schnell wieder eine sachliche Ebene zu finden. »Tut das nicht höllisch weh, so was?«

Janette winkt ab.

»Jetzt nicht mehr ...« Sie lacht kieksend.

Neulich las ich einen Artikel, in dem eine Wissenschaftlerin behauptet, Tattoos seien nach einem Boom in den 1990er-Jahren nicht mehr

»in« und würden sich vom Modemarkt wieder in gesellschaftliche Niederungen verkrümeln, also, um es ganz unwissenschaftlich zu sagen: Tätowierungen seien jetzt wieder was für »Knackis«, »Outsider« und »Prolls« (ich weiß, das Wort ist politisch nicht korrekt; ich verwende es hier als Abkürzung für »Protagonisten niedrigerer sozioökonomischer Schichten«, auch wenn da keine Ls drin vorkommen ...). Der Trend gehe, so der Artikel, heute vielmehr dahin, sich die Tattoos wieder weglasern zu lassen. Unter der Überschrift »Bye-bye, Arschgeweih«, thematisiert auch eine Illustrierte in Ungnade gefallene Tattoos – zum Beispiel die verbreiteten Tribals auf dem Steiß. Natürlich muss mal wieder eine reuige Friseurin herhalten, die ihr Bild auf der Haut per Lasereingriff loswerden will: »Ich dachte, wenn ich so ein Tattoo habe, werde ich es immer lieben. Ich musste es einfach machen lassen.«

Vielleicht treibe ich mich in den falschen Bezirken herum, aber mein Eindruck ist ein völlig anderer; nämlich der, dass Körpermodifikationen wie Tattoos und Piercings sich unverzagt über alle gesellschaftlichen Schichten ausbreiten – wieder ein Beispiel dafür, dass sich in jüngerer Geschichte die Richtungen kultureller Trends zwischen »oben« und »unten« verkehren. Ein Beispiel ist Martina, mit der ich fast vier Jahre lang zusammen war – mein bisheriger Rekord. Sie war schon damals aufstrebende Junior-Produktmanagerin in einem Pharmakonzern und hat es heute weit gebracht. Martina gehört zu den Vorläufern der kommenden weiblichen Elite, die die Journalistin Hanna Rosin als *»pharma-girls«* bezeichnet, weil sie in den vergangenen Jahrzehnten dem alten männlichen Pillendreher bereits das Wasser abgegraben haben und heute als Beispiel für die wachsende Bedeutung weiblicher Führungskräfte auch in anderen Branchen gelten. Der *Double-burden*-Problematik so vieler emanzipierter Frauen durch Lohn- und Haushaltsarbeit entzieht sich Martina dadurch, dass sie eine kleine Einsatztruppe aus Au-pair-Mädchen und Raumpflegerinnen für Wohnung und Kinder beschäftigt. Bei den Au-pair-Mädchen achtet sie darauf, wie sie mir mit einem maliziösen Lächeln verriet, dass die jungen Damen nicht zu gut aussehen, damit ihr Mann nicht auf dumme Gedanken kommt – »Das ist mein Ding, da hat er kein Mitspracherecht. Wäre ja noch schöner.« Martina verkörpert mustergültig das Mädchen aus bürgerlichem Haus – gut erzogen, intelligent, ohne Vitamin B und Erbe, aber mit einem klaren Bild von der eigenen Zukunft (in der ich leider nicht vorkam) und einem schwer zu erschöpfenden Arbeitsethos nach dem Motto: »Wer etwas leistet, wird auch belohnt.«

Schon damals trug sie einen sehr femininen Kurzhaarschnitt mit einer Strähne, die immer in die Stirn fällt und ihr Anlass gibt, sie mit einer lässigen Geste wieder über den Haaransatz zu legen. Davon konnte ich damals gar nicht genug bekommen. Einmal treffe ich mich mit ihr in der Mittagspause, da sehe ich ihre Kolleginnen, die mit geringfügigen Abweichungen den gleichen Haarschnitt tragen. – »Das haben die mir alle nachgemacht.« Martina trägt nicht nur eine Tätowierung am unteren Ende ihres Rückens, sondern auch Piercings an Nippel und Bauchnabel – etwas, das ich bis dahin nicht mit dem aufstrebenden Management-Nachwuchs dieser Welt in Verbindung brachte, aber dennoch angenehm überrascht zur Kenntnis nahm. Den ganzen lieben langen Tag gehört sie mit Haut und Haaren der Firma, da geben ihr diese kleinen ›rebellischen‹ Zeichen unter ihren tadellosen Businessklamotten das Gefühl, dass sie sich noch ein bisschen selbst gehört, etwas Besonderes ist.

Tattoos sehe ich immer auch als Ausdrucksform einer sprachlosen Sehnsucht, die auch schon bei Kindern in ihrem Stolz auf Narben aufscheint. Den Schmerz, den diese Form von Gedächtnis mit sich bringt, kann dir niemand mehr nehmen. Ein gewisses Bedürfnis nach edler, guter Wildheit spielt bei den Tattoos sicher auch immer mit rein – wie sie einst Omai verkörperte, ein Südseeinsulaner, der als ›Mitbringsel‹

von Thomas Cook zur gut vermarkteten Attraktion der 1770er-Jahre in ganz Europa wurde.

»Das ist manchmal auch nervig, wenn man sich im Büro bewegt und darauf achten muss, dass einem niemand auf den Hintern schaut, wenn man sich gerade bückt und vielleicht das Tattoo sichtbar wird«, sagt Martina.

So ist das eben mit den ›großen‹ Statements – die haben auch so was wie Alltag. Seit meiner Zeit mit Martina muss ich mich ständig vor Mutmaßungen hüten: Hat die ein Tattoo irgendwo? Hat der ein Piercing oder ein Branding? Nein, nur zu viel Arbeit am Hals.

Die Verbreitung von Tattoos – ob Maori-Ornamente oder andere Tribals, Kreuze, Pop-Ikonen, Sprüche, kleine Girlie-Sternchen, Seefahrermotive mit Watercolor-Effekten, seltsame Skripturen oder Barcodes – reicht heute von ganz normalen Menschen aus der Menge wie Janette und Martina über Juli Zeh, Juristin und Schriftstellerin, die selbst übrigens gern gegen Körperoptimierungen wettert, bis hin zu Multi-Millionen-Dollar-Marken wie Angelina Jolie oder Johnny Depp. Bezeichnend finde ich, wenn sich aus der Menge der Tätowierten kleine Berühmtheiten wie Alternativ-Model Victoria van Violence, Gewinnerin eines Tattoo Star Awards, ausgerechnet durch auffällige Haare statt durch ihre Tattoos abheben. Victorias grüne Powermähne empfiehlt sie allemal für den nächsten Fantasystreifen von Tim Burton.

Vor Kurzem saß ich mit Martina mal wieder vor einem Café in der Spätsommersonne. Sie war gerade von einem Shopping-Trip aus New York zurückgekehrt – Überstunden für ihre Au-pairs. Ich eröffne das Gespräch, von meinen Erkundungen rund um Haare und Schönheitspraktiken beeinflusst: »Mein Gott, Martina, deine Haare, die glänzen ja mit deinen Lippen um die Wette.« Es sind wohl meine schamlosen Komplimente, die Martina dazu veranlassen, mich überhaupt noch zu treffen. Vielleicht ist es auch die Tatsache, dass sie in der Nahrungskette längst weit über mir rangiert und das eine gewisse Genugtuung in ihr auslöst. Martina winkt ab.

»Ja, aber zu welchem Preis!« Sie erzählt mir von ihrem Besuch bei Sally Hershberger im Meatpacking District. »760 Dollar! Und ich bin noch nie so barsch abgefertigt worden.«

»Wieso? Erzähl!«

»Ich dachte, wo Michelle Pfeiffer oder Tom Cruise hingehen, würde man für sein Geld was kriegen. Und dann hat mich da so ein junger Typ voll von oben herab behandelt. Nach dem Motto, ich könne froh sein, dass überhaupt ein Termin für mich möglich war. Dabei habe ich eine Woche vor meinem Flug da angerufen.«

»Aber vielleicht brauchen das Leute wie du auch mal, wenn du sonst praktisch nur von Schleimern umgeben bist. Das soll ja Sallys Markenzeichen sein, deshalb läuft der Laden so gut«, gebe ich mein mittlerweile erworbenes Fachwissen zum Besten und genieße, dass ich als Exfreund Martina so etwas ungestraft sagen darf.

»Aber ein neues Tattoo hast du dir nicht stechen lassen …?« Martina lächelt vielsagend und muss los, um sicherzugehen, dass ihr Mann beim Bratkartoffelbraten nichts anbrennen lässt. Ich bleibe noch ein wenig sitzen; in Hörweite tummeln sich ein paar Edeltrinker, die sich über ein tätowiertes Mitte-Girl aufregen, das vorbeiläuft:

»Guck mal, was macht denn das Gekritzel für einen Sinn? Die hat ja lauter Vierecke auf dem Arm …«

Ich hingegen schau mir diese »Konzept-Tattoos« immer gern an: Zeichen, die einfach für sich stehen oder je nach Tageslaune mit Bedeutung gefüllt werden können – eine avancierte Form prätentiöser Verwahrlosung, die gut in die Zeit passt. Ganz anders beurteilt das ein Redakteur der *Welt am Sonntag*. Der unterzieht das zugegeben langweilige und schlecht gestochene Tribal-Tattoo von Ex-First Lady Bettina Wulff einer wütenden, ja vernichtenden Kritik, als gelte es, nach der Ehre des höchsten Amtes im Staat auch die des Tattoos an sich zu retten: »lieblos an den Arm getackert« sei es »in der postmodernen Absurdität des ›anything goes‹ zum Sinnbild hoffnungsloser Entwurzelung geworden«. Er hofft auf Stilkundige, die die »Ehre des Tattoos durch ungewöhnliche Motive und raffinierte Platzierung vor der totalen Entwertung durch den Mob« retten. Erstaunlich, dass Tattoos nach 5.000 Jahren (Ötzi hatte welche, die Pharaonen auch) die Gemüter noch immer so in Wallung bringen können.

Ich überlege seit 20 Jahren, was ich mir für ein Tattoo machen lasse, bin also noch ein unbeschriebenes Blatt. Bisher bin ich immer gut damit klargekommen, Botschaften in Baumstämme zu ritzen und mich zu freuen, wenn ich sie nach Jahren wieder sehe. Auch wenn mir diese Botschaften mittlerweile peinlich sind. Da ist die Autorenschaft ja leichter zu bestreiten als bei einem Tattoo. Anders geht es mir mit meinem edlen Notizbuch, in das ich – wie ich mir immer wieder vornehme – meine klügsten Gedanken notieren möchte. Einmal sagte ich zu meiner Exfreundin Sonja, die mir das Buch Jahre zuvor geschenkt hatte:

»Schau mal, da schreibe ich jetzt meine schlauen Gedanken rein.«

»Aber da steht ja gar nichts drin!«

»Ja, eben nur richtig kluge Sachen. Nichts, was ich möglicherweise nur irgendwo aufgeschnappt habe oder was schon mal jemand gedacht hat.«

»Dafür hat es zu viele Seiten.«

»Das ist eben das anspruchsvollste Buch in meinem Regal.«

»Verleihst du es?« Sonja war bisher die Einzige, mit der ich so einen Quatsch total ernst diskutieren konnte. Noch vor Martina ist sie meine wichtigste Ex. Länge ist eben nicht alles. Und deshalb später mehr zu Sonja.

Dieses weiße Buch ist so faszinierend und ernüchternd zugleich, wie der Versuch, sich mit einem Tattoo von der Masse zu unterscheiden, um dann festzustellen, dass alle die gleiche Idee hatten. Der eigentliche Grund dafür, dass man sich tätowieren, beschriften, bebildern, lesbar und zugleich geheimnisvoll machen will, bleibt dabei so unsichtbar wie die Leute, die man sein ganzes Leben lang beeindrucken will, von denen man aber überhaupt nicht weiß, wer *die* eigentlich sind.

XXL UND XXS

»Was wünschst du dir eigentlich von den Männern in Sachen Styling oder sogar Stil?«, frage ich Janette und bin überrascht, dass sie in dieser Beziehung offensichtlich weniger Ansprüche hat als viele Männer.

»Bitte keine Haare aus den Ohren.«

»Janette, das kann es doch nicht gewesen sein ...«

»Na gut, ein bisschen mehr ›Beckham‹ würde den Männern schon guttun. Er sollte nicht mehr Gesichtscremes im Badezimmer haben als ich, aber wenn Männer sich ein bisschen zurechtmachen, finde ich das nicht übel. Die sehen dann nett aus und riechen gut. Bierbauch, Schweißflecken, Nasenhaare länger als auf'm Kopp – muss nicht sein.« Insgesamt steht Janette nicht auf Körperbehaarung.

»Ich trage nur die Haare hier«, sagt Janette und schüttelt ihre blonde Mähne hin und her und zieht vielsagend die Augenbrauen hoch.

»Ahh, mhm ... aber das macht doch total viel Arbeit, immer ALLE Haare wegzumachen.«

»Na und? So viel Zeit muss sein.«

»Und bei den Männern ...?«, erkundige ich mich vorsichtig. »Bei *Sex and the City* gab es doch diesen Anwalt Harry ... das war so ein Typ ›schlaue, sensible *sexmachine*‹, der sehr starke Körperbehaarung hatte. Der war, sagen wir, nicht gerade auf der Überholspur zeitgenössischer Schönheitstrends unterwegs ... Was sagst du zu so einem?«

Ich frage jetzt mit wissenschaftlichem Elan, um zu ermitteln, wie schwer der Druck zur Verschönerung mittlerweile auf Männern lastet, und um gegenüber Janette nicht in falschen Verdacht zu geraten, eigentlich gerade von mir zu sprechen. ›Hairy Harry‹ ist im TV ja eine absolute Ausnahme. Die idealisierte Körperbeschaffenheit der Männer in den Medien hat die alten Zeichen rustikaler Männlichkeit, die mit Zähigkeit, Erfahrung und einer Prise Seebärenaroma in Verbindung stehen, verdrängt.

»Nee nee, dann lieber blitzblank.«

Gerade will ich noch hinterherschieben, dass ich vermute, Pierce Brosnan habe seinen Job als 007 verloren, weil bei seinem letzten Einsatz als James Bond seine wild wuchernden Brusthaare so lang waren, dass sie bei den Liebesszenen gewissermaßen ein Eigenleben vor der Kamera entwickelten. Das muss irgendwelchen Produzenten unangenehm ins Auge gepiekt haben, und schon klingelte beim blankpolierten Daniel Craig das Telefon.

Und nach kurzem Schweigen geht es weiter mit Janettes No-Go-Liste für Männer:

»Bierwampe geht gar nicht. Und dann wochenlang keine Haare gewaschen. Wahrscheinlich zu anstrengend, wenn man so fett ist ... Noch schlimmer sind nur fette Weiber. Was hier manchmal für Wuchtbrummen reinkommen! Ich versteh nicht, wie man sich so gehen lassen kann!«

Dabei verzieht Janette ihr Gesicht und krümmt die Finger, als müsste sie gleich zur Dschungelprüfung antreten.

»Äh, Janette, so einfach ist das jetzt auch nicht«, gebe ich zaghaft zu bedenken. »Kann das sein, dass du heftige Vorurteile gegen Menschen mit Gewichtsproblemen hast? Ist doch auch möglich, dass die krank sind. Solche Gene haben, oder die mögen das so ...« Hilflose Versuche, das Ressentiment gegen Übergewichtige einzudämmen. Klar, ich kann nicht alles, was Janette den lieben langen Tag so von sich gibt, unterschreiben. Alle lästern über Dicke, selbst die Dicken, weil es immer jemanden gibt, der noch dicker ist. Es gibt viele Gründe fürs Dicksein: Leidenschaft (»Mmh, das schmeckt einfach zu gut. Ich bin Hedonist.«), Schicksal (»In meiner Familie waren alle dick. Das ist Veranlagung.«) und Kultur (»Hol mal schnell was von McDonald's / Burger King / Pizza Hut / Subway / Döner-Dirk, dann können wir weiter Playstation / Xbox / Wii spielen.«).

Manche, wie meine Ex-Kollegin Ines, wundern sich, »dass Dicksein bei Erwachsenen kein Ideal ist, wo man doch bei Babys den Speck total süß findet.«

»Nein! Das ist doch voll eklig«, mosert Janette. »Die fressen und fressen, und auf dem Gehweg wird man von denen in den fließenden Verkehr gedrückt. Ist doch gefährlich.« Jetzt blökt Janette zu Isa rüber und ruft das jüngste Erlebnis mit einer sehr voluminösen Person im Salon noch mal ins Gedächtnis. Man fürchtete um die Belastbarkeit der selbstgeschweißten Friseurstühle.

»Müssen die nicht durch den TÜV?«, frage ich, um das Gespräch auf eine sachliche Ebene zu bringen.

Fett gilt heute als großer Feind der Schönheit. Unsere Gesellschaft ist ja geradezu besessen von allem rund um Ernährung, Diät und Gewicht. Das geht an mir auch nicht spurlos vorbei. Ich starte morgens mit einer höllisch teuren Spezialmüslimischung aus zwölf feinsten, gluten- und laktosefreien sowie kalorienarmen Zutaten, gehe nur einmal im Monat ins Fastfood-Restaurant und esse nach 20 Uhr nur noch, wenn es meiner Karriere dient (eine Regel, die so dehnbar ist wie die menschliche Haut).

Dietmar, ein vollschlanker Kollege, mit dem ich mir einmal im Monat die Burgerhölle gönne, ist so reflektiert, dass er selbst Witze über seine Körpermaße macht (»Die müsste man alle einsperren mit ihren Angeboten ›Nimm zwei Burger, zahl einen‹, oder: ›einen Burger mehr für einen Euro‹ ...«). Statt Gene oder Frust als Grund anzuführen, behauptet er im Spaß, dass er nur so dick sei, »weil irgendwo mal die falsche Formel für den Body-Mass-Index abgedruckt war: Alter + 100.« Und er sagt, dass er absurderweise auf ganz dünne Frauen stehe, wobei seine »Erfolgsaussichten im Moment nicht so gut« seien.

Schlank, besser noch mager, ist disziplinierte Individualität. Wenn du schlabberig bist, giltst du als triebgesteuert und disziplinlos – als Verlierer. Erstaunlich, mit welcher Dogmatik viele ein Schönheitsideal verfechten, das sie selbst vor allem unglücklich macht. Dabei ist unser Schönheitssinn doch einem denkbar breiten Spektrum der Veränderung unterworfen.

Wenn jemand seine Widersprüche so schonungslos offen zwischen die fettigen Pommes und den labberigen Burgermatsch auf den Tisch legt wie Dietmar, neige ich dazu, das Problem zu relativieren, einen »Alles halb so schlimm«-Sermon abzusondern, den ich selbst noch ekliger finde als die Überreste einer Fastfood-Mahlzeit.

»Dietmar, ich meine, wenn es dir nun mal schmeckt ... Man darf sich von diesem Schlankheitswahn nicht fertigmachen lassen.« Das ist natürlich leicht dahergesagt. Und Dietmar rügt mich für die wiedergekäuten Weisheiten, dass anderswo vollschlanke Frauen und Männer als attraktiv gelten und der westliche Kult ums Dünnsein auch eine von den Konzernen produzierte Marketingstrategie sei.

»Schon klar. Wenn man sich sonst auch für diese Leute null interessiert, müssen immer die vollschlanken Frauen aus Kenia, Uganda oder auch aus anderen Ländern Afrikas herhalten. Vielleicht überschätzt man auch die Macht der Industrie und schaut mal, was die Griechen schon gut fanden. Oder meinst du, die Skulpturen von den Dicken liegen noch irgendwo vergraben?«

Wie gesagt, Dietmar ist da ziemlich reflektiert.

»Aber die griechischen Skulpturen sind schon voluminöser als die aktuellen weiblichen Ideale«, werfe ich trotzig ein. »Außerdem flimmerten die damals nicht pausenlos in jedes Oberstübchen.«

Manche Frauen taumeln von einer Diät in die andere und haben ständig die Körper von Kate und Gisele vor Augen. Ich kenne kaum eine Frau, die nicht mit ihrem Gewicht hadert, und bei den Männern ist es auch längst Thema. Klar, mit der Vision vom perfekten Frauenkörper lässt sich ein Riesenumsatz machen, eine Riesenproduktpalette absetzen. »Die kapitalistische Vision des perfekten weiblichen Körpers ist ein geistloses Grab frigider Zeichen und brutaler Regeln, die unfruchtbar und tödlich sind«, schreibt Feministin Laurie Penny. So wird das ewige Streben nach Schönheit für viele Frauen zum öden Ersatz für das echte Leben. Und es ist doch erstaunlich, dass gerade Frauen diese Zwangsjacke am stärksten verteidigen. Als sich die US-Schauspielerin Kirstie Alley nach einer Abmagerungskur in Oprah Winfreys Talkshow im Bikini präsentierte – sie hatte zuvor 150 kg auf die Waage gebracht und sich in der Dokusoap *Fat Actress* selbst gespielt –, war das dem überwiegend weiblichen Publikum nicht genug Verschlankung; es buhte Alley aus. Die *Brigitte* beendete ein zweieinhalb Jahre andauerndes Experiment mit normalgewichtigen Models im Magazin, weil der Verlag eigenen Angaben zufolge Zuschriften von Frauen erhielt, die sich dadurch von der Mode abgelenkt fühlten und sich durch die überdurchschnittlich schönen Laienmodels unter Druck gesetzt fühlten: »Wenn die Frau von der Straße auf den Fotos in *Brigitte* schon so schön aussieht, das macht einem ja Minderwertigkeitskomplexe.«

Ich mache kein Hehl daraus, dass viele Männer auf ganz schlanke Frauen stehen, aber die sind letztlich genauso von den vielen ›Kates‹ und ›Giseles‹ auf den Megapostern geprägt und entwickeln so ihre Vorlieben. Aber mindestens ebenso viele Männer – und ich glaube, das sind die, mit denen es mehr zu lachen und leben gibt – stehen auf Rippen nur vom Schwein und nicht so sehr auf Hohlwangen, »Thigh Gap« und Frauen, die so leicht sind, dass man an windigen Tagen Angst hat, das Fenster aufzumachen.

Nachdem mich Dietmar für meine politisch korrekten Einlassungen gerügt hat, erzähle ich ihm, wie sehr mir die Idee gefällt, dass Körperfett eigentlich gespeicherte Energie ist; eine segensreiche und überlebensnotwendige Funktion der Natur, um für harte Zeiten vorzusorgen oder Stress in Materie umzuwandeln. Klar, man läuft Gefahr, dass es zynisch klingt, aber es strahlt eine immense Friedlichkeit aus, wenn man in den Urlaubsresorts die Körper im Stadium komplexer Formlosigkeit an den Hotelpools liegen sieht. Manche haben sich zu respektablen Riesenbatterien entwickelt. Nur alle paar Stunden rühren sie sich, um die Liege in die beste Position zur Sonne zu drehen; schon das wird wegen überlasteter Gelenke zum Kraftakt. Manche packen sich gleich wie Krokodile einfach in den aufgeschütteten Sand; und dass Krokodile eine erfolgreiche Spezies sind, das muss man nicht extra erwähnen. Nur das Problem, welche Frisur man zum vollschlanken Körper trägt, bleibt den Menschen vorbehalten. Um die Proportionen zu wahren, hilft auch hier nur mächtiges Volumen.

DIE WILDE HANNAH

Schönheit lässt sich – trotz großer Anstrengungen – nicht unbegrenzt festhalten. Sie ist, ob nun naturgegeben oder Produkt harter Arbeit, vergänglich und scheint manchmal nur in einem Moment auf – in einer flüchtigen Bewegung. Deshalb können auch jene, die den herrschenden Schönheitsidealen nicht entsprechen, aber die richtigen *moves* beherrschen, ›schön‹ sein. Bewegung erzeugt Schönheit, und Haare in Bewegung haben einen kaum zu überschätzenden Einfluss auf die Ausstrahlung einer Person. In diesem Zusammenhang wird mir ein Erlebnis im New Yorker Club ›The Cock‹ – ein Laden für Heteros, Schwule, Lesben, Männer, Frauen und alles, was sich die Natur dazwischen hat einfallen lassen – unvergesslich bleiben. Ich stehe mit Christopher mitten in einer dichten Menschenmenge, die fröhlich immer wieder »Take it off!« skandiert, denn vorn auf der Bühne steht Ricardo, ein Punk um die 30, der offenbar dringend Geld braucht. Ricardo hat eine wilde Frise à la Johnny Rotten, mit kreuz und quer abstehenden Haarclustern, die ein bisschen an die zerfetzten Triebe eines entwurzelten Baums erinnern. Ricardo soll sich kunstvoll ausziehen. Wenn sein Strip der aufgekratzten Menge gefällt, spendiert sie sogenannte *Foxy-Dollar*, Spielgeld, das man am Eingang für den Eintritt bekommt. Ricardos Strip jedoch fehlt die natürliche Geilheit, die Gedankenlosigkeit des munter dilettierenden Dummkopfes. Er denkt zu viel an die Dollars, zögert. Immer noch hat er seine Hose an. Dabei erreicht die Punknummer, die er sich als musikalische Untermalung seiner Choreografie ausgesucht hat, gerade den dramatischen Höhepunkt. Wann, wenn nicht jetzt? Die Menge johlt ungeduldig. Der DJ, eine aufgedonnerte Dragqueen mit einer gewaltigen Haarauftürmung von locker 60 Zentimetern auf dem Kopf (die sicher auch zu Zeiten Marie Antoinettes Eindruck gemacht hätte), nutzt die Macht des Mikrofons und fordert ihn genervt auf, endlich zur Sache zu kommen. Jetzt wird es ernst für Ricardo. Er fasst seinen ganzen Mut zusammen und zieht die Hose runter. Doch zu spät, die Erwartung des Publikums ist bereits verpufft, die Musik klingt aus, jemand geht rum und sammelt vereinzelt *Foxy-Dollars* ein. Das Publikum ahnt: Das Beste des Abends steht noch bevor.

Jetzt ist Danny dran, ein gut gebauter Beau Ende 20. Er hat Locken auf dem Kopf und ein sonniges Gemüt. Man denkt sofort: »Kenne ich den nicht aus irgendeinem Porno?« Selbstbewusst steht Danny auf der Bühne, seine Groupies kreischen. Er will heute den Jackpot knacken. Seine Chancen stehen nach Ricardinos Auftritt nicht schlecht, denn wer die meisten *Foxy Dollars* bekommt, darf noch eine Prämie in Höhe von 500 Dollar mit nach Hause nehmen. Danny wird als »*Bottomless Poet*« vorgestellt, und bevor ich Zeit habe nachzudenken, was damit gemeint ist, legt er seine enge Lederhose samt Unterhose ab und trägt romantische Gedichte vor. Er ist gut bestückt, ein Jauchzen geht durchs Lokal, vereinzelte »Yeahs« und »Wohows« markieren Begeisterungsspitzen. Er ist komplett rasiert, was ich hier zum ersten Mal bei einem Mann sehe, und ich denke, das kommt bestimmt auch bald nach Deutschland, wo ein körperökologisches Dogma meist in Wildwuchs resultiert. Als Dannys Verse zotiger werden, beweist er, dass Körperbeherrschung für ihn kein Fremdwort ist. Schließlich steigert er sich in die Rezitation offen pornografischer Zeilen, doch in seinem Schritt herrscht nach wie vor die souveräne, konzentrierte Unaufgeregtheit eines Talkshowmoderators. Hier wird schlicht im Takt von Dannys Bewegungen entspannt geschunkelt. Danny erntet für seine Performance viel Applaus und einen ordentlichen Schwung *Foxy Dollars*, allerdings fehlt der Menge die Pointe.

Jetzt kommt's, da sind sich alle einig. Die Hitze im ›Cock‹ steigt, die Leute brüllen, zwei riesige Tunten bahnen sich den Weg durch die schwitzenden und keuchenden Leiber zu den hinteren Räumen. Dort vor den Darkrooms: eine Rangelei. Die beiden schlichten mit ihren scharfen Krallen. Hannah betritt die Bühne, eine vollschlanke Latina Mitte 40. Na, die ist ja mutig, denke ich. Mein Blick ist vom Alkohol schon etwas getrübt, deshalb meine ich, eine Spur von Frida Kahlo in ihren Gesichtszügen zu erkennen, oder sind es nur die zusammengewachsenen Augenbrauen? Sie trägt ein weißes Baumwollkleid und viele, viele Haare auf dem Kopf, über der Oberlippe und auf den Beinen. Das ganze Wunder wird ersichtlich, als sie schon nach wenigen Sekunden auf der Bühne dem Kleid entschlüpft. Eine Frau mit so vielen Haaren habe ich zuvor noch nie gesehen. Den übrigen Zuschauern scheint es ähnlich zu gehen. Sogleich beginnt Hannah, der Menge einen archaisch anmutenden Tanz vorzuführen, in dem jede Bewegung die Verheißungen des Paarungsaktes transzendiert. Ihre langen Haare wirbeln über die Bühne und hypnotisieren das Publikum. Um die Bühne herum wird es jetzt eng. Plötzlich Panik. Hannah pflückt sich eine hübsche NYU-Studentin aus der ersten Reihe. Deren irritierter Freund versucht vergeblich, sie zurückzuhalten, kurz zerrt er mit Hannah an der Studentin, bis sie auf der Bühne bei der behaarten Tänzerin landet. Der DJ schüttet kübelweise Spott über die jungen Akademiker aus, verhöhnt ihre wahrscheinlich ›wissenschaftliche‹ – und im Grunde frigide – Motivation, diesen Club zu besuchen, und droht mit dem Darkroom. Hannah steigert sich derweil in Exstase und vollführt an dem unschuldigen Kind einen atemberaubenden Befruchtungstanz. Kaum aber lässt sie einmal von ihrem Opfer ab, entwischt es und flüchtet in die Arme des verstörten Freundes. Dort ärgert sich die Studentin sofort über ihren Fluchtreflex. Nach einem kurzen Solo schnappt sich Hannah die junge Frau erneut, und zum Vergnügen des Publikums zieht das ›Opfer‹ jetzt voll mit. Wohlwollend wiegt sie Hannahs teils behaarte Brüste in den Händen und verzückt das Publikum mit leidenschaftlichen Küssen. Den Vorwurf, eine verklemmte Intellektuelle zu sein, will sie nicht auf sich sitzen lassen. Als Hannahs Show vorbei ist, hagelt es *Foxy Dollars.* Allein der traurige Freund behält seine trotzig in der Tasche. Niemand, auch *hairy* Hannah nicht, kann es jedem recht machen. In jedem Fall wäre ihre Show für die große Mehrheit der Menschheit eine Provokation sondergleichen. Frauen, die Haare auf den ›falschen‹ Stellen haben – da wuchern die wildesten Assoziationen, da wird die Sexualität der Frau plötzlich zur Bedrohung.

Jetzt werde ich ganz still, denn Janette presst beim Schneiden meiner Haare ihre Brüste ein wenig an meinen Hinterkopf, fast wie zufällig ist diese Berührung, und ich frage mich, ob sie das bei allen macht oder nur bei mir; wage es natürlich nicht anzusprechen, dann wäre der Zauber vorbei. Gleichzeitig ist es mir ein bisschen peinlich, dass unreine Gedanken in mir aufsteigen, und setze deshalb ganz beiläufig unser Gespräch neu in Gang.

»Was hältst du eigentlich von diesen Topmodel-Sendungen? Guckst du so was immer noch?« Ich frage Janette, weil sie als Friseurin ja an der Beautyfront arbeitet und Kundinnen sich möglicherweise da was abschauen. Muss sie da nicht auf dem aktuellen Stand sein?

»Am Anfang schon. Aber jetzt nicht mehr, ich reg mich dabei zu sehr auf.«

»Na, in deinem Alter ist Aufregung doch noch nicht gesundheitsgefährdend.«

»Nein, ich bin echt nicht von der Sitte, aber ich find's einfach abstoßend so mit 16-Jährigen, die sich praktisch komplett ausziehen müssen; und dann bekommen sie als Gewinn ein Shooting für Trachten-Huber. Und die Eltern lächeln nett dazu. Die Klum ist echt nicht besser als ein Zuhälter – nee, noch schlimmer!«

Janette verblüfft mich immer wieder, zumal ich bislang dachte, dass Figuren wie Heidi Klum in ihrem Kosmos eine gewisse Autorität darstellen. Ich schäme mich ein bisschen. Mit ihrer Tirade bläst Janette ins gleiche Horn wie meine frühere Mitbewohnerin Corinna, die sich bei mir über ihre noch minderjährige Tochter beschwert.

»Die ist voll im Topmodel-Fieber, obwohl wir zu Hause gar keinen Fernseher mehr haben!« Corinna klagt, dass die Mädels jetzt schon mit zehn, elf anfangen, sich gegenseitig zu ›shooten‹, und befürchtet, dass sich ihre Tochter heimlich bei *Germany's next Topmodel* bewirbt. »Was mache ich denn dann? Ich habe das Gefühl, dass meine ganze Erziehung *bullshit* war, wenn sie auf so einen Mist reinfällt – sie hat auch keinen Bock mehr auf Geigenunterricht ...«

Manchmal bin ich wirklich froh, ein sorgloses, kinderloses Singledasein zu führen. »Sorglos« stimmt natürlich nicht ganz; man hat halt andere Sorgen: Was mache ich, wenn meine Freunde mal keine Zeit haben; wer findet mich, wenn ich mit Herzinfarkt ins Marmeladenbrötchen kippe; sind noch genug Präservative vorrätig?

»Da gab es ja auch Protest gegen *GNTM*«, sekundiere ich Janette, die das aber nicht gelten lassen will.

»Meinst du die Bräute, die da *topless* protestiert haben?«

»Ja, und mit Parolen wie ›Heidi Horror Picture Show‹.«

»Die sahen alle selbst so gecastet aus. Alle *top in shape*, die Mädels.«

»Dann wirft ihnen aber zumindest niemand Neid vor.«

»Nee, ey. Wenn bald überall Protestbusen auftauchen, wird das peinlich. Nicht mein Ding.« Janette geht auf Distanz, meidet Körperkontakt und rasiert mir ganz sachlich den Nacken aus. Gleich ist unsere letzte Sitzung zu Ende. Noch kann ich meine Verlustangst, die langsam an die Oberfläche strebt wie ein müder Kammmolch im morastigen Gartenteich, unterdrücken.

EIN TRAUM ZERPLATZT

Mittlerweile sind meine Haare trocken. Waren die blondierten Strähnchen in den nassen Haaren kaum zu erkennen, so treten sie jetzt deutlich hervor – zum Glück nur im Deckhaar. Ich kneife die Augen zusammen. Unscharf sehe ich mein Spiegelbild und bilde mir ein, da eine gewisse Ähnlichkeit mit Ewan McGregor zu erkennen. Leider verfliegt dieser Eindruck, wenn ich wieder scharf stelle. Trotzdem bin ich überrascht. Natürlich werde ich mir im Büro einige Kommentare gefallen lassen müssen. Bei Männern geht niemand davon aus, dass einer wegen Spott anfängt zu weinen oder den Mobbing-Beauftragten aufsucht, deshalb wird meine neue Frisur sicher zum Anlass eines Wettbewerbes um den besten blöden Spruch werden – »Jetzt wird er alt!« – »Hast du eine Wette verloren?« – »Ist deine neue Freundin Friseuse?« oder – »Fehlt nur noch das goldene Jackett.« – »Ah, neue Frisur, bist du depressiv?« – »Nein, nicht depressiv, nur paralysiert von Hoffnung.« Aber all das ist mir mein neuer Strand-Look wert, denn eines steht fest: dass ich mich dadurch für immer an Janette erinnern werde, na ja, für immer vielleicht nicht, aber eine ganze Weile, mindestens bis zum nächsten Friseurbesuch.

»Sieht doch klasse aus!«, rühmt sie jetzt meine Frisur und damit eigentlich sich selbst. Und ich freue mich, dass sie sich freut.

»Jetzt nehme ich einen Sekt!«

Wir prosten uns zu, und ich frage sie aus Angst, unsere nächste Gesprächspause könnte die letzte sein – und damit auch das Ende unserer Beziehung –, was mir gerade in den Sinn kommt: ob sie oft angemacht werde, weil sie ja »so hammergeil« aussähe.

»Schon. Klar!«, antwortet sie (oder war es ein »*Schon* klar ...«? Ich kann mich nicht genau erinnern). »Es gibt immer mal welche, die fragen, wie es mit einem *Date* wäre, aber da steige ich nie drauf ein, das ist total unprofessionell. Sind meistens eh Idioten. Wenn ich sage, ich habe einen Freund, sagen manche sogar noch: ›Der muss es ja nicht wissen ...‹«

»Ist das nicht irgendwie peinlich«, frage ich, »wenn ein Typ beim Haareschneiden eine Anmache startet, 'ne Abfuhr bekommt und dann nicht mal weggehen kann, sondern sitzen bleiben muss, bis der Haarschnitt fertig ist?«

»Na sicher, aber das ist für den Kunden peinlicher als für mich. Am besten macht man dann bei einem anderen Gesprächsthema weiter.«

»Kann ich mir nicht so recht vorstellen, wie man nach frisch erhaltenem Korb übergangslos übers Wetter plaudert. ›Danke für die Abfuhr. Ich weiß, dass ich eine Null bin. Übrigens, morgen soll die Sonne wieder scheinen ...‹«

»*Date*-Anfragen sind ja noch harmlos. Ein Typ hat mir mal in die Haare gefasst und gezogen, um zu testen, ob die echt sind – sag mal, geht's noch?«

»Unverschämtheit«, empöre ich mich so pflichtbewusst wie aufrichtig.

»Manche fassen sich beim Frisieren auch an ...«

»O—M—G!«

Für die, erzählt Janette, sei der Besuch bei der Friseurin offenbar so erregend, dass sie sich unter dem Kabinettumhang einen schütteln. Pfui! Sie hat aber eine Technik dagegen entwickelt: Durch gelegentliches Lüften des Umhangs sorgt sie dafür, dass es sich die männliche Kundschaft unter dem Cape nicht zu gemütlich macht.

Jahrelang hatte ich den Eindruck, Janette liebe ihre Arbeit, doch jetzt bahnt sich offenbar ihr Frust seinen Weg an die Oberfläche. Meine lang zurückgehaltene Frage, warum sie ihren Job jetzt an den Nagel hängt, muss ich gar nicht mehr stellen. Es sprudelt alles aus ihr heraus. Janette mag keine ›Erfolgsgeschichten‹ von Typen mehr hören, die pausenlos am Handy über ihren Job, ihre Bumsbekanntschaften oder ihre Autos reden und sie als Spiegel für das eigene Ego benutzen. Janette mag keine Samstagmorgenkundschaft mehr – aufgekratzte Clubleichen, die nach durchgefeierter Nacht mit Jacky-Cola-Fahne und Koksblick im Salon aufschlagen, wo die Vorlauteste der Truppe unter dem Beifall ihrer Begleiterinnen fordert: »Ich will die Haare ganz kurz!« Am nächsten Montag stehe die dann heulend vor der Tür oder fordere Schadenersatz. Janette mag keine Kundinnen mehr sehen, die 20 Cent Trinkgeld geben und ihr dann vorheulen, wie schlimm es sei, dass das Mercedes-Cabrio gerade in der Werkstatt sei und sie mit ihrem Zweitwagen zum Shoppen fahren müssen. Sie kann einfach nicht abblocken, wenn Kunden ihren Psychomüll bei ihr abladen, und hat sogar ein schlechtes Gewissen, wenn sie den mal nicht mit größter Freude sortiert. Und das führt dann zu Situationen wie damals, als sie einen Zeugen Jehovas nicht loswerden konnte: Einen älteren Herrn aus ihrer Nachbarschaft, der immer wieder zu Bekehrungsversuchen ansetzte und vermutlich auch jenseits seiner Mission Gefallen an Janette fand. Immer wieder wimmelte sie ihn ab, bis er herausfand, wo sie arbeitete und sich dort Termine geben ließ, um Janette, die nun nicht weglaufen oder die Haustür zuhalten konnte, vom Friseurstuhl aus zu bekehren. – »Das hat mir echt den Rest gegeben. Vielleicht muss ich dafür sogar dankbar sein. Man muss Grenzen setzen können in diesem Job, und das habe ich nie gut gekonnt. Jetzt ist Schluss«, sagt sie beiläufig, während sie noch etwas Wachs in mein Deckhaar einmassiert. Janette will aus dem Friseurberuf heraus, weil sie die psychische Nähe zu den Kunden nicht mehr erträgt, weil die Kunden sie als seelischen Mülleimer missbrauchen, um Trost und Streicheleinheiten betteln. Kunden wie ich! Es ist meine Schuld. Nicht nur, aber auch. Und ich dachte immer, unsere Beziehung sei etwas ganz Besonderes.

»Und? Was machst du jetzt?«

»Ich gehe in eine PR-Agentur. Mit Abendstudium und ein bisschen Glück bin ich in ein paar Jahren Beraterin.«

Ich suche nach Halt, kralle mich an den Armlehnen fest, die ungerührt Widerstand bieten. In einer Zukunftsvision sehe ich Janette im Businesskostüm vor mir, wie sie über Friseusen lästert, als wäre dieses Leben hier, mit den superblonden Haaren, den engen Tops, mit mir und all den anderen, einfach nichts gewesen. Verrat! Ungläubig schaue ich in den Frisierspiegel wie ein entzauberter Narziss.

»Du ... Schwein!«

KAPITEL 4
CHAMPIONS OF BEAUTY

»Nein, nein, nein! Das sieht ja furchtbar ... oh mein ... Scheiße!« Die hilflosen Flüche, atemlos und fragmentarisch vorgetragen wie ein postmodernes Gedicht, werden von bitteren Tränen, ungläubigem Kopfschütteln und verzerrten Gesichtszügen untermalt.

Leandra, die schöne Frau des stadtbekannten Zementunternehmers Heiner und eine Bekannte von mir, ist entsetzt über ihre neue Haarfarbe. Statt wie geplant im *»New-England-Late-Summer-Red«* – einem rötlichen Mahagoni – zu schimmern, sind Leandras Haare plötzlich sehr, sehr dunkel, praktisch schwarz. Es sieht extrem künstlich und flach aus und macht sie leichenblass, obwohl sie ihrer Hautbräune regelmäßig Nachhilfe gibt. So hat sie sich ihr *make over* heute nicht vorgestellt. Ich sitze in der Wartelounge des Salons, beobachte die Szene aus nächster Nähe und versuche, mich in Leandra hineinzuversetzen. Was geht jetzt wohl in ihrem Kopf vor? »Was werden die Leute da draußen sagen? Sie werden sich das Maul zerreißen. Sie werden mich zerpflücken.« Das oder Schlimmeres scheint sie zu denken, wenn man in so einem Moment überhaupt einen klaren Gedanken fassen kann.

»Fuck! ... Liebes, ... das tut mir so leid«, versucht Ilona, ihre beste Freundin, die ich ebenfalls kenne, zu trösten. Sie ist im Gegensatz zu Leandra ›nur‹ für eine routinemäßige Erneuerung ihrer Extensions in den Salon gekommen, was am Ende allerdings auch ein paar Stunden und ungefähr 300 Euro gekostet haben wird. Ilona ist die Exfrau eines Landrats. Heute lebt sie in zweiter Ehe mit dem erfolgreichen Spielhallenbetreiber Dietmar zusammen, der ihrem Exmann einst durch großzügige Unterstützung die Wiederwahl ermöglicht hatte. Ilona ist damals in der heißen Phase des Wahlkampfs durch die Ortschaften gezogen und hat Schokolade verteilt. Auf der Verpackung war sie mit ihrem damaligen Mann unter einer aufmunternden Headline abgebildet, ein zuckersüßes Doppelporträt; eine sehr durchsichtige Aktion, wie Ilona mir selbst mal erzählte – »Unglaublich, aber es funktioniert. Und die Leute freuen sich.« Das natürlich nur, weil die bezaubernde Ilona mit makellosem Styling und ihrem charmantesten Lächeln höchstselbst in den guten und den weniger guten Stuben des Landkreises die Süßigkeit verteilte. Dabei ist sie wohl auch bei ihrem neuen Mann vorbeigekommen und hat ihn kennen- und schließlich lieben gelernt. Dietmar wird begeistert gewesen sein von Ilonas Engagement und sich gedacht haben: »Wow, so eine Knüllerfrau, die sich auch noch total für ihren Mann einsetzt – das wäre auch was für mich.«

Ilona erinnert mich entfernt an Jessica Simpson, eine Südstaatenschönheit, die nach einer Handvoll Schmusehits und Filmen jetzt Klamotten verkauft. Vor einigen Jahren ging ein Foto von ihr um die Welt, das ein paar neidgeplagte Klatschreporter zum Anlass nahmen, ihr ein Gewichtsproblem zu unterstellen. Seither zieht Jessica mit einer kleinen Entourage durch die Lande, um die Nebenwirkungen des Schönheitskultes für ihre Sendung *The Price of Beauty* zu erforschen. Dadurch ist sie heute beliebter denn je und verkauft noch mehr Klamotten.

Im Salon ›Prestige‹ ist derweil das Entsetzen so groß, dass beiden Damen, obwohl sie zur Hautevolee des Landkreises gehören, die Kraftausdrücke ihrer Jugend über die glänzenden Lippen schlüpfen. Seit Jahren kommen die beiden zu Hair-Artist Pierre, lassen sich verwöhnen und ihre Frisuren auf hohes Repräsentationsniveau pushen. Und jetzt das.

»Scheiße, Pierre. Piäääääärrrrr!«

Pierre telefoniert am Empfangstresen mit einem Lieferanten, noch ahnt er nichts von der Katastrophe, die sich im hinteren Bereich seines Salons abspielt. Er sieht nur die völlig entgleisten Gesichtszüge seines Assistenten Marlon, der zu ihm an den Tresen eilt, so wie ein Kind um den Pool hastet, um nicht auszurutschen – mit sehr schnellen, kurzen

Schritten. Pierres Team ist überschaubar, neben Marlon beschäftigt er noch Jenny, die er nach der Ausbildung übernommen hat und die sich still und fleißig an Ilonas Extensions abmüht. Sie ist allerdings auch für Rezeption und Kaffee zuständig. Einen Latte macchiato, der es mit denen in Berlin-Mitte aufnehmen kann, hat sie mir schon gebracht.

Pierre weiß sofort, dass etwas Schlimmes passiert sein muss. Seinem Gesicht sehe ich an, dass er ein, zwei Augenblicke braucht, um die Komfortzone des heiter-unbeschwerten Miteinanders zu verlassen. Er beendet hastig das Gespräch und fliegt förmlich zu Leandra.

»Schatz, was? – Mon Dieu …!«

Mein Termin ist jetzt seit 20 Minuten überfällig, ich bin als männlicher Kunde praktisch Luft, aber keineswegs gekränkt, denn ein Mann mit etwas Erfahrung weiß, wann er ganz still sein sollte. Außerdem sitze ich ja optimal in der Lounge, um das Drama in vollen Zügen … verfolgen zu können – live, in 3-D und mit bestem Sound. Unmotiviert blättere ich durch die französische *Vogue*, die Pierre im Abo hat, obwohl es hier weit und breit gar keine frankophonen Kundinnen gibt. Mein Termin wurde eigens so gelegt, dass ich in den Pausen, in denen bei den Damen irgendetwas einweichen oder einwirken muss, frisiert werden kann. Ich bin sozusagen ein Minijob, ein schnelles *touch up* zwischen zwei Großbaustellen. Aber dieser Plan ist jetzt Makulatur.

Pierre steht hinter Leandra, wagt nicht, sie wie sonst mitfühlend anzufassen oder gar zu umarmen. Denn Leandra gehört, wie Ilona auch, zu den Frauen, die eine herzliche Umarmung jederzeit in einen Würgegriff verwandeln können. Stattdessen hält er seine feinen Hände über ihre Haare, als beschwöre er die Glaskugel eines Sehers. Und tatsächlich muss er *sehen*, was er jetzt noch machen kann, um die Folgen dieser Katastrophe abzumildern; von einem Happy End wagt im Moment noch niemand zu träumen. Um nichts in der Welt möchte ich jetzt in seiner Haut stecken.

Ich kenne Leandra und Ilona übrigens vom Yoga. Und genau genommen bin ich nur ihretwegen im ›Prestige‹ gelandet, denn sie haben mir ihren Friseur empfohlen und für mich sogar den Termin gemacht. – »Natürlich gehen da auch Männer hin. Probier's mal. Pierre ist total nett und – er ist ein echter Künstler.« Könnte sein, dass Leandra da im Moment ernste Zweifel hat.

Für meinen halbjährigen Arbeitsaufenthalt in dieser Gegend kommt kaum etwas anderes als Yoga infrage, um mit Leuten außerhalb der Firma in Kontakt zu kommen. Ich habe es im Fitnessstudio versucht, aber das Konzept leuchtet mir einfach nicht ein. Warum sollte ich auf einem Fahrrad strampeln, das nirgendwo hinfahren kann? Oder auf einem Laufband laufen, auf dem ich für meine Anstrengung nicht mal mit kühlendem Wind belohnt werde? Ich hatte früher Hamster und habe mich wie Gott gefühlt, wenn ich die im Rad laufen ließ. Wer fühlt sich wie Gott, wenn ich heute auf diesem Gummiband laufe? Erniedrigend. In meinem Freundeskreis haben mittlerweile alle einen Fahrstuhl, und dann bezahlen sie eine teure Mitgliedschaft in einem Fitnessclub, um dort auf dem Stepper Treppen zu steigen, die niemals enden. Aber wieso sollte man das umsonst machen, wenn man auch dafür bezahlen kann, nur, um so zu tun als ob. Ich gebe zu, ich habe zu Hause ein paar Hanteln, mit denen ich meine Arm- und Brustmuskulatur in Form halte. Mehr sieht man von mir hinter dem Schreibtisch den lieben langen Tag eh nicht.

Yoga ist übrigens der ideale Sport für männliche Singles. Auf zehn Frauen im Kurs kommen maximal zwei Männer. Wie Connaisseure schauen wir Männer uns an und schmieden allein mit unseren Blicken einen Pakt der Verschwiegenheit: »Niemand sonst muss wissen, was für ein Paradies diese Yoga-Kurse sind.« Ja, ich weiß, die Quote beim Zumba ist noch besser. Aber die Sache hat einen Haken: Meine *moves* sind einfach zu lahm. Ich hab's tatsächlich ausprobiert. Zum Glück konnte ich mich hinter einer kompakten Anfängerin in grellen Neonklamotten verstecken, um nicht von meinem eigenen Spiegelbild angewidert zu sein. Es macht aber wirklich keinen Spaß, dass der gut gelaunte Trainer, dessen Lächeln breiter ist als die Reifen meines Autos, von den hüftschwingenden und pokreisenden Ladys auch noch wie ein sexy Priester verehrt wird. Er hat natürlich gleich gemerkt, dass ich nicht so gut mithalte, und mich zur Belustigung der Damen für eine kurze Demonstration rausgepickt. Sein Kalkül: Auf nimmer Wiedersehen!

Ganz anders im Yoga-Kurs mit Leandra und Ilona. Es war zwar eine gewisse Überwindung damit verbunden, das »Ommm« vernünftig über die Lippen zu bringen. Zwischen all den Frauen klingt das, als hätte sich ein heiserer Barry White unters Volk gemischt. Aber das ist nichts gegen diesen komischen Singsang, der dann oft folgt, da steige ich aus, da kann ich einfach nicht mitmachen: *»Om Namah Shivaya Gurave ...«* Frauen singen das mit einer Selbstverständlichkeit, als wären sie in einem Hindutempel aufgewachsen und hätten das wie unsereiner *Alle meine Entchen* oder *Backe backe Kuchen* gelernt. Ich hingegen denke jedes Mal: Wenn jetzt einer meiner ehemaligen Mitschüler reinkommt, wird's peinlich. Und das gut 15 Jahre nach dem Abitur ...

Ich mag Ilona und Leandra. Natürlich würden die beiden, deren familiäre Wurzeln irgendwo zwischen Balkan und Baltikum liegen, einen Typen wie mich niemals für die Partnerwahl in Erwägung ziehen. Als repräsentativer Versorger tauge ich nicht – als Prüfstein für die Inszenierung ihrer Weiblichkeit allerdings schon. Wahrscheinlich sind unsere Gespräche feinfühliger als die mit dem Zementfabrikanten und dem Spielhallenbetreiber – freundlicher sowieso.

So haben die beiden mir nach einem Training mal verraten, dass Yoga nicht nur das Leben verlängert, sondern auch den Spaß beim Sex fördert und damit gar etwas zum Weltfrieden beiträgt. – »Einige

Übungen zielen auf die Beckenbodenmuskulatur und machen dich leistungs- und empfindungsfähiger im Bett«, schwärmt Ilona. Seit einigen Wochen konzentriere ich mich deshalb jetzt auf diese Übungen, die auch Männern helfen sollen, im entscheidenden Moment mehr Kontrolle über sich zu haben, ohne Viagra, Penisschlaufen oder Schwellkörperimplantate. Meine Masche allerdings ist, von vornherein zu sagen: »Nur so zur Info: Ich bin eine ziemliche Niete im Bett.« Die ›Strategie‹ dabei ist, dass dann natürlich Zweifel aufkommen, ob ich so schlicht ticke wie die anderen Männer, deren Bild von sich selbst nicht weniger zulässt, als die Superkanone im Bett zu sein. Ist doch ein originelles Branding – nach Low Fat, Low Fidelity jetzt auch ... Low Fuck. Mit diesem Bekenntnis lockert man zumindest die Eskalationsphase ironisch auf, um dann – Überraschung! – eins a zu performen. Außerdem weckt das einerseits, so jedenfalls mein Kumpel Paul, von dem ich diese Methode, sagen wir, adaptiert habe, den Ehrgeiz bei Frauen, andererseits sorgt es für Entspannung – eine ganz und gar weltliche Form des Zen. Niemand muss sich zu Höchstleistungen aufschwingen, wenn die Niete praktisch schon feststeht. Allerdings hat der Trick wohl schon die Runde gemacht. Neulich kommt mir ein Typ mit Motto-T-Shirt entgegen: »Ich bin so schlecht im Bett, das musst du probiert haben!« – Zeit für ein neues Zen.

Ich habe Leandra und Ilona gefragt, ob sie außer mit Yoga ihrer Schönheit auch noch anders auf die Sprünge geholfen haben, aber hoch und heilig beteuern sie, dass sie bisher ohne plastische Eingriffe auskommen. Ich traue mich nicht nachzubohren, weil ich keine Lust habe, bei Heiner auf dem Firmengelände in einem Zementsarkophag zu enden.

»Was man so sieht«, so Leandra, »sieht oft total künstlich aus.«

Sie sagt, die Technik sei noch nicht voll ausgereift, schon gar nicht, wenn es um die Augen geht.

»Ich kenne Frauen, die haben was im Gesicht machen lassen.

Wenn da eine fragt, ob ich auch finde, dass sie jetzt zehn Jahre jünger aussieht, bin ich natürlich höflich, bin entzückt und gratuliere und alles. Aber ich denke dann: Nee, echt nicht, du siehst nicht jünger, sondern einfach nur komischer aus. Okay, vielleicht siehst du jetzt aus wie 25, aber wie eine 25-jährige Echse.«

Das Gesicht, gerade die Augen, sind so ein Bereich, der ganz sensibel von anderen Menschen wahrgenommen wird.

Martina, meine Rekord-Ex (was die Dauer unserer Beziehung und ihre Karriere betrifft), könnte sich definitiv einen sehr guten Chirurgen leisten, sagt aber:

»Von mir aus sollen sich andere Leute operieren lassen, aber für mich kommt es derzeit nicht infrage. Ich will, dass meine Kinder mich auch erkennen und nicht fragen: ›Mama, bist du das?‹«

Dafür steckt sie mir, dass sie sich unten herum etwas operieren ließ. – »Nach zwei Kindern ...«

»Wie meinen?« Ich ziehe die Augenbrauen bis zum Haaransatz und stelle mich dumm, obwohl ich natürlich genau weiß, was sie meint, als sie das Thema antippt. Wahrscheinlich sagt sie das nur, um mich zu quälen, um das Kopfkino bei mir wieder in Gang zu bringen und weil sie Dinge von mir weiß, die als Dauergeiseln meine Verschwiegenheit garantieren. Eine Scheidenverjüngung inklusive Liposuktion am Venushügel nach der Geburt der Kinder sollte man auch nicht unbedingt an die große Glocke hängen – so wie Brandi Glanville, ein wirklich bezauberndes TV-Sternchen aus Hollywood, das als alleinerziehende Mutter und ›Underdog‹ in der Sendung *The Real Housewives of Beverly Hills* für ein bisschen Schwung in der üblicherweise mit gelangweilten Milliardärsfrauen gespickten Sendung sorgt. Ihren offenherzigen Umgang mit intimen Details führt sie selbst auf ihre Hippie-Kindheit zurück, ihr Vater war Drogenverticker, die Familie lief zu Hause den ganzen Tag nackt rum – *the spirit of California* halt ... Brandi erzählt zum Beispiel freimütig von ihrer gescheiterten

Ehe mit dem Vater ihrer beiden Kinder, einem bei uns weitgehend unbekannten Schauspieler. Ihn hat sie angeblich nie ›geladen‹ aus dem Haus gelassen. Eigentlich eine gute Sache, auch wenn sie am Ende vielleicht sogar kontraproduktiv war. Wer jeden Tag Schokolade bekommt, möchte zur Abwechslung vielleicht auch mal ein paar Nachos. Auch Brandi hat sich wie Martina nach der Geburt ihrer Söhne eine Vaginalstraffung gegönnt; sonst aber hat sie nur die Brüste für Körbchengröße B anpassen sowie Nase und Wangen mit Fillern bearbeiten lassen, versichert sie. In Hollywood sind das *Peanuts*, eigentlich nicht der Rede wert. Ab und zu lässt sich Brandi auch ein ganz bisschen Botox spritzen. Wenig – ist ja klar. Der Marktführer Allergan braucht pro Jahr nur 0,7 Gramm, um seinen weltweiten Bedarf zu decken, so effektiv ist das Zeug. Zwei Kilogramm Botox sollen angeblich reichen, um die ganze Menschheit auszulöschen. Ob es reichen würde, Dieter Bohlens Gesicht zu straffen, ist bislang noch ungeklärt. Angeblich hat er auch kein Interesse, weil er in den Falten die Spickzettel für seine fiesen Sprüche versteckt, mit denen er als Jurymitglied einer TV-Castingshow junge Leute quält.

Jetzt, wo ich noch mal genau hinsehe, erkenne ich sogar eine entfernte Ähnlichkeit zwischen Leandra und Brandi – wäre da nicht dieser schwere schwarze Schleier aus Haaren, der im Salon den blanken Horror verbreitet. Normalerweise strahlt Leandra, mittlerweile im 40+-Sektor angekommen, immer noch so viel Sex-Appeal aus, dass man ihr zutraut, ein halbes Dutzend bettwarmer Jungs zum Frühstück zu verspeisen. Beim Angeln auf dem regionalen Beziehungsmarkt erwischte sie, nun ja, den Zementmann. Natürlich liebt sie ihn und die Kinder von ganzem Herzen. Den Vorwurf, sie hätte ihn nur wegen der Kohle geheiratet, mag in ihrem Umfeld niemand erheben, denn sie ist die perfekte Ehefrau, repräsentiert besser als jede andere aus der Society im Landkreis, erzieht die Kinder streng und gerecht und macht auch noch ein bisschen Charity, wenn es ihre Zeit zulässt. Allerdings: Wenn das Geld nicht mehr wäre, würde es ihre Liebe zu Heiner doch erheblich schwerer haben, daraus macht sie kein Hehl. Es lastet ohnehin schon hoher Druck auf Leandra; als Frau im öffentlichen Leben die Wärme einer Mutter auszustrahlen und mit ihrer Attraktivität auch ein bisschen auf das Ansehen des Unternehmens abzustrahlen, während jede Kritik an ihrem Mann und seiner Fabrik auch sie trifft – das ist kein leichter Job. Käme dann noch die Häme wegen des Scheiterns ihres Mannes dazu, die sie wahrscheinlich noch härter träfe als ihn – niemand kann wissen, ob das eine Liebe, und sei sie noch so groß, aushält, wenn sie einmal auf saftigem Boden gedeihen durfte.

Wie eine Schieferplatte hängt Leandras Haar jetzt an der rechten Seite ihres Kopfes herunter. Kann man sich den Spott auch nur ansatzweise vorstellen, dem Leandra ausgesetzt wäre, ginge sie so zum Shoppen in die Stadt? Es reicht schon, dass ihre Tochter Mascha sie bei Facebook aus der Freundesliste geworfen hat. Leandra hat den Fehler gemacht, sich mit einem Kommentar gegen höchst aufreizende Fotos ihrer Tochter zu äußern, während Maschas Freunde und Freundinnen...

- ★ schön schön schön!
- ★ wow unglaublich schön
- ★ Hammer!
- ★ Ganz wunderschön!
- ★ Süße
- ★ Richtig schön
- ★ CUTIE, du bist so schöööön
- ★ Hübsche! :-))))
- ★ Schön!
- ★ Hübsch
- ★ Voll hübsch

- Allerschönste einfach!
- wow !! du bist meine schöne
- du siehst mega hübsch aus!
- wunderschönes, süßes mädchen! :)))))))))
- wunderhübsch und schönes Top. Tolle Haare
- Voll nice! Gut geschminkt
- OOOOOOOOOOHHHHHHHHHHHHHH WOW... Maschi
- duuuuuuuu hübsches Mäuschen ... will mehrmals liken
- wunderschöööön sooo natürlich und strahlend wie immer
- fetten Knuuuutscher
- Total schön:)
- schön wie eh und jeh
- sooooo schön!:)
- wunderschön! wie von nem cd-cover

... und jede Menge Herzchen und Emoticons posten. Mascha reagiert prompt: »Du bist voll peinlich, Mom – dismissed!«

Unter diesen Umständen ist Leandra schon froh, dass ihre Tochter keine Bilder von ihrem neuen Hobby »*Vajazzling*« ins Netz gestellt hat.

»Va-was?«, frage ich Leandra.

»Mensch, ich dachte, du kommst viel rum. Da hast du noch nicht von *Vajazzling* gehört? Das machen doch die Mädels in UK jetzt. Dekorieren den glatt rasierten Schambereich mit allerlei Strass- und Glitzersteinchen. Die Mode hat Mascha von einem Sprachkurs mitgebracht. *Landing Strip* war gestern.«

Ein Grund mehr, beim Sex das Licht anzulassen, denke ich; traue ich mich aber nicht zu sagen. Schließlich geht es um Leandras 16-jährige Tochter, und bei Heiner steht immer eine Ladung frischer Zement bereit ... Dafür weiß ich Leandra zu berichten, dass sich in Südkorea reife Ladys im Rahmen einer intimchirurgischen Sanierung Schamhaare transplantieren lassen. Überprüft habe ich das allerdings nicht.

EINE DROHUNG

Pierre denkt nach, immer noch – es ist ernst. Schwarz ist immer ernst. Sein Assistent Marlon, der den Bockmist verzapft hat, verhält sich sehr still, wissend, dass möglicherweise sein letztes Stündlein geschlagen hat, zumindest in Pierres Salon. Während Leandra mit der Fassung kämpft, hat Ilona aus Mangel an Alternativen ihr Migränegesicht aufgelegt und schaut abwechselnd auf Pierre und die Haare von Leandra.

»Komm, Pierre. Da musst du jetzt liefern!«, spricht sie für ihre Freundin, deren Hand sie greift.

»Jaaaa, ich hab auch schon 'ne Idee«, sagt er ganz langsam, um Zeit zu gewinnen. Leandra gewinnt allmählich ihre Fassung wieder und zeigt jetzt ein so kaltes Gesicht, dass selbst mich, der fünf Meter entfernt tief eingesunken in der Wartelounge sitzt, fröstelt. Die Tränen trocknet sie mit einem eigenen Taschentuch; jenes, das Marlon ihr reicht, ignoriert sie, was kein gutes Zeichen für Marlons Zukunft im ›Prestige‹ ist. Hätte sie es genommen – vielleicht hätte Pierre noch einmal Gnade vor Recht ergehen lassen.

»Vielleicht muss ich doch wieder nach Berlin zu Udo fahren ... wie früher.«

Leandras unverhohlene Drohung lässt Pierre sicher alles andere als kalt. Sein Ruf hängt davon ab, dass die richtigen Frauen zu ihm kommen und ihm vertrauen. Alle anderen folgen oder sind für den Top-Friseur ohnehin an die kleinen Läden, Schwarz- und Hobbyschneider verloren. Früher ist Leandra mit Ilona und ein paar Freundinnen regelmäßig in die Hauptstadt gejettet, auch wenn der nächste Flughafen 130 Kilometer entfernt liegt. Dann sind sie bei Udo Walz eingeritten und haben sich von A bis Z verwöhnen lassen. Allerdings mochten sie es nicht, dass der Udo da schon etwas abgehoben war und sich neben Sabine Christiansen (eine Talklady aus den 90er-Jahren), Harald Juhnke (»Barfuß oder Lackschuh«) und anderen Promis kaum noch um die Kunden ohne eigene Sendung kümmerte. Für

Leandra und Co. war er immer mehr zum Gespenst geworden, ließ sich entschuldigen und huschte für zehn Sekunden vorbei – »Na, alles gut? Ja? Schön, wunderbar. Ich komme gleich noch mal.« Aber der Udo kam nicht mehr. Und wenn, dann dröhnte er fast wie ein Animateur auf der Kirmes: »Mensch, ist doch klasse. Toll. Dreh dich mal. Ich bin begeistert. Ganz fantastisch ... Madame ...« – und ab. Dann gingen Leandra und ihre Freundinnen zu Shan, der am Anfang unglaublich aufmerksam war. Sein Salon ›Shan Rahimkhan‹ gleich am Gendarmenmarkt liegt auch ganz gut, um anschließend auf der Friedrichstraße shoppen zu gehen und abends im ›Cookies Cream‹ was zu essen. Die eigentliche Friseurabteilung muss man in Shans Shop vor lauter Beautyprodukten allerdings suchen. Damit deckten sich Leandra und ihre Clique nicht zu knapp ein. Einmal kam Franziska van Almsick rein, Shans experimentierfreudiges Frisuren-Exponat, dessen Look verlässlich zwischen Trash- und Glamourqueen schwankt. Aber ohne Prominenz kein Promifriseur. Klar, da waren Leandra und ihre Entourage plötzlich nicht mehr so wichtig – ein Ärgernis, das eine von Leandras Freundinnen auch noch heimlich mit dem Handy fotografisch dokumentieren wollte und prompt von einem Assistenten ermahnt wurde. Peinlich! Dann kamen in der Belegschaft ihres Mannes Gerüchte auf, dass Leandra sich in der Hauptstadt nicht nur die Haare versorgen lässt. Das konnte Heiner natürlich nicht dulden. Seitdem hat Pierre die Ehre, sich um die Frisuren der Ladys zu kümmern. Und deshalb die Drohung mit Berlin.

Pierre weiß genau, was auf dem Spiel steht. Seine Reputation im ganzen Landstrich und darüber hinaus hängt davon ab, ob er Leandras Haardesaster hier und jetzt in den Griff bekommt. Dabei kann er sich noch glücklich schätzen, dass es in seiner Hand liegt. Die Kundinnen in Deutschland sind relativ treu. Ganz anders in den Staaten. Wie schnell dort ein Hairstylist *en vogue* und dann wieder total *out* ist, erzählt mir Tanja. Sie frisiert in Miami seit vielen Jahren die Haare wohlhabender – und seit der Finanzkrise auch nicht mehr ganz so wohlhabender – Ladys jeden Alters.

»Meine treueste Kundin kommt seit zehn Jahren – das ist die große Ausnahme. Bei uns sind die Frauen immer total auf den Trend und ihren sozialen Status bedacht.« Da zählt, dass man bei gesellschaftlichen Anlässen immer im angesagtesten Restaurant isst, Top-Designer-Klamotten der laufenden Saison trägt und beim hippsten Hairstylisten – am besten mit Promi-Kundschaft – die Haare machen lässt. Manche wechseln den Friseur öfter als die Pumps.

»Das ist aber nicht der einzige Grund. Einige Frauen erzählen von sich gleich beim ersten Termin so viel, ich meine, ihr ganzes Leben und so. Die schämen sich dann wiederzukommen.«

Tanja ist Stylistin bei ›Ulta Beauty‹. Das ist ein börsennotierter Konzern, der in den USA als Beauty-Superstore und Salon in einem funktioniert; »One-Stop-Shopping« heißt das Prinzip. Viele Friseure bieten nebenbei noch diverse Haarpflegeprodukte an. Bei ›Ulta‹ ist es umgekehrt: Hier bietet man nebenbei noch Friseurdienstleistungen an. Die neueste ›Ulta‹-PowerPoint-Präsentation für Investoren verrät, dass Leute mit einem Durchschnittseinkommen von 70.000 Dollar hier einkaufen – die Preise sind dementsprechend. Einen von über 600 Stores besuche ich nach dem Einkauf bei ›Whole Foods‹ gegenüber – eine Bio-Supermarktkette, wo mir die Einkaufstüte von einem superfreundlichen Helfer zum Auto getragen wird. Allerdings kaufe ich bei den gepfefferten Preisen so wenig, dass der Service bei halbgefüllter Tüte echt lächerlich wirkt und ich mir wie Grandpa vorkomme. In dieser noblen Ecke von Miami gibt es Parkplätze für Jachten, die Autos sind nur geringfügig kleiner als Shuttlebusse, und die luxuriösen Hochhäuser bieten von jeder Etage aus majestätische Ausblicke aufs Meer. Jedes dritte Billboard wird von Schönheitschirurgen gebucht. Die 80-Jährigen in dieser Gegend von Miami wollen ständig von dir hören, wie jung sie noch aussehen, und strahlen dabei stahlhartes Selbstbewusstsein aus. Als ich an der Regalwand für die Nahrungsergänzungsmittel die 150 Omegafettsäure-Präparate miteinander vergleiche, kommt eine Lady auf mich zu, die wahrscheinlich schon den amerikanischen Bürgerkrieg erlebt hat.

»Take these, my dear. They're amazing!«

Bei ihrem Anblick fährt mir ein Schreck in die Glieder. Den Aufschrei kann ich gerade so unterdrücken.

»Aaah ... thanks.« So ein Gesicht habe ich noch nie gesehen. Offenbar sieht ihr Körper gar nicht ein, warum er die Choreografie seines Alterungsprogramms ändern sollte, nur weil die Tektonik ihres Gesichts mit ein paar Schnitten, Implantaten und Giften verändert wurde. Der Körper verfährt einfach weiter nach Plan und verwandelt diese Gesichtsmontage in etwas neues Altes. Ihr Make-up dramatisiert den Anblick zusätzlich. Die wenigen ihr gebliebenen Wimpern sind so stark getuscht, dass sie sich auf dem Lid abdrücken. Die Stimmbänder hat die betagte Lady aber wohl nicht operieren lassen, ihr Klang erinnert mich mit Schauern an meine *Hexe Schrumpeldei*-Hörspielkassetten.

Während Tanja mir die Haare schneidet, kommen mehrere Shop-Kundinnen, wollen Farbproben sehen und beraten werden. Klarer Fall, die wollen es zu Hause selber machen. Eine fragt mit kühler Freundlichkeit nach einem Stift, damit sie sich die Farbwerte notieren kann. Kein Geschäft für Tanja, die hier ein nicht gerade berauschendes Grundgehalt bekommt und sonst nach Umsatz bezahlt wird. Nur Ablenkung, die einen schnell das Wohlwollen des zahlenden Kunden auf dem Friseurstuhl kosten kann. Sie wirft der Kundin den Stift hin wie einem Hund den Knochen. 110 Dollar für Färben und *blow-dry* sind für viele einfach nicht mehr drin. Das Geld geht für statusrelevante Dinge drauf, die man sich nicht selber machen kann – Autos zum Beispiel.

»Es ist viel kompetitiver hier. Ich hätte es auch nicht gedacht, aber umso reicher die Leute, umso weniger Trinkgeld geben sie.« Aber vielleicht wäre das Geld bei Tanja gut angelegt. Sie gilt im Salon und darüber hinaus als Spezialistin fürs Haarefärben. Heute soll sie ihrem Kollegen David ein Champagnerblond in die Haare zaubern, bevor der in zwei Stunden zur Voruntersuchung für eine Schönheitsoperation muss. Es ist das erste Mal, dass ich davon höre, dass sich jemand für seinen Termin beim Schönheitschirurgen schön macht. Der Typ sieht aus, als würde er noch zur Highschool gehen, und will schon unters Messer?

»Um Himmels willen. Was willst du operieren lassen?«, frage ich ihn.

»Nur die Augen. Die sind so superschmal; gefällt mir nicht. Ich habe ein bisschen *native blood* ...«

Nur die Augen! Ich überlege, was ich darauf sagen kann. »Lass es erst mal an einem Auge testen ...« Lieber nicht. Was könnte ich noch sagen? »Draußen läuft 'ne Oma rum. Schau dir das mal an, bevor du an dir rummachen lässt.« Geht auch nicht, die ist ja in ihrem riesigen und gefährlich übermotorisierten SUV schon längst weggedüst. Da habe ich gerade noch mitbekommen, wie sie mit dem jungen Supermarkthelfer, der ihr mit einem freundlichen Lächeln die Taschen in den Kofferraum stellt, plaudert und ihn mit geballter Lebensweisheit beschenkt, nachdem er – geschäftsmäßig heuchelnd – sie für jugendliches Aussehen bewundert: *»Yes, but you have to create a life, that feels good on the inside. Not one that just looks good on the outside«*, und –*»If you don't love yourself, no one else will.«* Genau, Hauptsache, David mag sich nach der Operation noch bzw. wieder.

»Good luck!«

Ungeduldig blättert David in einem Showbook für Männerfrisuren, während Tanja meine Haare schneidet. Jede Minute, die er warten muss, bereitet ihm offenbar entsetzliche Qualen.

»Was ist das Wichtigste beim Färben?«, frage ich Tanja.

»Erfahrung. Du musst das Zeug kennen. Und: Es ist leichter, es richtig zu machen, als es zu korrigieren. Deshalb: keine Ablenkung. Fehler kannst du dir hier eh nicht erlauben.«

Tanja kommt ursprünglich aus Österreich, vor 20 Jahren machte sie Urlaub in Florida, verliebte sich und heiratete zehn Tage später. Heute sorgt sie allein für ihre beiden Söhne, die fast erwachsen sind. Wir unterhalten uns auf Deutsch. Das kränkt David. Er mag es nicht, wenn man sich nicht mit ihm beschäftigt. Wie ein kleines Kind kommt er immer wieder an, zeigt eine Frisur aus dem Fotoband und versucht Tanjas Aufmerksamkeit für sich zu gewinnen.

»Es kommt natürlich darauf an, dass die Frauen technisch mit dem Schnitt zufrieden sind, aber mindestens ebenso zählt, dass sie sich gut aufgehoben und gut unterhalten fühlen.«

»Du bist ein wichtiger Sozialkontakt für deine Kunden?«

»Ja, aber nicht im Sinne von Freundschaft. Es geht immer um Anerkennung. Am besten ist, wenn sich ein lebhaftes Gespräch zwischen Kundinnen und mir entwickelt.«

»Das ist in Deutschland in der Preisklasse nicht unbedingt üblich. Da ist der Abstand zwischen den Stühlen ziemlich weit, und die Leute wollen eher das Zwiegespräch mit dem Friseur.«

»Hier schalten sich alle ins Gespräch ein. Du musst gut zuhören können. Es geht nicht unbedingt um Tratsch. Eine Kundin hatte Brustkrebs, eine Brust musste entfernt werden. Sie wollte sich ihrem Mann zuliebe ein Implantat machen lassen, das hat sich aber entzündet und musste wieder rausgenommen werden. Ein Drama.«

»Und das wurde so offen im Salon verhandelt?«

»Die musste, glaube ich, darüber sprechen.«

Tanja scheut sich auch nicht, etwas von sich zu erzählen. Man kann sich vorstellen, dass es für die Ladys interessant ist, etwas von ihrer Einwanderergeschichte zu hören.

»Es geht aber auch anders. Einmal musste sogar die Polizei kommen, weil eine Kundin sich in Rage geschimpft hat und ihr Mann dazu dicke Arme machte. Die musste nur ein bisschen warten, weil ich noch mit einer anderen Kundin beschäftigt war. Ich habe ihr gesagt, dass sie beim Arzt ja auch mal warten muss. Da ist die total ausgeflippt.«

»Und welche Looks wollen die Frauen hier in der Regel? Ich sehe hier fast nur lange Haare und wirklich viele High Heels ...«

»Langes Haar ist obligatorisch. Ganz wichtig. Das Styling ist immer sehr, sehr feminin. Die Frauen hier in Miami sind in der Beziehung zu ihren Partnern devoter, sie lernen von klein auf, dem Mann zu Gefallen zu sein, gefallen zu müssen. Kurzes Haar ist, anders als in Deutschland, hier schon ein Statement.«

BACKSTAGEFEELING

Pierre atmet noch einmal tief durch. Sein blütenweißes, tailliertes Hemd spannt über der Brust, das extravagante schmale Oberlippenbärtchen à la Clark Gable hebt sich. – »Ich habe eine Idee«, wiederholt er und muss sich wohl selbst davon noch überzeugen. Erst mal trocknet er das Haar; immer noch viel zu dunkel. Aber Pierre gewinnt sein Macherlächeln zurück. Was hat sich der Meister einfallen lassen?

Pierres Reputation als Top-Hairstylist, mehr noch: als Haarkünstler geht auf seine Zeit als Jungfriseur im Salon von »Alexander dem Großen« oder »Le Sphinx de la Coiffure«, nur zwei der Spitznamen von Louis Alexandre Raimon, kurz: Alexandre de Paris, zurück. Alexandre frisierte die Amerikanerin Wallis Simpson, besser bekannt als Herzogin von Windsor, deretwegen König Edward VIII. 1936 nach nicht einmal einem Jahr Regentschaft gedrängt wurde abzudanken, denn Wallis war schon zweimal geschieden, bevor Edward sie ehelichen wollte. Wallis behandelte ihn wie Dreck, aber er schien das zu mögen; zu Alexandre war Wallis hingegen meist ausgesucht nett. Mit ihr kamen High Society und Celebrities aller Art in Alexandres Salon. Er entwarf die Haarmode zu den Schauen von Givenchy, Dior, Chanel, Gaultier und Lagerfeld. Gefeiert wurde er für seine kunstvollen Haarknoten, die den Kopf von Grace Kelly und vieler anderer Frauen schmückten. Elizabeth Taylor rief den begnadeten Friseur sogar nach London an ihr Krankenbett. Vor seinem hart erarbeiteten Aufstieg zum berühmten Society-Friseur ging Alexandre allerdings beim schon erwähnten »Antoine de Paris« in die Lehre. Antoine, der als polnischer Einwanderer Antoni Cierplikowski im Jahre 1901 mit gerade mal 17 Jahren nach Paris kam, wurde durch seine revolutionären Kurzhaarfrisuren für Coco Chanel und Josephine Baker zum ersten echten Starfriseur des 20. Jahrhunderts. Alexandre ließ gar die rechte Hand seines Meisters 16 Jahre nach dessen Tod in Polen exhumieren und in Paris auf dem Cimetière de Passy beerdigen – neben Künstlern wie Édouard Manet. Und die Tatsache, dass Pierre wiederum bei Alexandre gelernt hatte, machte ihn zwar nicht zu »Pierre de Paris«, aber seinen Salon ›Prestige‹ immerhin zum ästhetischen Gravitationszentrum seiner Heimatregion, in die es ihn nach erfüllten Lehrjahren zog – voller Inspiration, mit einem neuen Namen (er heißt eigentlich Peter) und dem schmalen Bärtchen als Reminiszenz an seinen Meister, der ihn ebenso trug.

Eine gewisse Prominenz kann man Pierre also nicht absprechen. Sein Vorname wirkt in der Region als Marke, wie seinerzeit der von Léonard. Dass er die Supermodels einer vergangenen Ära – Linda Evangelista, Claudia Schiffer und Naomi Campbell – vor ihren Auftritten frisierte, hören seine Kundinnen immer wieder gern. So fühlen sie sich auf magische Weise mit den Laufstegen dieser Welt verbunden. Da mag man spotten und das alles als Klatsch und Tratsch abtun, aber wer einmal, wie ich vor Kurzem, einen Juniorprofessor erlebt hat, der mit leuchtenden Augen eine ganze Stunde von seinem zweiminütigen Gespräch mit dem Philosophen Jacques Derrida erzählt (das noch im 20. Jahrhundert datiert) und jede Lappalie dessen Lebens zur Sensation hochpitcht, weiß, dass wir alle eine kleine, bunte Galawelt – oder ist es eine galante Buntewelt? – in unserem Hirn beherbergen. Und nachdem wir uns über jedes noch so kleine Infobröckchen hergemacht haben, fühlen wir uns ein bisschen schlecht und sündig – habe ich nichts Besseres zu tun? Gibt es keine wichtigeren Fragen? Habe ich selbst nicht genug Probleme, als dass ich mich auch noch um die von anderen kümmern müsste? Ja und nein. Klatsch und Tratsch, meinen Forscher, sind wichtige Nebenfunktionen unseres Lernapparates. Das merke ich immer daran, dass ich hellwach werde, wenn jemand mit dem Tratschen anfängt. Aus diesen Geschichten jenseits unserer unmittelbaren Umgebung können wir Erkenntnisgewinn ziehen und gleichzeitig soziale Bindungen in unserem Umfeld festigen. Das muss gar nichts mit Lästern, Boshaftigkeit und Nicht-gönnen-Können zu tun haben. Es gibt also auch coolen und uncoolen Tratsch. Selbst das ist kompliziert geworden. Aber das Bedürfnis danach hat darüber hinaus sicher etwas damit zu tun, dass man es immer wieder mal leid ist, sich an den wichtigen Dingen, die man nicht beeinflussen kann, wund zu denken.

Pierre ist so clever, zu jeder Kundin und jedem Kunden eine Karteikarte zu führen und dort am Ende des Tages Gesprächsnotizen einzutragen. Dann kann er an Gespräche anknüpfen, muss sich die vielen, vielen Kindernamen nicht merken und weiß zum Beispiel, ob er Leandra schon neun- oder zehnmal von seinem *blow-dry* für George Michael am Rande einer Thierry-Mugler-Schau erzählt hat. Und wie George zu ihm sagte, wenn er Kunst wäre, würde er ihn sammeln, und wie Pierre erwiderte, wenn er Kunst wäre, könnte er, George, sich ihn gar nicht leisten, und wie die beiden herzlich darüber lachten. Auch das ist Ausdruck für eine zivilisatorische Entwicklung in Europa: Opa erzählte noch vom Krieg, Pierre von seiner Zeit am Laufsteg.

Genauso ausgeklügelt ist die Salongestaltung im ›Prestige‹ – »Backstagefeeling« ist das Stichwort. Der Friseur mit der Vita voller Promibegegnungen will den Friseuralltag als nicht enden wollende Vorbereitung für einen glamourösen Catwalk inszeniert wissen. Jede Kundin darf und soll sich bei ihm als Model fühlen. Mit offensichtlichem Erfolg strahlt Pierre eine gewisse Exklusivität aus, ohne dabei entrückt zu wirken. Er gibt jeder Kundin das Gefühl, einzigartig zu sein, exklusiv für sie da zu sein. Ein Versprechen liegt in der Salonluft: dass sich jede Hausfrau, jede Sachbearbeiterin und vielleicht sogar Typen wie ich in einen Star verwandeln lassen, in ein Model, das frisch frisiert seinen Alltag wie einen Gang über den roten Teppich begeht und ihn ebenso lässig wie strahlend meistert.

Nun wird sich mancher fragen, welches Defilee mir denn schon bevorstehe, aber wer kein grober Klotz ist, kann sich der Atmosphäre nicht entziehen; sie verleiht mir gleich eine gewisse Erhabenheit und beflügelt meine Imagination. Unvermittelt hole ich tiefer Luft, versuche Leandras Duft einzufangen. Er hat junge und leichte Noten, ohne dabei völlig abzuheben. Eine Nuance von dunkler Reife schwingt darunter mit, als führe der Duft einen raffiniert ausbalancierten Paartanz auf. Vermutlich hat sie Jahre gebraucht, um das richtige Parfüm zu finden. Ich benutze immer noch das, was mir meine Exfreundin Sonja zu Weihnachten 2003 geschenkt hat. Das muss ich ändern, schreibe ich in mein Notizheft; nehme ich mir zumindest vor, da ich weder Heft noch Stift bei mir trage. Dafür fällt mein Blick auf die Lektürestapel, die auf allerlei Ablagen verteilt sind. Pierre hat, wie nicht wenige Friseure, einen Hang zur Kunst. Das fängt schon bei den Zeitschriften an, die in seinem Salon ausliegen: ausgewählte Kunst- und Modemagazine, dicke Ausstellungskataloge und prächtige Coffeetablebooks namhafter Verlage, in die zwar kaum je eine Kundin hineinschaut, die aber ein kunstsinniges Ambiente erzeugen. Bewusst ziehe ich den untersten Band aus einem dicken Bücherstapel, der den gläsernen Beistelltisch neben mir bedeckt, und betrachte staunend das mit Leder eingebundene Werk aus dem Jahr 1862 mit dem Titel *Die Kunst die Haare zu färben und den Haarwuchs zu befördern.* Ich blättere durch die vergilbten Seiten und finde wunderbare Sätze: »Man muss das Gesicht wie ein Gemälde betrachten, in welchem die höchsten Reize der Schönheit thronen; der von den Haaren gebildete Rahmen muss stets mit diesem Gemälde selbst in Einklang stehen.« Auf der nächsten Seite wird der Friseur sogar als wahrer Künstler gewürdigt: »Die Coiffüre ist, gleich wie die Malerei, eine Kunst, deren ungemein reiche Hülfsquellen die Physiognomien gänzlich verändern können.« Kann es sein, dass man zu anderen Zeiten die Frisierkunst weit höher geschätzt hat als heute?

Als Nächstes fällt mir ein Katalog der Künstlerin Mariella Mosler in die Hände, auf dem schon eine dünne Staubschicht ruht (ich weise Pierre aus Taktgefühl nicht darauf hin, sondern wische selbst etwas verlegen den Staub weg; würde ich bei Freunden zu Hause ebenso machen, auch auf die Gefahr hin, beim Abschied den Staub wieder auszuhändigen), und schaue mir darin Abbildungen ihrer gehäkelten Objekte aus asiatischem Import-Haar an. Der Pierre, denke ich, schaut wirklich über den Tellerrand. Ein anderes Buch widmet sich künstlerischen Objekten aus den Haaren Verstorbener, die als Erinnerungszeichen im 18. und 19. Jahrhundert verbreitet waren – lauter Armbänder, Ringe, Broschen, Uhrketten, Anhänger aus gepresstem oder geflochtenem Haar. Die Verbreitung der Fotografie als Medium der Erinnerung hat dem ein Ende bereitet, lerne ich. Aber was sehe ich da?

Ich blättere mich durch eine uralte Enzyklopädie mit Frisuren der letzten 20.000 Jahre und staune über Zeichnungen von antiken Haarschnitten, die denen der 60er-Jahre sehr ähneln. Abbildungen aus der Zeit der Pharaonen legen einen geometrischen Chic am Kopf der Frühantike nahe, sodass es schwerfällt anzunehmen, Vidal Sassoon und die anderen coolen Friseure unserer Epoche hätten diese Bilder nicht gekannt. Kurzhaarfrisuren bei Frauen – das kannte das antike Ägypten schon (genauso wie Haargel und Lockenwickler, wie man bei Ausgrabungen von antiken Gräbern herausfand); wahrscheinlich hätte Mireille Mathieu, der »Spatz von Avignon«, gut ins Straßenbild gepasst, denke ich noch, da bringt mir Marlon einen frischen Latte. Wie mein Blick so auf Pierre ruht, fällt mir ein, was meine Stammfriseurin Sabine einmal antwortete als ich sie fragte, warum mehr Männer als Frauen in dem Metier zu Stars werden. Sie sagte, dass sei so ein Ehrgeiz-Ding; dass Männer denken, wenn schon Friseur, dann aber auch spitze. Sie brachte den Faktor Macht in Anschlag und fand noch ein weiteres Element:

»Vielleicht hat es auch damit zu tun, dass viele Kundinnen lieber von Männern geschnitten werden und zu ihnen mehr Vertrauen haben. Sie wollen, dass der männliche Blick ihr Erscheinungsbild beurteilt. Sie wollen nicht nur ›ihrem‹ Mann, sondern so vielen wie möglich gefallen. Zu wissen, dass viele Männer einen attraktiv finden, gibt auch Selbstbewusstsein. Und wenn ein Mann sagt, dies oder das würde dir gut stehen, dann sind sie eher gestimmt, das zu glauben, als wenn es eine Frau sagt. Das ist zumindest meine Erfahrung.«

»Aber wie machst du als Friseurin so eine Erfahrung?«

»Wenn ich zum Beispiel für einen männlichen Kollegen einspringe, der den Termin mit seiner Kundin nicht wahrnehmen kann, ist die Kundin erst mal skeptisch. Dann versuche ich, ihren Erwartungen absolut gerecht zu werden und so zu schneiden, wie sie es kennt. Andersherum passiert es schon öfter, dass ein männlicher Kollege gern mal seine ›Duftnote‹, seine Handschrift hinterlässt und sagt: ›Schau mal, das würde dir wirklich fantastisch stehen. Was meinst du, wollen wir das mal probieren?‹, und wenn sie dann verunsichert sagt: ›Mein Mann mag aber lange Haare‹, dann ist der Ehrgeiz erst recht geweckt, ihr eine neue Frisur zu machen.«

Pierre versteht sich als Coach und Architekt einer »ästhetischen Neufindung der Kundin«, wie er mir später erklärt. Er bezeichnet seine Kundinnen manchmal sogar als »seine Frauen«. Männer sind im ›Prestige‹ – kein Wunder bei den bisher noch provinziell niedrigen Ansprüchen der Herren hier – nur die Krümel am Rand des Tortentellers.

Ganz anders in Städten wie Berlin: Einmal besuchte ich Top-Friseur Dennis Creuzberg in seinem Atelier, das er sich in einem Penthouse im Bezirk Mitte eingerichtet hat. Zu ihm kommen Jette Joop, Vater Wolfgang Joop, aber auch Oscar-Preisträgerin Charlize Theron, wenn sie mal in der Stadt ist. Auch bei ihm kommt ›Backstage‹-Feeling auf – allein schon deshalb, weil man den Blicken neugieriger Passanten vollständig entzogen ist. Dennis ist Spezialist für perfekte Trendfrisuren und natürliche Looks. Dass er technisch zur Spitze gehört und in Stresssituationen die Nerven behält, hat er in einem TV-Wettbewerb bewiesen, aus dem er von 800 Friseuren als Champion hervorging. Das habe ich mir damals natürlich angeschaut. Klar, du musst sauberes Handwerk bieten, Inspiration haben und gut mit den Leuten umgehen, aber Dennis würde sich bei der Wahl zwischen den Schubladen Handwerker, Künstler, Diplomat am ehesten als Künstler sehen. Ein Grund mehr, mal der Initiation als Haarkünstler auf die Spur zu kommen. Wir kennen das ja von Giotto (nicht die Süßigkeit, der Künstler), von dem es heißt, er sei einst als Hirtenknabe beim Zeichnen im Sand entdeckt worden.

»Kannst du dich an deinen ersten Friseurtermin erinnern?«

»Ja, da habe ich mir gleich blaue Haare färben lassen. Ein toller Einstieg. Meine Eltern fanden das allerdings nicht so lustig. Das war das erste Mal, dass ich allein zum Friseur gegangen bin. So mit elf oder zwölf. Da bin ich in die Stadt gefahren, weil ich die Friseurin, die zu uns nach Hause kam, nicht mochte.«

»Warum, hat die doof gerochen?«

»Nee, nur immer den typischen Kinderschnitt gemacht. Sie hat mich nicht ernst genommen. Dann habe ich beim Friseur in der Stadt gesagt, ich will 'ne blaue Strähne. Allerdings bin ich an Lehrlinge geraten, die haben mir dann fast den ganzen Kopf blau gefärbt. Ich fand das zwar todschick, aber mein Vater wollte den Friseur verklagen.«

»Und?«

»Ich habe ihm nicht gesagt, welcher es war.«

Da sich Dennis schon als Kind immer mit einer Haarlocke zum Spielen beruhigen ließ, war der Berufsweg früh vorgezeichnet.

»Wie geht man eigentlich als Friseur durch die Straßen? Sieht man da nicht ständig Abscheulichkeiten und fühlt sich getrieben, daran etwas zu ändern?«

»Nein, das muss man auch mal ausknipsen können, sonst würde man ja verrückt werden.«

»Und was fällt dir bei Frauen und Männern besonders negativ auf?«

»Bei Frauen schlecht gemachte Haarfarben. Ein zu großer Ansatz, also rausgewachsene Farbe. Das sieht man wirklich oft. Bei Männern sind es ungewaschene Haare. Also nicht der gewollt nachlässige Look, sondern der faule. Den Unterschied erkennt man schon. Bärte ohne Anfang und Ende finde ich persönlich auch nicht schön.«

»Wo wir schon bei ehrlichen Ansagen sind: Wenn eine Frau zu viel Make-up trägt, sagst du als Friseur dann was?«

»Nein, nicht prinzipiell. Wenn sie mich fragt, schon. Und wenn das Make-up das Bild der Frisur stört. Wenn ich dagegen ankämpfen muss. Dann sage ich das, aber nicht als Kritik. Dann sage ich, die Frisur würde ich jetzt nicht empfehlen, weil sie nicht so gut mit starkem Make-up geht. Aber ich habe oft Kunden, die gerade wegen meiner Meinung kommen.«

Wenn Dennis eine Empfehlung für einen neuen Look hat, dann ist klar: Das geht nicht sofort, sondern braucht unter Umständen ein bisschen Anlauf.

»Wenn ich merke, dass es schwierig ist, dann sage ich: ›Nimm den Gedanken erst mal mit nach Hause.‹ Drängeln bringt gar nichts.«

Mir empfiehlt er, die Haare mal etwas länger wachsen zu lassen, damit der Gesamteindruck etwas weicher wird. Ich verbinde damit allerdings eine Phase meiner Jugend – damals hatte ich lange Haare, um mich zu verstecken. Deshalb nehme ich das erst mal so mit.

FRISUR UND MACHT

Während riskante ästhetische Metamorphosen für Frauen wie Leandra starke Nerven erfordern, weil es in der Kleinstadt so viel Neid und Missgunst gibt, findet bei den mächtigen Frauen in Politik und Wirtschaft die Debatte um ihren Look in den Metropolen, manchmal gar in der Weltöffentlichkeit statt. Dabei steht viel auf dem Spiel. Weithin bekannt ist das Beispiel von Angela Merkel, deren frühere Frisur noch an den DDR-typischen Rundum-sorglos-Topfschnitt für Kinder erinnerte. Millionen ließen sich dann in den 80ern Dauerwellen machen, wie meine Lieblingsschriftstellerin Sibylle Berg, die deutsche Antwort auf Michel Houellebecq, berichtet – ein epidemischer »Hang zur Locke«, der eine Unterscheidung von Männlein und Weiblein bei Demonstrationen und Konzerten nicht nur für die Überwachungsorgane, sondern für die Teilnehmer selbst schwer machen musste, zumal sich unter der bewegten Schaumkronenoberfläche der Dauerwellen ein Meer aus Bluejeans befand. Die Lockenmode saß Angela damals aus, sie zog das mit dem Topfschnitt durch. Vielleicht war es sogar eine ausgebuffte Strategie – Bloß niemandem (vorzeitig) Angst machen! –, um dann als Verlegenheits- oder vermeintliche Interimslösung einer skandalgeschüttelten Partei zur Chefin und später – Hoppla! – sogar zur Kanzlerin zu werden. Genial! Mit der Maßgabe, die Frisur müsse zwölf oder mehr Stunden halten, beauftragte Angela dann Udo Walz, ihr etappenweise einen standesgemäßen Look zu verpassen. Nach und nach verwandelte sich dann der unansehnliche Topf in einen goldenen Helm, und nur an besonders stressigen Tagen zwischen Berlin und Brüssel zeigt sich im Nacken eine gewisse Widerborstigkeit in ihrer täglich aufgefrischten Frisur.

Gelegentlich verhält es sich mit der Verwandlung auch mal anders herum. So spekuliert die amerikanische Komikerin Kathleen Madigan, eine bekennende Anhängerin von Hillary Clinton, über die wahren Motive von Barack Obama, seine Rivalin Hillary zur Außenministerin zu machen: »Welchen Job können wir ihr geben, bei dem sie mir nicht auf die Nerven geht und eine möglichst schlechte Figur macht? Bingo – Secretary of State.« Keinen Tag sei Hillary seitdem zu Hause gewesen, sagt Kathleen unter dem Eindruck der Ereignisse. Sie hetze von einem »Scheißland« zum nächsten, um Obamas Probleme zu lösen. Immer tiefer grüben sich die Augenringe in ihr Gesicht, und jahrelang habe sie keinen Föhn gesehen, weshalb von ihrer sonst bestens beleumundeten Frisur schließlich nur noch lange, klebrige Streifen übrig waren. – »Als Frau ist das ein Riesenärgernis. Die ständigen Flüge, Kurzaufenthalte in allen möglichen Klimazonen – da sehen wir alle im Mitarbeiterstab aus wie Vogelscheuchen, aber Hillary muss natürlich trotzdem immer kameratauglich sein. Sie meinte deshalb, lange Haare seien da einfacher zu handhaben. Da hat sie mehrere Möglichkeiten«, ließ eine Sprecherin von Hillary zu dem Casus wissen. Das mit dem Haargummi sei natürlich keine Option, deshalb arbeite der Stab daran, ihr das auszureden, ergänzte sie. Und das, nachdem die Presse das Thema schon erregt aufgegriffen hatte und vom *»Scrunchie-Gate«* (»Haargummiskandal«) sprach. Vor diesem Hintergrund musste Hillary jeder Bericht über Style-Ikone Michelle Obama doppelt schmerzen. Klar doch, dass eine Fraktion der Hillary-Anhängerinnen das Thema Haare mit dem Hinweis abtun wollte, die damalige Außenministerin sei zu intelligent, um sich mit ihrem

Aussehen zu beschäftigen, was natürlich ignoranter Blödsinn ist; Hillarys Blondierung ist da Gegenbeweis genug. Doch alles längst vergessen, denn Hillary fliegt jetzt nicht mehr für Obama rund um den Globus. Stattdessen fliegen ihr die Sympathien vieler Ex-Obamaniacs zu, die sie im Kampf um das Amt im Oval Office unterstützen. Passend dazu tritt sie jetzt wieder mit perfekt frisiertem Bob auf, um im Feld der potenziellen Kandidaten, darunter der durchgeknallte Donald »Comb forward and fold over«-Trump, eine gute Figur zu machen.

In der Regel begleitet uns der einmal gewählte Haarschnitt, die Frisur, relativ lange Zeit durch den Alltag, Jahre, Jahrzehnte, manchmal ein Leben lang. Bei einigen Kunden herrscht der Wunsch vor, ein einmal etabliertes jugendliches Erscheinungsbild bis ins Alter zu konservieren, wobei der Aufwand mit steigendem Alter immer größer wird. Daran etwas zu ändern, erfordert Mut oder eine vorangegangene Katastrophe. Andererseits macht man sich durch einen radikalen Frisurwechsel verdächtig und nährt Spekulationen, man sei in der Krise. Die bereits erwähnte Anwältin, Buchautorin *(American Grown: The Story of the White House Kitchen Garden and Gardens Across America)* und nebenberufliche First Lady Michelle sah sich mit kritischen Fragen bombardiert, nachdem sie sich kurz vor ihrem 49. Geburtstag einen Bob mit Pony schneiden ließ. In bester Oprah-Winfrey-Geständnis-Manier gab sie schließlich zu, es sei eine Maßnahme gegen die Midlife-Crisis gewesen. – »Ja«, sagt Pierre, »ich erinnere mich, wie Karl Lagerfeld noch rumätzte, Michelle sähe jetzt aus wie eine Nachrichtensprecherin.« So darf der Imagewechsel natürlich nicht über die Bühne gehen.

Jetzt werden einige sagen: Politikerinnen nach ihrer Frisur zu beurteilen – typisch Mann! Also: Können wir jetzt zur Abwechslung mal über Inhalte reden? Stimmt, allerdings muss man über die Macht der Schönheit, deren wortlos, unmittelbar und infiltrierend arbeitende ästhetische ›Argumente‹ dringend ein, zwei Worte verlieren, um sich von ihrer Wirksamkeit ein Stück weit zu emanzipieren (auch als Mann). Und sehr wohl wird über das Erscheinungsbild von Männern gesprochen, auch bei ihnen thematisiert die Öffentlichkeit Frisurprobleme; so etwa Jürgen Trittins Schnauzbart, den er 2003 ohne Begründung verschwinden ließ. Über das steile Erscheinungsbild eines Karl-Theodor zu Guttenberg wurde in allen seriösen und unseriösen Blättern philosophiert und in Österreich spielt Ex-Minister und Skandalpolitiker Karl-Heinz Grasser die Rolle des führenden Politiker-Beaus, wenngleich er ohne Pomade und abgeschriebene Doktorarbeit auskommt. Die Haarfarbe von Ex-Kanzler Gerhard Schröder bzw. die Frage, ob er färbt oder nicht, wurde gar zur Affäre mit juristischem Nachspiel und gehässigen Kommentaren von Abgeordneten wie Karl-Josef Laumann von der Abteilung Wadenbeißer: »Ein Bundeskanzler, der sich die Haare färbt, der frisiert auch jede Statistik« – da konnte er natürlich noch nicht ahnen, dass seine erblondete Parteikollegin Angela Gerhards Amt übernehmen würde und nicht der lange Zeit favorisierte Weißschopf Edmund Stoiber. Und schließlich traut sich eine Hauptstadtzeitung angesichts des politischen Strohfeuers der Piratenpartei gar eine Phänomenologie von Pferdeschwänzen (gemeint sind Frisuren) zu.

Zurück zu den Damen. Groß war die Erleichterung in den Medien, als Ursula von der Leyen ihre strenge Steckfrisur zugunsten einer offenen, nur noch halblangen Föhnfrisur aufgab. Ihre blonden Haare werden nicht mehr von Spangen zusammengehalten, die Seiten sind stufig geschnitten, hinten sind die Haare auf Schulterlänge gekürzt worden. Die Medien haben dieses stilistische *make over* überwiegend gelobt. Und da war es mal wieder so, dass ich mit dem medialen Zeitgeist so gar nicht Duett singen konnte. Ursulas frühere Frisur, bei der sie ihre langen Haare in hohem Bogen nach hinten bändigte, hatte dramatisches Format. Jeder kultursinnige Mensch musste sich fragen, wem die Frisur besser steht – ihr oder Literaturnobelpreisträgerin Elfriede Jelinek. Also, ich konnte mich nicht entscheiden. Und dann diese Erleichterung in den Frauenzeitschriften, die nachträglich über ihre alte Frisur herfielen, sie als »Mutter-Theresa-Look« und »Gouvernantenfrisur« diskreditierten, nur, um diese nicht schlechte, aber auch etwas biedere Föhnfrisur über den grünen Klee zu loben. Manch wirrer Geist zog sogar Parallelen zu Fräulein Rottenmeier, der gestrengen Gouvernante aus Johanna Spyris Roman *Heidi*, obwohl die einen Dutt trägt. Die neue Ursula simuliert mit ihrer Frisur eine ewig sanfte Brise, die durchs Haar geht – eine gut gemeinte Inspiration, die allerdings mit viel, viel Spray fixiert werden muss und in realer Bewegung recht steif wirkt. Sie gab damit ein für Politiker so wichtiges Markenzeichen ohne Not auf und hat das Feld der Langhaarfrisuren ironischerweise dem politischen Gegner zur Linken überlassen – z. B. den Grünen-Politikerinnen Agnieszka Brugger und Katrin Göring-Eckardt oder auch der Linke-Politikerin Agnes Alpers.

Ein beinahe archaisches Verhältnis von Frisur und Macht demonstriert hingegen Chantal Biya – die *Première dame* und »Löwin von Kamerun«. Der Spitzname kommt nicht von ungefähr, denn sie trägt eine mit reichlich Extensions auf Volumen getunte Löwenmähne und stellt damit alles, was in der Glamrockszene der 70er-Jahre mit *Big Hair* rumlief, weit in den Schatten. Auf Partyfotos mit Paris Hilton muss das blonde Ex-It-Girl darauf achten, überhaupt noch im Bild zu sein, so dominant schiebt sich die Haarwolke der Madame Biya vor die Objektive. Chantal ist mit dem fast doppelt so alten Diktator Paul Biya verheiratet, der einst als schönster Mann Kameruns galt – ein Titel, auf den zu verzichten ihm wohl leichter fällt als auf den Präsidentensessel, an dem er seit mehr als 30 Jahren klebt wie Kaugummi auf dem heißen Asphalt von Jaunde. Während Paul das Land fest im Griff hat, hat Chantal Paul fest im Griff. Ein Journalist, der Chantals Weg aus einfachen Verhältnissen ins Zentrum der Macht nachzeichnete, landete kurzerhand für ein halbes Jahr im Gefängnis. »Totale Schönheit«, sagte einst Andy Warhol, »ist absolut humorlos.« Wie recht er hat! Vor Kurzem verschwand Chantal selbst für fünf Monate, allerdings freiwillig und nach Paris – vermutlich im Anschluss an einen Krach mit Paul. Sie kehrte erst zurück, nachdem der Diktator ihrer Sippe diverse Posten zugesichert hatte. Klar, Chantal muss auch an morgen, an die Zeit nach Paul, denken. Die Konten in Paris und Genf jedenfalls sind, so ist zu befürchten, noch voller als Chantals Haarvolumen. In dieser Hinsicht ist die Löwin von Kamerun ein Beispiel dafür, dass die technisch ausgereiften Möglichkeiten der Friseurkunst nicht immer maßvoll eingesetzt werden.

Vor Jahren, als Pierre Ilona auf ihr dünner werdendes Haar ansprechen musste, tat er das mit viel Einfühlungsvermögen.

»Da könnten wir was machen, Ilona«, sagt er und beschreibt dann die verschiedenen Möglichkeiten einer Haarverdichtung. – »Das hätte auch den Vorteil, Darling, dass wir uns häufiger sehen!« Beide lachen, der Flirt gehört zum Spiel einfach dazu, wenngleich die beiden nie so weit gehen würden wie Vanessa Paradis, die sich nach der Trennung von Johnny Depp mit ihrem Friseur John Nollet vergnügte, der genau wie Johnny den Look des Edelvagabunden kultiviert.

»Es geht ja nicht darum, dich total zu verändern, sondern deine aktuelle Frisur besser zur Geltung zu bringen. Das Passepartout deines schönen Gesichts muss proportional einfach stimmen. Sonst verschenken wir da was«, sagt Pierre.

Ilona hatte seit ihrer Jugend immer eine wilde, energetische Langhaarmähne mit sanften Wellen getragen, die scheinbar ungekämmt, aber immer genau richtig Gesicht und Dekolleté umrahmte. Doch die Biologie unseres Körpers diktiert so manche Metamorphose, die es zu bewältigen gilt. Über die Jahre hat Ilonas Mähne immer mehr an Dichte verloren. Der Blick in den Spiegel wurde beinahe täglich sorgenvoller. An einem dieser besonders schlechten Tagen hat sie sich sogar vor der Weihnachtsfeier in der Firma ihres Mannes gedrückt und starke Migräne vorgetäuscht. Oder hatte sie vielleicht sogar wirklich Migräne – deswegen?

»Die Frisur«, sagt mir Pierre später, »ist gerade in so einem Fall immer auch Leidenschaftssignal. Ein vitales Zeichen, dass da noch ein Feuer brennt.«

»60 ist das neue 40, 40 ist das neue 20«, antworte ich mit einer ebenso wichtigen wie abgedroschenen Erkenntnis gesellschaftsdiagnostischer Glossen.

Aber um den Effekt der wilden Natürlichkeit zu erzeugen, ist ein hoher Aufwand erforderlich. Statt Haarspray-Zement und Lockenwickler werden bei Ilona mittels winziger, farblich angepasster Kunststoffhülsen Strähnen aus Echthaar mit sanfter Wärme am eigenen Haar befestigt. Bedingt durch den natürlichen Haarwuchs müssen diese Fremdsträhnen alle sechs bis acht Wochen gelöst und wieder näher an der Kopfhaut befestigt werden. Die amerikanische Modedesignerin Betsey Johnson investiert in einem Jahr 20.000 Dollar in ihren Hairstylisten: »Das kostet mich jedes Mal 5.000 Dollar, um so billig und trashig auszusehen.« Ist doch klasse, wenn man bei all dem Aufwand und den Preisen in New York den Humor nicht verliert.

»Ich erkenne die Persönlichkeit einer Frau und entwickle die richtige Frisur für sie. Das sind immer wieder auch Kreationen, die ich dann für mein Archiv fotografiere«, sagt Pierre. »Die Leute kommen heute nicht mehr in den Salon und sagen: ›Einmal Haare schneiden bitte.‹ Die machen sich vorher schlau, kennen die Fachausdrücke, weltweit checken sie Trends und dann kommen sie hierher und wollen einen Haarschnitt, der nicht wirklich zu ihrem Leben passt. Da braucht es viel Fingerspitzengefühl. Aber wenn eine Frau partout den ›Firefly‹ haben will – *pas de problème!*«

Pierre bemüht sich, das Ideal des ›nahbaren Stars‹ mit Leben zu füllen: ein handwerklich solider, aber hauptsächlich durch lokale Fashion-Events und deren mediales Echo stadtbekannter Figaro, der verbindlich-bodenständig und weltgewandt zugleich wirkt. Er kennt die Vorbehalte gegen Friseure, die in vielen kleinen, spitzen Kommentaren aufscheinen – die kommen natürlich auch von Ilonas Daddelkastenkönig und Leandras Gatten, dem Zementmann, für den wegen seiner frühen Glatze die Welt des Friseurs so weit weg ist wie Maniküre für Nacktschnecken. Auch wenn das Können über jeden Zweifel erhaben ist – Ruhm und Verachtung liegen beim Friseur hautnah beisammen. Wie bei den Künstlern. Pierre hält mit gesundem Selbstbewusstsein dagegen:

»Ich weiß, das sehen viele anders, aber für mich ist das, was ich mache, Kunst. Ich kann über Frisuren meine Träume ausdrücken.« Und die Hybris, denke ich in höflicher Zurückhaltung, statt es zu sagen, gehört zum künstlerischen Selbstverständnis einfach dazu.

Mit wesentlich mehr Understatement als Pierre tritt Starfriseur André Märtens auf. Ihn treffe ich in seinem Salon im Berliner Westen, Nähe Kurfürstendamm. André ist »Head of Hair« der Berliner Fashion-Week, ist Mitglied der »Haute Coiffure Française« und gilt als Spezialist für Zweithaar und vor allem lange Haare. Was mir nicht klar war: Es gibt richtige Friseurdynastien. André frisiert in vierter Familiengeneration und zählt neben Sylvie Meis, ehemalige van der Vaart, auch Hannelore Elsner und Sat.1-Moderatorin Annika Kipp zu seinen Kundinnen. Aber auch ganz normale Leute wie ich kommen zu ihm; als André mich zu meinen Wünschen befragt und ich mich eher diffus äußere, aber Offenheit für Ideen signalisiere, sagt André: »Willst du mich mal machen lassen? Ich habe schon eine Idee.«

»Klar«, sag ich, denn mit meinem Latein bin ich, was meine Haare angeht, längst am Ende. Während er meine Haare schneidet, fällt mir auf, dass er selbst seine Haare einigermaßen nachlässig trägt. Mit den Naturlocken, die sich um Andrés Kopf drehen, kann er sich das allerdings auch leisten, denke ich.

»Hat denn schon mal ein Kunde gesagt: Mach mir mal die Haare, wie du sie hast?«

Er lacht.

»Nein, ich hatte heute Morgen einen Kunden, der wollte mir sogar die Haare schneiden.« Andrés gepflegt ungepflegter Lockenschopf ist fast schon so etwas wie sein Markenzeichen. Das signalisiert den Kunden: Hier geht es nur um dich.

»Ich komme einfach nicht dazu, mir die Haare schneiden zu lassen. Das ist wie bei dem Schuster mit den schlechtesten Schuhen.«

»Und wie hast du die früher getragen?«

»Wenn die Haare bei mir zu sehr gemacht aussehen, dann polarisiere ich schnell. Ich mag es nicht, wenn man als Friseur überstylt ist. Als ich Anfang 20 war, wollte ich aussehen wie James Bond – ein bisschen wie der Look, den du jetzt hast.«

Hoppla, kaum frisch frisiert, bekomme ich auch schon das erste Kompliment. Na gut, das gilt nicht, weil es vom Friseur selbst kommt. Aber einen Hauch vom stylischen Hedonismus des Topagenten Ihrer Majestät kann auch ich in meinem neuen Haarschnitt erkennen. Weiteres Indiz: Die Kollegen reagieren am nächsten Tag überaus freundlich und loben meine dynamische Erscheinung.

»Ich musste das damals allerdings föhnen. Und als ich damit mal nach Amerika gereist bin«, sagt André, »hat es bei der hohen Luftfeuchtigkeit 20 Minuten gedauert und ich sah aus wie Tante Gerda auf der Flucht. Heute denke ich, jede Locke, jedes Detail, das Individualität gibt, ist ein Plus. Dadurch habe ich auch ein anderes Verständnis für die Kunden bekommen.«

»Also nicht immer nur die Jagd nach dem Trend?«

»Nein, du musst schauen, was du aus den jeweiligen Haaren

herausholen kannst. Klar, da ist natürlich immer der Trend oder das, was als *state of the art* gilt. Und dann bringst du das mit den Besonderheiten des jeweiligen Kopfes und den Haaren zusammen. Aber wir zwingen niemandem irgendwelche Experimente auf. Schließlich kommen die Menschen zu uns, weil sie wissen, dass wir verantwortungsvoll mit ihrem Haar umgehen.«

»Und wie reagieren Promis auf deine Vorschläge?«

»Manchmal braucht es auch ein bisschen Zeit. Neulich war die Modedesignerin Lena Hoschek hier, für die wir einen neuen Style entwickelt haben. Da hielt sich die Begeisterung erst in Grenzen. Jetzt haben wir aber gerade erst wieder zusammen gearbeitet ...«

»NEVER DISAPPOINT A WOMAN!«

Das Stichwort »Lena Hoschek« weckt bei mir zwiespältige Gefühle, weil meine Exfreundin Wiebke von Kopf bis Fuß in ihren Klamotten rumläuft. Das sind tolle Sachen, eine gute Mischung aus sexy und witzig, aber einen besseren Menschen haben sie aus ihr auch nicht gemacht. Damals wie heute dreht sie sich ständig vor dem Spiegel und fragt sich, ob Suzy Menkes, eine von diesen supereinflussreichen Modekritikerinnen (»Karl Lagerfeld fehlt eine Mutter, die ihm sagt, wann er zu weit geht«), damit einverstanden wäre. Damals, als wir noch zusammen waren, schenkte ich ihr in bester Absicht eine coole Tasche – die allerdings ›nur‹ von Benetton und vielleicht zu damenhaft ist.

»Was soll ich denn damit?« Am Ende sammelte sie darin ihre Quittungen und Steuerbelege.

»Ich weiß gar nicht, was du hast. Ich verwende sie doch.« Dann wagte ich – eine dumme Übersprungshandlung – ihren Pferdeschwanz infrage zu stellen, der immer lustig hin und her tanzt – die Welt von Hanni und Nanni, Bibi und Tina oder Wendy und Mandy, aber nicht die Welt einer erfolgreichen Businessfrau. Dabei hätte ich es besser wissen können. Neulich sprach ich mit meiner ehemaligen Kollegin Valerie über das Thema.

»Wie alt darf eine Frau maximal sein, um einen Pferdeschwanz zu tragen?«

»Bis sie keine Haare mehr hat.« Und was sagt Pierre?

»Pferdeschwanz – na gut, wenn man keine Zeit hat, die Haare zu waschen, und sie deshalb nicht offen tragen will. Aber dann bitte hinten mittig und nicht im Nacken. Und mit Seitenscheitel nur, wenn das Gesicht schmal ist.«

Und was sagte ich Wiebke, damals?

»Den Pferdeschwanz trägst du schon, seit du sechs bist. Jetzt bist du 26. Ist es nicht Zeit für eine Frisur, die nicht nach Mädchen aussieht?«

Ein Riesenfehler, wenn man nicht durch einen Berufstitel oder den Status als beste Freundin zu solchen Kommentaren autorisiert ist. In solchen Fällen sollte man besser eine Strategie anwenden, die Frauen viel souveräner beherrschen als Männer: *Dringe in den Kopf des Kontrahenten ein und weiche die Front durch fürsorgliche Bemerkungen auf!* Es geht nicht um einen harten, einfältigen Schlagabtausch, das ist männlich und von gestern. Du musst deinen Gegner schachmatt schmusen und seine Gedanken infiltrieren. Männlich ist: Klopfe deinen Gegner windelweich; weiblich ist: Knete deinem Gegner das Hirn windelweich. Deshalb schob ich in der damaligen Pferdeschwanz-Abschaffungsdebatte hinterher: »Dann hast du auch nicht mehr das Problem mit dem Haarbruch. Also, deinen Haaren würde es sehr gut tun, denke ich.«

Das nützt natürlich nichts, wenn man sein mühsam durch unzählige Auseinandersetzungen gelerntes Wissen, wie man richtig streitet, nur halbherzig anwendet. Wiebke machte es richtig:

»Komm, wir sprechen da später drüber. Beruhig dich erst mal. Ich weiß, das regt dich auf mit der Tasche. War ja lieb gemeint.«

Dann war auch bald Schluss mit uns. Als ich sie meinen Eltern vorstellen wollte, konnte Wiebke nicht, weil die Fashion Week in der Stadt war. Ich meinte: »So einen wie mich findest du nicht wieder.«

Und sie: »Zum Glück!«

Und ich: »In deiner Welt will ich nicht leben.«

Und sie: »In meiner Welt ist auch kein Platz für dich.«

Tja, so endete das damals mit Wiebke und mir. Den Pferdeschwanz trägt sie übrigens immer noch.

Was macht eigentlich Pierre? Er verschwindet kurz im Backstagebereich seines Backstagesalons und eilt dann mit einem breiten Pinsel und einer Schale zurück. Murmelnd rührt er darin eine Paste zusammen. Über den Spiegel nimmt er Blickkontakt mit Leandra auf, ein Versuch, das Eis zu brechen – »Vertrau mir. Das wird gut, wenn du einverstanden bist.« Dann demonstriert Pierre sein Vorhaben mit präzise in die Luft rund um Leandras Kopf gesetzten Gesten.

Von oben nach unten greift er Haarsegmente mit Kamm und Händen heraus, befestigt sie je mit einer großen, breiten Klammer und fängt anschließend an, seine geheimnisvolle Pampe aufzutragen. Sie sieht aus wie Bullensperma. Mit höchster Konzentration arbeitet er sich in die entgegengesetzte Richtung. – »Wir dürfen deine Haare nicht überstrapazieren. Das ist keine Färbung«, sagt Pierre und lässt es im Ungefähren, was er gerade macht – es ist eine Blondierwäsche, die das Haar aufhellen soll, erfahre ich später. Derweil gewinnt Leandra ihre Zuversicht zurück, jetzt, da etwas passiert und ein Weg aus dem Unglück gefunden scheint. Pierre ist auf dem besten Weg, seinen Stellenwert als Künstler zu sichern.

»Wir Friseure haben es sogar schwerer als Bildhauer«, sagt er mir später, »denn unser Material ist fragil und beweglich. Da Stabilität reinzubringen ist nicht so leicht!« Völlig daneben sei es aber, erklärt Pierre, »diese Stabilität durch bretthart auftrocknende Gels oder Haarspray-Betonfrisuren zu erzeugen«. Spielen statt Blockieren – Pierre sieht Schwerkraft und Wasser als Partner (»Eine Frau mit nassen Haaren kann unglaublich gut aussehen.«) und den Wind sowieso als »Meister aller Friseure«.

»So habe ich das noch nicht betrachtet«, äußere ich mich vorsichtig.

»Deshalb ist dieses ›*Shake it, Baby*‹ von Vidal auch so revolutionär gewesen.«

Beruhigt stelle ich fest, dass Pierre noch andere Meister gelten lässt außer Alexandre.

Kunst hin oder her, im Moment spukt Pierre wohl ein ganz profanes Credo seines alten Meisters durch den Sinn: *Never disappoint a woman!* Darum geht es jetzt: Leandra darf nicht enttäuscht werden. Das wäre eine Katastrophe. Für sie. Für ihn.

»Am Ende«, sagt Pierre, »kannst du es vergleichen mit dem Drahtseilakt eines Akrobaten. Entweder du kannst es oder du kannst es nicht. Klar, das hübsche Beiwerk ist auch wichtig. Aber eben nur Beiwerk.« Damit meint er die kleine Welt, die er hier in seinem Salon geschaffen hat. Jedes Jahr wählt er eine andere Farbe als optisches Leitmotiv seiner Inneneinrichtung, auf die er auch seine Werbemittel abstimmt. Im Moment sind wir bei Pierre im Jahr der Goldbronze. Der Friseurbesuch wird zur gepflegten Wirklichkeitsflucht, wie der Gang ins Kino oder Museum, der Salon als Sonderzone der Harmonie und der Schönheit in einer gemeinen und oft unansehnlichen Welt: Kaffee oder Sekt, warme Farben, saubere Flächen und glänzende Materialien, angenehme Düfte liegen in der Luft. Alles, was aufregen oder polarisieren könnte, wird vermieden. Deshalb finde ich keine politischen Magazine. Im Salon werden Probleme zur Hauptsache, die sonst kein Gewicht beanspruchen dürfen. Dafür bleiben die gravierenden Probleme der realen Welt da draußen ausgeblendet.

»Der ›schöne‹ Salon als Komfortzone, als soziale Begegnungsstätte wurde in den 1950ern populär«, sagt Pierre, »als bei steigendem Einkommen der Männer viele Frauen der Mittelschicht nicht mehr arbeiten mussten und als Hausfrauen nun mehr Zeit für ein repräsentatives Aussehen hatten.«

»Mmh, auf Fotos sehen die Salons davor doch immer nach Werkstatt aus, wo die Kundinnen an den Behandlungsplätzen wie defekte Autos mit der Hebebühne in die Operationszone gefahren werden.«

»Genau, und dann, als die Damenfrisuren auch eine gewisse Zeit beanspruchten, wurde die Ausstattung der Salons natürlich wichtiger. Da wurden die Kollegen damals immer mehr zu Gastgebern. Und dieser Trend zum zweiten Wohnzimmer, zum ›Cocooning‹, der wurde von den Coffeeshops und Geschäften aufgegriffen.«

Als ich in Berlin Hans-Jürgen Dzwikowski, einen weiteren Promifriseur, besuche, der viele Wettbewerbe gewonnen hat und einer bald 100-jährigen Friseurdynastie entspringt, fällt mir sofort auf, dass der Meister nicht von »Kunden«, sondern von »Gästen« spricht. Die Einrichtung seines Salons ist von fernöstlichen Einflüssen geprägt. Hans-Jürgen war oft in China und hat dort auf Bühnen frisiert und unterrichtet. Nach einem Fernsehauftritt eröffnete sich die Möglichkeit, eine Salonkette in ganz großem Stil aufzuziehen. Die konkreten Pläne lagen schon auf dem Tisch – 500 Salons in zehn Jahren, also beinahe wöchentlich ein neues Franchise; fast in dem Takt, wie in China neue Kohlekraftwerke ans Netz gehen, hätte es neue Dzwikowski-Salons gegeben. Diesen Tiger musst du bereit sein zu reiten. Hans-Jürgen wollte es lieber nicht.

»Wir sind kein McDonald's, deshalb gibt es nur den einen Salon hier und nicht mehr. Wenn man den einzelnen Menschen abholen möchte, dann geht das nicht mit Filialen. Bei jeder Filiale verlierst du an Eigenheit.«

Die Zeit in China hat nicht nur den Salon, sondern auch seine Einstellung zum Beruf geprägt. Im Gespräch betont er den ganzheitlichen Ansatz.

»Das hat man mir auch schon vorgeworfen, dass ich da zu philosophisch oder zu spirituell rangehe. Mein Anspruch ist, dass sich die Gäste für die nächsten sechs bis acht Wochen ein grundlegendes Wohlempfinden abholen. Aber ich muss niemanden bekehren.« Während er mir die Haare schneidet, massiert mir eine Assistentin die Hände. Ich brauche eine Weile, um mich daran zu gewöhnen.

Neben Kati Witt und Sandra Maischberger ist auch Inka Bause des Öfteren hier. Für Inka hat er eine Kurzhaarfrisur entwickelt, die bei den TV-Zuschauerinnen so gut ankam, dass sie wissen wollten, wer dafür verantwortlich ist. Und schon machte der Name Dzwikowski die Runde. Wenn man so will, hat Hans-Jürgen damit für ein weiteres *»The Rachel«*-Phänomen gesorgt, natürlich nicht in der globalen Dimension wie Chris McMillan, aber immerhin kommen aus ganz Deutschland Frauen zu ihm und wollen das Inka-Bause-Paket. Bis heute merkt er, wenn sie wieder mit einer Sendung im Fernsehen ist.

Handmassage, Kopfmassage, Augenbrauen zupfen, Haare färben, das sind Standards im Salon seiner Kragenweite und wie selbstverständlich nehmen auch Männer das in Anspruch.

»Sagen Männer: ›Komm, färb mir mal die Haare?‹«

»Sie sagen eher mit Blick in den Spiegel: ›Mann, ich werde immer älter.‹ Dann weiß ich schon, was gemeint ist. Ich sage dann, da gibt es Möglichkeiten, ein bisschen frischer rüberzukommen. Also, das Angebot muss man schon machen, und es wird gern angenommen.«

Neulich traf ich meinen etwas überpflegten Kumpel Sascha im Biergarten und ich wunderte mich über sein golden schimmerndes Haar, man könnte auch sagen, es wirkte ein bisschen gelb.

»He Sascha, warst du am *Beach?*«

»Nee, bei Rossmann«, sagt er. Sascha hat es mit dem Aufhellerspray etwas übertrieben. Jeden Morgen vor dem Spiegel denkt er, komm – einmal geht noch. Und nach fünf Tagen Sonnenschein driftet das Haar dann in Richtung Hamsterfell.

»Also, auf der Packung ist natürlich eine Blondine abgebildet, aber ich mache jede Wette: Das kaufen hauptsächlich Männer. Schön diskret. Da muss man mit niemandem darüber reden.«

»Der Markt mit Farben für das Männerhaar«, bestätigt auch Hans-Jürgen, »gehört zu denen mit großem Wachstumspotenzial im Beautybereich.«

Ich frage ihn, ob hauptsächlich Frauen in seinen Salon kommen. Die männliche Kundschaft im Salon ›Dzwikowski‹ macht immerhin ein Drittel des Bestandes aus.

»Aber vor 20 Jahren hätte man doch einen Mann im Friseursalon niemals gefragt, ob er die Augenbrauen gezupft haben möchte?«

»Stimmt, vor 20 Jahren vielleicht nicht«, sagt Hans-Jürgen, »aber vor 2.000 oder 5.000 Jahren wahrscheinlich schon. Die alten Ägypter haben das natürlich schon draufgehabt.«

Schnurrbärte übrigens auch, aber das ist ein anderes Thema. Die Schönheitspraktiken der Männer waren damals, natürlich nur in der Oberschicht, jedenfalls schon sehr ausgefeilt und teilweise denen, die bei uns in der Breite üblich sind, voraus.

Vor ein paar Jahrzehnten gab es speziell für den Mann allenfalls eine nennenswerte Produktpalette von Aftershave – super männlich mit Moschus oder *simply* männlich mit Tabak. Aber in den 70er-Jahren hat die Schönheitsindustrie den Trend allmählich aufgegriffen und vollzog die Machtverschiebung im Geschlechterverhältnis auch mit einem wachsenden Kosmetikangebot für Männer. Schließlich stehen diese heute – wie die Frauen – in einem permanenten Schönheitswettbewerb, empfangen über die Medien unaufhörlich Styling-Ratschläge – »Aha, so macht man das jetzt.« Der Blick wird an den unwahrscheinlichsten Astralleibern geeicht und zu Hause vor dem Spiegel ... enttäuscht. Sascha verriet mir seine hochwirksame Maßnahme, im Bad Verzweiflungsanfälle zu verhindern: gedimmtes Licht und ein bronzegetönter Spiegel, der jeden extrem vorteilhaft aussehen lässt. Günstig auch, wenn weibliche Gäste im Haus sind, denen dadurch Komplimente glaubhafter erscheinen.

Neulich fand ich einen Flyer im Briefkasten mit folgendem Text: »Gehören Sie bereits zu den modernen Männern, die erkannt haben, dass ein Minimum an Gesichtspflege keineswegs an männlicher Coolness zehrt, oder meinen Sie immer noch, dass Sie nur mit Wasser und Luft ein echter Kerl sind?« Absender ist eine Apotheke im Viertel, die für einen »Männerabend« wirbt, inklusive »Wine Tasting« und kosmetischer Produktpräsentation. Ich wäre fast hingegangen.

Ganzkörperrasur, Haarpflege und -styling, Peeling, Maniküre, Nahrungsergänzungsmittel, Epilation, Work-out, Diäten und Fastenkuren, Bleaching und mehr und mehr auch chirurgische Eingriffe bis hin zu Wadenimplantaten – für Männer hat sich der Katalog von Schönheitsmaßnahmen erheblich erweitert. Auf der Liste der Dinge, die einen Mann für eine Frau besonders attraktiv machen, rangiert der moderne Haarschnitt auf dem sechsten Platz (67 Prozent) – nach angenehmem Geruch, gepflegtem Mund, sinnlichen Augen, gepflegten Händen und einer sportlichen Figur. Männer, nennt es von mir aus Ausstrahlung, Charakter, Charisma, ein gepflegtes Erscheinungsbild oder Präsenz – am Ende können wir es doch auf diesen Nenner bringen: Streben nach Schönheit. Diese ganze neue Nummer mit der Selbstkartografierung *(»Self-Tracking«)*, bei der die Körperleistungen (Ausdauer, Kraft, Körpermaße) gemessen und an Zielvorstellungen geknüpft werden, ist davon wahrscheinlich nur ein Nebenprodukt.

Aber der Machtverlust im Beziehungsbereich sorgt nicht nur für bislang feminin kodierte Schönheitsbemühungen der Männer. Auch ihre Selbstinszenierung und -vermarktung online und in realen *»One-to-One«*-Begegnungen treiben dabei, stelle ich im Gespräch mit Späthipster Sascha fest, bizarre Blüten – zum Beispiel bei Online-Communities wie »OkCupid«, »Badoo«, »Tinder« oder »Finja«.

»Neulich«, gesteht Sascha, »habe ich mal eine Rundmail an ein paar Ladys geschickt. Das kam nicht so gut an. Das merken die sofort, wenn man einfach mal die Angel auswirft.«

»Na ja, du gehst ja auch nicht in die Kneipe und machst einen Rundruf: ›Wer will mit mir ins Bett?‹«

»Da sind ja auch Männer. Die könnten das falsch verstehen ...«

»Und wie läuft das dann, vom Chat bis zum *Date?*«

»Anstrengend, suuuper anstrengend. Kann passieren, dass ich den halben Arbeitstag damit beschäftigt bin, Komplimente und Kultursinnigkeit zu versprühen. Das läuft zum Glück übers Handy. Kriegt mein Arbeitgeber gar nicht mit.«

»Und wenn du dich dann mit einer triffst?«

»*Surprise!* Dann kommt die Stunde der Wahrheit. Sieht die wirklich so gut aus wie auf dem Foto? Sehe ich so gut aus wie der Typ auf meinem Foto? ...«

Sascha rechnet mir seine vereinfachte ›Quote‹ vor: Von 100 Kontakten online trifft er sich mit zehn und landet mit einer im Bett. Mathematik, elegant wie eine Sackkarre. Bisher hat er sich mit einigen sogar mehrmals getroffen. Mit einer war er immerhin vier Wochen zusammen – die Apps von »Badoo« und »OkCupid« liefen derweil auf seinem Handy im Hintergrund weiter; man kann ja nie wissen, ob einem noch was Besseres über den Weg läuft. Sascha sagt, das sei »Prophylaxe gegen emotionale Erfrierungen«. Er ist vielleicht nicht der sympathischste Zeitgenosse, aber eine ehrliche Haut.

»Ich mag die Vorurteile gegen Männer überhaupt nicht. Die wollen nicht gleich mit jeder ins Bett. Mir zum Beispiel reicht schon jede Zweite. Ich habe ja auch noch einen Job ... Eine hat mir knallhart ins Gesicht gesagt: ›Wenn du größer und schlanker wärst, hätte das was mit uns werden können.‹«

»So direkt? Und was hast du gesagt?«

»Wenn ich größer und schlanker wäre, hätte ich mich aber nicht mit dir getroffen.«

Auch seine Überlegungen zum Thema Schwulsein finde ich seltsam.

»Ich verstehe die nicht, wenn die so top aussehen und jede Frau haben könnten. Das ist doch wie ein Superheld, der keinen Bock hat, die Welt zu retten, und seine Kräfte nur dazu einsetzt, um schnell mal zum Friseur zu fliegen und sich die Haare machen zu lassen.«

»Du siehst das zu sehr aus deiner persönlichen Perspektive.«

»Also mindestens wie alle Heteromänner, die es etwas schwerer haben, zum Zug zu kommen.«

»Man könnte auch sagen, das Leben gibt dir einen aus. Sonst wäre deine Quote doch noch schlechter.«

Ich stelle mir die besorgten Eltern junger Erwachsener in, sagen wir, 20 Jahren vor, wenn sich jemand tatsächlich mal ungeplant verliebt haben sollte: »Herzchen, du kannst das doch nicht ernsthaft dem Zufall überlassen und irgendwen von der Straße nehmen. Dafür gibt es doch Partnerbörsen im Internet.«

Konzeptlose Beziehungsanbahnung, die sich einfach so spontanhormongesteuert ergibt, wird dann wahrscheinlich wie ungeschützter Geschlechtsverkehr behandelt. Keine Chance mehr für eine militante Tierschützerin, sich in einen grönländischen Walfänger zu verlieben, der zum Clubben nach Berlin kommt.

DER SCHLAPPSCHWANZ MIT DEN STULLEN

Das Rollenmodell des ›neuen Mannes‹ kann man mit den Eltern oder anderen Angehörigen der älteren Generation meist kaum vernünftig besprechen, weil sich das ganze Vokabular und die Lebenswirklichkeit geändert haben. Ich denke da immer an meinen alten Onkel Günther, der mit seinem mächtigen Bauch uns Kindern ein trügerisches Gefühl von Sicherheit, Wohlstand und Vertrauen gab. Tante Elisabeth war das freundliche Gesicht dazu. Obwohl er eine eigene Speditionsfirma und für die anstrengende körperliche Arbeit seine Leute hatte, musste Onkel Günther beim Armdrücken beweisen, dass nicht nur sein Wille, sondern auch sein Arm Berge versetzen konnte. – »Wieso soll ich dich gewinnen lassen? Lässt dich doch später, wenn du groß bist, auch niemand.« Die passende Antwort: »Genau, Onkel Günther. Deshalb! Man nennt es ›spielen‹, fiel mir damals noch nicht ein. Später denkt man über so was noch mal nach und ruft sich Szenen in Erinnerung, die den Onkel nun in einem anderen, nicht mehr ganz so warmen Licht zeigen. Seine Zuneigung gegenüber den Neffen drückte er durch übelst hartes Schulterklopfen aus, die Nichten ›durften‹ auf den Schoß. Seinen Kindern zeigte er die Liebe mit einem vollen Kühlschrank und zu viel Taschengeld. Der war so ein Typ ›alter Chef‹. Sein Sex war, Leute zusammenzuscheißen. Sein Tod, dass er das nicht mehr konnte, als die Firma gegen die Wand fuhr.

Onkel Günther war gestern. Heute ist der Schönheitsdruck auf Männer viel größer, auch der Druck, seine Rolle im Geschlechterverhältnis neu zu definieren. Ich habe zu Martina damals gesagt: »Emanzipation – für mich kein Problem. Da bin ich nicht im Weg. Aber erwarte nicht, dass ich das fünfte Rad am Wagen der Frauenbewegung spiele.« Dass ihr Wagen dann ohne mich schnell weiterfuhr, habe ich ja schon erzählt. Heute weiß ich, dass ich eigentlich mit im Wagen sitzen muss, sonst kommt man nicht mehr zusammen. Emanzipation für Männer heißt eben nicht nur, Macht abzutreten, sondern Möglichkeiten und Leben zu gewinnen. Ein Gedankenspiel: Wenn es unterwegs 'ne Panne gibt, muss das nicht heißen, dass ich den Reifen wechsele. Wenn ich stattdessen die geschmierten Stullen halte oder mit den Kindern UNO spiele, dann soll mir niemand sagen dürfen: »Jetzt brauchen wir mal einen echten Kerl und nicht den Schlappschwanz mit den Stullen.«

Die Realität sieht noch ein bisschen anders aus. Denn nur weil der

›neue Mann‹ auch seine weiche Seite mit intakter Emotionalität entwickelt, nur weil er nicht mehr knallhart auf Leistung und schmerzerprobte Funktionstüchtigkeit geeicht ist, nur weil er nichts mehr mit frauenfeindlichen Old-Boys-Seilschaften zu tun haben will und weil er jetzt auch in sich reinhorcht, zur Vorsorge geht und etwas tut, um seine gegenüber Frauen deutlich geringere Lebenserwartung zu steigern, verzichten Frauen keineswegs auf den Appell an den »Mann fürs Grobe«, der den Weg notfalls auch mal mit roher Gewalt freiräumt oder unter den Tisch kriecht, wenn der Computer oder das Internet spinnen. »Mann, diese Softies! Wann hat das mit diesen verweichlichten Typen endlich mal ein Ende?«, hat eine im Büro neulich mal gewettert, für die ich in der Woche vorher noch den Drucker zum Laufen gebracht habe. Sie bringt als weiteren Beweis ihrer These frische Urlaubserlebnisse von der Stierhatz von San Fermín an – »In Pamplona schaffen es jetzt selbst die Stiere nicht mehr allein, die Menge aufzuheizen. Jetzt müssen sich da schon Frauen entblößen, um für ein bisschen Stimmung zu sorgen. Und die Weicheier, die sich nicht trauen, vor den Stieren durch die Stadt zu laufen, betatschen jetzt Titten. Wo sind bloß die echten Kerle hin?« Natürlich hat sie mir das nicht ins Gesicht gesagt, sondern zu einer Kollegin, als ich ganz trendbewusst mit buntem Schal zum Jackett und neuem Haarschnitt im Büro aufschlage und dann auch noch heißes Wasser statt Kaffee trinke – ein weiterer Beautytipp von Leandra.

Bisher dachte ich, dass vor allem ›echte Kerle‹ mit einem traditionsverhafteten Selbstbild diese manchmal auch albernen ästhetischen Experimente des ›neuen Mannes‹ ablehnen. Die sehen das vielleicht sogar als Bedrohung. Davon bin ich wahrscheinlich selbst nicht ganz frei. Im Büro, da gibt es schon richtig gut aussehende Typen, die trauen sich mehr und nehmen die Witzchen in Kauf. Denn es gibt viele, die mindestens so traditionsverhaftet sind wie einst Onkel Günther, auch Frauen. Da gibt es immer welche, die einen doofen Spruch bringen, wenn ein Mann mal frische Farben wagt oder besonders schnieke daherkommt. Das sind Vorbehalte, die sich immer wieder Bahn brechen, uralter kulturhistorischer Ballast gegen den schönen Mann, den anscheinend auch Frauen irgendwie als Konkurrenz empfinden können. Frauen begehren schöne Männer, ja. Aber vor allem sind sie eifersüchtig auf ihre Schönheit. Sie begehren nicht sexuell, sondern narzisstisch. Der Schriftsteller Julien Green hat mal gesagt: »Der Teufel ist ein schöner junger Mann«, und dachte da wohl an die literarische Figur Dorian Gray, wenn nicht an sich selbst, weil er bis ins hohe Alter fantastisch aussah. Und ich denke, wenn ich diese Kollegen sehe – mit einigem Neid auf ihren Mut übrigens: Ein Mann mit so einem auffälligen Äußeren, muss der nicht auch brillant sein? Ich meine, im Büro performe ich angemessen, karrieretauglich, *sane but boring*. Das geht mit Extravaganz doch nicht so gut zusammen, oder? Da kommt schnell der Verdacht auf, jemand schlage ein Pfauenrad. Nicht zu vergessen die Typen, die ein sehr oberflächliches Verständnis dieser neuen Männlichkeit verkörpern. Eine Mimikry des Machos, die sich jeder Menge *Styles* bedient, aber kaum dazu taugt, echten Stil zu kultivieren. Von der alten Figur des selbstverliebten Snobs ist das nicht weit entfernt.

Aber das sind so Entwicklungssymptome des ›neuen Mannes‹. Das darf man nicht saisonal betrachten, sondern eher in großen Zeiträumen. Es ist ja nicht so, dass Männer die Emanzipation der Frau erst seit gestern ernst nähmen. Schon vor Jahrzehnten gab es interessante Ansätze, eine konstruktive Rolle im Kampf der Frauen gegen das Patriarchat zu finden. Paradebeispiel dafür ist eine Männergruppe in Zürich Mitte der 80er-Jahre, die den Verhütungsstress nicht allein der Frau überlassen wollte und sich regelmäßig zum Hodenbaden niederließ. Die haben eigens Hodenbad-Stühle mit integriertem Tauchsieder gebaut und dann die Eier, mit Gewichten beschwert, ins 45 Grad heiße Wasser getaucht – jeden Abend anderthalb Stunden. Nach drei

Wochen sinkt die Spermienzahl gegen Null. Ich will nicht wissen, wie der Sack nach der Behandlung ausschaut, schließlich sieht er ja auch ohne schon aus wie 150. Die Methode haben sie in einem eigenen Labor überprüft und optimiert. Dafür gab es Lob, aber auch Vorwürfe, die Männer wollten jetzt – nach Erfindung der Pille – auch noch die Verhütung an sich reißen. Mit dem Aufkommen von HIV und Aids verschwanden die Hodenbad-Stühle dann auf den Dachböden.

LIEBER »HANDS ON« ALS »BRAIN OFF«

Während Hans-Jürgen sich dem Wettbewerb mit anderen Friseuren stellte und mehrere Auszeichnungen im Preisfrisieren gewinnen konnte, trat Pierre mit einem Kollegen schon als ›Performancekünstler‹ im Rahmen eines Open-Air-Festivals in Erscheinung. Dort schnitt er Freiwilligen mit verbundenen Augen die Haare und stylte sie anschließend zusammen mit einer Visagistin für ein großes Porträtfoto, das ein stadtbekannter Fotograf machte. – »Klar, das war ein bisschen Klamauk. Wir haben die Freiwilligen natürlich schon vorher organisiert. Die wollten sich eh die Haare kurz schneiden lassen. Aber es war ja für einen guten Zweck.« Na und? denke ich. Ein bisschen Klamauk gehört zu einer Performance einfach dazu. Das wusste auch schon Fluxuskünstler Nam June Paik, der 1962 in seiner Performance *Zen for Head* in Wiesbaden sein Haupthaar als Pinsel benutzte. Er tauchte seinen Kopf in einen großen Topf mit Sumitinte, die mit Tomatensoße etwas bekömmlicher angerührt wurde, und zog mit seinen Haaren eine breite Linie entlang einer langen Papierbahn. Also, Pierre: kein Grund, sich zu schämen, zumal die Einnahmen des Events gespendet wurden. Charity ist ja immer auch ein Freibrief für ein bisschen Gaga. – »Mein Kollege hat da leider etwas überdreht. Der ist mit fünf Frauen an Ketten und in komplett roten Gewändern über das Gelände gelaufen. Dazu hatten alle rote Perücken mit bodenlangen Haaren auf, die Gesichter konnte man gar nicht sehen. Ein paar Kinder haben Panik bekommen. Da musste er vor wütenden Müttern und Vätern beschützt werden.«

Aber im Kulturteil der Regionalzeitung wurde groß und breit berichtet.

»Mit Bild!« Pierre zeigt mir noch immer sichtlich begeistert den vergilbten Artikel, den er in seiner Pressemappe mit Klarsichthülle sicher archiviert hat.

»Ich glaube«, antwortet Pierre auf meine vorsichtige Frage, ob er unter dem latenten Vorwurf leide, als Friseur nicht zu den Künstlern gezählt zu werden, »dass wir Friseure da unterschätzt werden. Wir sind ebenso schöpferisch wie die Künstler. Wir nehmen das Material, in unserem Fall das Haar, und erwecken es zum Leben. Wir wecken die schlummernde Schönheit der Kundin, und manchmal erfinden wir sogar einen neuen Menschen!«

Da ist vielleicht sogar was dran, überlege ich, während in meinem Kopf das historische Beispiel Marlene Dietrichs aufpoppt: Ihrem Erfolg in Hollywood ging seinerzeit ihre Verwandlung in einen völlig neuen Typ voraus, an der die Stylisten gehörigen Anteil hatten. Durch Entfernen des Haaransatzes wurde eine Erhöhung der Stirn erreicht, natürlich wurde beim Blond der Haare nachgeholfen, und schmal gezupfte, mit dünner Linie nachgemalte, geschwungene Augenbrauen kamen hinzu, ebenso wie gebogene Wimpern. Marlene wurden sogar Weisheitszähne gezogen, um hohlwangiger auszusehen, dazu eine strenge Diät – vom Wonneproppen zum Vamp.

In einer Zeit, in der es kaum mehr Richtig und Falsch, aber von allem zu viel gibt, alte Sicherheiten schon so passé sind, dass sie einem surreal erscheinen, und niemand mehr weiß, wie er zu sein hat – da ist es nur folgerichtig, dass jeder Künstler sein will. Das Leben fühlt sich verdammt noch mal so an. Sogar im Büro komme ich mir manchmal vor wie eine Figur in einem Theaterstück von

René Pollesch. Das gilt wahrscheinlich auch für die Überlebenskünstler, die ich am Rande eines Konzerts von Herbert Grönemeyer vor den Toren der Veranstaltungshalle beobachte und – vielleicht auch auf eine Art pervers – interessanter finde als die Konzertbesucher, die sich hier schon mal in Stimmung trinken. Alles ist Komödie und Drama zugleich. Denn flink wie Akkordarbeiter, jeder auf sich allein gestellt, reißen sich die fünf oder sechs mit großen Tüten ausgerüsteten Typen um die leeren Pfandflaschen, die sich entlang der Warteschlangen ansammeln. Keine Penner, keine Obdachlosen, sondern wohlorganisierte Modernisierungsverlierer, die hier im Schatten eines monströsen Unterhaltungstempels um ihre Cents kämpfen. Zu meiner Überraschung sind sie besser frisiert als die Masse der Wartenden. Wahrscheinlich kennen sie den Termin in der Gedächtniskirche, wo Bedürftige kostenlos einen Haarschnitt bekommen. Es muss in ihrer ›Freizeit‹, wenn man in dieser Lebenssituation je ›frei‹ hat, ja niemand gleich erkennen, wie sie ihr Geld verdienen. Und ihr Geheimnis, dass es hier wirklich was zu holen gibt, behalten sie wahrscheinlich auch besser für sich.

Im letzten Jahr weilte ich aus beruflichen Gründen in Barcelona – eine Stadt, die vor schönen Menschen aus allen Nähten platzt. Das setzte mich doch erheblich unter Druck und deshalb ließ ich mir von Raquel Esteban eine neue Frisur verpassen. Ihr Salon ›Gilda‹ in den labyrinthischen Gassen der *Ciutat Vella* war für mich schwer zu finden, aber einmal angekommen entführte mich die Einrichtung des Salons in eine andere Welt. Bei Raquel darf das Ornament noch ohne jeden Zweifel oder postmoderne Ironie blühen. Es könnte auch die Garderobe eines Hoftheaters sein. Raquel ist über 30 Jahre im Geschäft, hat beim Film gearbeitet, ist viel rumgekommen.

»30 Jahre – bist du sicher? Du siehst so jung aus«, versuche ich mich im Komplimentemachen – nicht leicht in einem anderen Land, in einer anderen Sprache. Sie lacht.

»Vielleicht liegt es daran, dass das Geschäft im Moment nicht unbedingt brummt.«

Raquel hat einen ausgesuchten, sehr treuen Kundenkreis. Die Leute kommen, aber zurzeit nicht immer zum Haareschneiden.

»Manchmal ist es schwer, die Linie zwischen Freund und Kunde zu ziehen. Da bleibt das Geschäft vielleicht ein bisschen auf der Strecke. Viele kommen einfach zu mir, um einen Kaffee zu trinken und ihre Sorge um sich und die Welt zu besprechen.«

Die Eurokrise setzt in Spanien vielen übel zu. Und bevor sie hier in Barcelona auf Tapas und abendliche Geselligkeit in den Bars verzichten, sparen sie lieber beim Friseur und lassen sich von Mutti oder vom pakistanischen Fünf-Euro-Friseur die Haare machen. Allerdings nicht jene, die etwas Besonderes wollen. Dafür nämlich ist Raquel Spezialistin. Sie hat im Lauf der Jahre eine Technik entwickelt, mit der sie Haare und diverse Materialien von Stoffen bis hin zu Plastikrohren zu kunstvollen und stabilen Arrangements kombiniert. Was auf den ersten Blick aussieht, als wären es Laufsteg-Kreationen Vivian Westwoods oder fragile, aber kaum alltagstaugliche Preisfrisuren für die Showbühne, wird in Barcelona tatsächlich getragen, versichert mir Raquel treuherzig. Als wir nach dem Haareschneiden vor dem Salon noch einen Kaffee trinken, kommt wie auf Bestellung eine ihrer Kundinnen vorbei, Cara. Die Künstlerin hat ihr Atelier gleich um die Ecke und trägt eines von Raquels komplexen Konstrukten aus Haaren und eingeflochtenen Kunststoffsträngen und Stoffen. – »Ich mag, wenn Leute sich staunend nach mir umdrehen«, sagt Cara, die nicht gerade eine Schönheit ist, aber ein wacher, freundlicher Mensch, den man sogleich ins Herz schließt. Und das Selbstbewusstsein, mit dem sie diese abgedrehte Frisur trägt, macht sie auf eigentümliche Weise attraktiv. Leider muss ich am Abend schon wieder abreisen.

Diese Begegnung aber macht für mich einen Gedanken greifbar, den Andy Warhol mal zum Thema Schönheit geäußert hat: In einer

Umgebung, wo ein schöner Mensch dem nächsten folgt und so etwas wie krasse Eintönigkeit konformer Schönheit herrscht, macht sich Übersättigung breit. Und dann siehst du jemanden, der vielleicht nicht schön ist, aber du empfindest ihn plötzlich als besonders schön, weil er diese Monotonie der Schönheit durchbricht. Das haben Leute wie Cara verstanden und bringen diesen Kontrast auch noch in ihrer Erscheinung selbst zum Ausdruck – lieber smart und gewagt als konformistisch sexy. Statt sklavisch den neuesten Kram von »Mytheresa«, »Stylebop«, »Luisaviaroma«, »Mr Porter«, »Nextdirect« oder »Urban Outfitters« zu tragen, sollte man lieber auch mal mit etwas Starkem aus der Altkleiderkiste oder gar einer Eigenkreation Furore machen. Klar, da be-steht immer das Risiko, sich gepflegt zum Obst zu machen. Trotzdem steckt im Mixen, Spielen, Collagieren die Chance, sich selbst nicht zu langweilen und irgendwann nicht mehr sehen zu können. Im wilden Kreuz-und-quer-Kombinieren und Ausprobieren kann man sich ja sogar beinahe künstlerische Kompetenz erarbeiten. Selbst ohne Talent dazu sollte man sich doch diese Unbekümmertheit gönnen. Besser einmal richtig danebenliegen und sich einen unvergesslichen Fauxpas leisten, als sich ein Leben lang der Willkür irgendwelcher Mode-Diktatoren oder Funktionskleidungsingenieure zu fügen.

Ich schaue heute milder auf Männer mit Fliege aus Holzfurnier oder Fade Cuts mit wilden einrasierten Mustern. – »Theoretisch, ja! Da gebe ich dir recht«, sagt meine Ex-Kollegin Melissa, die in San Francisco aufgewachsen ist und dort gerade miterlebte, wie sich das Erscheinungsbild der Männer über die Jahre verändert hat. »Durch den Boom der IT-Industrie um Google etc. hat sich das Bild auf der Straße wirklich gewandelt – neben den Mieten und Preisen für alles Mögliche. Statt Subkultur-Chic und Hippielooks bilden die vielen hochbezahlten Nerds eine im Stadtbild klar erkennbare Schicht der Neureichen. Und diese Kombination, also der nachlässige Nerd-Look plus jede Menge Geld, ist eher ein Thema für Kulturpessimisten ... Da sieht man, dass Geld ohne Sinn dafür, es kultiviert auszugeben, schmerzhafter ist als kreativ arm zu sein.« Da hätten wahrscheinlich auch Profis wie Pierre, der Ermöglicher des Schönen und Verhinderer des Hässlichen, keine Chance. Aber ich bleibe vorsichtig mit einem Urteil, weil Berlin im Allgemeinen auch immer nachgesagt wird, die Stadt der Schmuddellooks zu sein – ein Urteil der 90er-Jahre, an dem man in München, Hamburg und Düsseldorf gern festhält. Allerdings auch hier im ›Prestige‹, wie Pierre auf meine Frage nach seinen Inspirationsquellen bestätigt: »Für meine Inspiration fahre ich nach New York oder Paris, nicht nach Berlin, um Gottes willen.«

Aber zurück ins Hier und Jetzt: Während Pierre seine Arbeit an Leandra einem hoffentlich guten Ende entgegenführt und die talentierte Jenny sich um die Extensions von Ilona kümmert, beordert Pierre mit einem Blick den armen Marlon zu mir. Möglich, dass ich seine letzte Amtshandlung im ›Prestige‹ bin. Ich habe nicht explizit eine Chefbehandlung erbeten, aber Pierre will den Eindruck verhindern, dass ich nur Ballast bin. Er huscht schnell vorbei. – »Sorry, aber du siehst ja, was hier los ist.« Ich bin für Marlon genau das richtige Objekt, um wieder Selbstbewusstsein zu tanken. Ob ein klassischer Herrenhaarschnitt für die Rehabilitation genügt, ist allerdings fraglich. Eine Zeit lang herrscht eine sehr konzentrierte Atmosphäre im Salon, die entspannte Hintergrundmusik spielt sich ein bisschen auf, bleibt aber im Rhythmus so verhalten, dass sie nicht zum Tanzen reizt. In manchen Salons ist das so eine Quälerei, wenn breite Housebeats ungeachtet der Uhrzeit penetrante Feierlaune verbreiten und ich auf dem Friseurstuhl festsitze, obwohl die Musik diktiert: Tanz – oder geh!

GERETTET, MEIN SÜßES GIFT!

Grau und abgespannt ist sie vor knapp drei Stunden hier hereingekommen, mit Spliss im Haar und deutlich sichtbarem Haaransatz. Nun strahlt sie ihr Spiegelbild an, lässt sich von Ilona (in der Zwischenzeit fertig frisiert), Pierre, Jenny und auch Marlon bewundern.

»Wahnsinn! Ich hab es gewusst! Es steht dir unglaublich gut!«

Ich erdreiste mich und rufe:

»Leandra, bist du wirklich verheiratet?«

Ihre Haare liegen wie eine Partitur von Debussy, gleichmütig, raffiniert, aber ohne übertriebenes Pathos. Das Haar glänzt jetzt fast wie Mahagoni – unglaublich, dass Pierre das mit seiner geheimnisvollen Paste hinbekommen hat. Hier und da schimmern superdünne Strähnen in Turmalingrün hervor, sie sind eigentlich nur zu erahnen. Eine deutlichere Strähne läuft breit, lässig und doch kunstvoll geflochten vom linken Scheitel entlang der Gesichtskontur und verschwindet hinter dem Ohr in den Tiefen von Leandras langem, in sanften Wellen fließendem Haar. Das hat wirklich nichts mit Schulmädchenzopf zu tun.

»Aber ist das mit den Flechtfrisuren nicht schon out?«, fragt sie.

»In, out. Quatsch«, sagt Pierre. »Das ist ein Dauerbrenner. Kommt halt darauf an, wie man es macht. Damit kannst du rockig sein, aber auch auf dem Neujahrsempfang glänzen.«

Leandra geht beschwingten Schrittes neben Pierre zum Empfangstresen, und tatsächlich sieht es für einen Sekundenbruchteil so aus, als begleite der Bildhauer stolzerfüllt seine zum Leben erweckte Skulptur. Pierre bemüht sich aber gleichzeitig um größtmögliche Souveränität im Abschiedsritual, denn nicht weniger als das Beste ist von einem Friseur seiner Kragenweite zu erwarten. Mit den Fingern fährt er sich über sein Alexandre-Bärtchen. Leandra zahlt einen exorbitanten Preis, aber das ist völlig egal, denn Pierre hat ein Lächeln in ihr Gesicht gezaubert. Und das – das ist doch die wahre Kunst.

EIN DESSERT MIT SCHLANGENKOPF

Und als würde das wahre Leben der perfekten Dramaturgie eines Nachmittags beim Friseur immer dazwischenfunken wollen, passiert etwas Unerwartetes. Gerade wagt Pierre es, Leandra zu umarmen, er weiß, dass er für dieses Mal keinen Würgegriff zu fürchten hat. Aus einer Ahnung heraus, dass man Glücksmomente nicht überreizen darf, aus Angst, dass anschließend die Gesetze irgendeiner mysteriösen Glücksökonomie den jähen Absturz erzwingen, meidet Pierre aber die ganz große Geste und bringt nach der Umarmung die Hände wie zum Gebet vor der Brust zusammen und verbeugt sich vor der entzückten Kundin. Da platzt eine junge Frau in den Salon – mitten ins hochgradig mit Emotionen aufgeladene Abschiedszeremoniell. Die Haare auf dem Kopf der jungen Frau demonstrieren, dass sie seit Jahren antiautoritäre Erziehung genießen oder – das kommt auf die Sichtweise an – ihnen Pierres Dienste und die seiner Kollegen schon lange verweigert werden. Ihre pythondicken Dreadlocks sehen aus, als würden selbst Flöhe sie nur als Notbehausung akzeptieren. Ich mag Dreadlocks, aber diese sind derart aus der Proportion geraten, dass sie wie Keulen um die zierliche Person schwingen. Keine Frage, dass ihr Gleichgewichtssinn Höchstleistungen vollbringt. Sie mault Pierre an, weshalb wird nicht klar. Erst als sie sich warmgepöbelt hat, sieht sie die betroffenen Gesichter im Salon. Meines eingeschlossen. Marlon flüstert mir zu, es sei Pierres Tochter Paula. Mein Gott, denke ich, Eros Ramazotti sieht jetzt aus wie Eminem, Paul McCartney wie Miss Marple und die Tochter meines Friseurs wie eine Hydra – auf nichts ist mehr Verlass.

Kunst, das bleibt als letzte Gewissheit, ist ohne Leid nicht zu haben; wenn nicht für den Künstler, dann für sein Publikum.

KAPITEL 5
BEARDOS UND BARBADOS

Das Leben ist ein Wunschkonzert – es müssen nur alle mitspielen«, sagt Sascha einmal während eines Norwegenurlaubs, den wir mit Walter und Paul in einer Hütte am See verbringen. Gerade hat er voller Entschlossenheit eine Mücke erschlagen. Aber es sind gleich Millionen und Abermillionen, die nicht mitspielen. Denn hier, in der norwegischen Pampa, proben diese Blutsauger die globale Machtergreifung. Mit Erfolg, befürchte ich. Unseren Urlaub verbringen wir zerstochen und unfrisiert mit Wettbewerben: Wer angelt den größten Fisch? Wer spielt am besten Skat? Wer verträgt am meisten Alk? Wer hat den stärksten Bartwuchs? Und – wer killt die meisten Mücken? Zwischenzeitig sieht meine Haut aus wie die Oberfläche eines unbewohnbaren Planeten. Rote pulsierende Brandherde, dazwischen dünne weiße Wege und verschmiertes Blut von Mücken, die sich so vollgepumpt haben, dass sie wegen Überladung – so scheint es – vor meinen trägen Schlägen keine Flucht mehr ergreifen können. Vielleicht aber wollen sie auch einfach nur glücklich sterben, mit vollem Bauch und in einer angenehm kühlen, vom See auf die Veranda herüber wehenden Brise, die sanft durch die Haare streicht. (Wer will das nicht?)

Sascha hat den Rübezahl-Contest ganz klar für sich entschieden. Er gehört zu den Männern, die sich zweimal am Tag rasieren müssen, wenn sie abends nicht schon einen tiefen Schatten ums Kinn haben wollen. Bereits mit 16 präsentierte er sich mit stattlichem Bartwuchs. In den Clubs kam er damals problemlos durch die Gesichtskontrolle, sogar Frauen Mitte 20 guckten ihn zumindest irritiert an (»Der hat bestimmt was zu rauchen dabei«). Bei der Wahl zum Schulsprecher errang er einen solchen Kantersieg, dass selbst die Oberstudienräte ihrem bärtigen Schüler Respekt zollten. Seine Freunde wurden zu der Zeit noch von ihren Vätern gehänselt – »Da reicht doch ein trockenes Brötchen zum Rasieren ...« –, als bei ihm schon Anfragen aus der Nachbarschaft eingingen, ob er am Heiligabend nicht den Weihnachtmann spielen wolle. Okay, okay – das ist aber wirklich nur ein bisschen übertrieben.

Meine Haarfollikel sind nicht ganz so fleißig, trotzdem ist nach vier Wochen ungehinderten Wachstums ein stattlicher Bart gewachsen. Damit fühle ich mich nicht unwohl. Außerdem: Meines Wissens trägt auch der teuerste Friseur der Welt, Stuart Phillips, einen Bart – so falsch kann es also nicht sein. Außerdem sind Urlaube die Gelegenheit, um mal eine Typveränderung zu wagen. Also geht's mit starker Gesichtsbehaarung zurück in die Zivilisation. Doch die Toleranzschwelle im Büro ist damit offenbar bereits überschritten. Hier meine Top Ten der Kommentare, die ich mir anhören muss: »George Clooney steht's besser.« – »Machst du jetzt auf Hipster?« – »Willst du nach Kanada auswandern?« – »Du siehst aus wie eine Terrorzelle.« – »So wird das nichts mit 'ner Freundin.« – »Wirst du Vater?« – »Kratzt das nicht?« – »Du siehst viel älter aus.« – »Bart ist doch schon lange wieder out.« – »Gehst du so zum Kunden? Ich frage nur ...« Das waren natürlich nur Männer und ein weibliches Büromaskottchen, das dem Firmenfuhrparkmanagement assistiert; die hat Narrenfreiheit. Sonst sagt aber keine Kollegin etwas. Vielsagendes Lächeln, ja. Ich glaube, die finden das nicht so schlimm wie die Männer. Vielleicht finden sie es sogar ganz gut? Immerhin behauptet eine wissenschaftliche Studie, dass Männer mit Vollbart sympathischer und intelligenter auf Frauen wirken. Wahrscheinlich aber denken die Kolleginnen vor allem pragmatisch – ich muss ihn ja nicht küssen. Und Essen gehe ich auch nicht mit ihm, also komme ich gar nicht erst in die Verlegenheit, Nudeln aus seinem Bart fingern zu müssen. Aber die Frage ist, ob wir uns in erster Linie überhaupt für potenzielle Liebespartner zurechtmachen oder ob wir damit unseren Rang unter Geschlechtsgenossen sichern wollen. Renate, meine ehemalige Mitbewohnerin aus Studentenzeiten, hat inzwischen richtig Karriere gemacht. Nach Ehe, Scheidung und einem Kind via (anonymem) Samenspender ist sie heute sehr erfolgreich im Bankgeschäft tätig. Dennoch trifft sie sich noch ab und zu mit mir zum Mittagessen, was ich ihr wirklich hoch anrechne. Schließlich ist es karrieremäßig und betriebswirtschaftlich unsinnig, kostbare Zeit mit unwichtigen Menschen zu verschwenden. Sie sagt: »Eine attraktive, modebewusste Frau wird immer zugeben, dass sie sich nicht in erster Linie für Männer oder nur für sich stylt, sondern um anderen Frauen zu zeigen, was Sache ist. Die Hackordnung, verstehst du? Ob sie zu den ›Top Picks‹ oder nur zu den ›Pennystocks‹ gehört. Warum sollte das bei Männern anders sein?«

Auch sprachlich schlägt Renates Beruf durch, deshalb drückt sie alles mit diesen Fachbegriffen der Banker und Börsianer aus. Ihre Tochter schickt sie auf eine zweisprachige Privatschule, in der die Kinder vor dem Weihnachtsbasar ausrechnen sollen, wie viel Geld sie für die Zutaten und alles ausgeben und wie viel ein Stück Kuchen dann kosten muss, damit sie mit dem Weihnachtsgebäck ein Geschäft machen.

»Sogar Gratisstücke für die Kinder und die Direktorin sind da eingeplant«, sagt Renate.

»Na, dann *Happy Christmas!*«, sage ich.

Ein historisches Dokument belegt, dass es nicht verkehrt ist, auf einen weiblichen Ratschlag zu hören. So gab die elfjährige Grace Bedell dem damals noch bartlosen Abraham Lincoln vor der Wahl zum Präsidenten der Vereinigten Staaten eine Imageberatung, ungefragt und per Post. »Ich habe vier Brüder und einige von denen werden Sie wählen. Wenn Sie sich aber einen Bart wachsen lassen, werde ich versuchen, auch die anderen dazu zu bewegen. Sie würden so viel besser mit Bart aussehen, weil Ihr Gesicht so schmal ist. Alle Frauen mögen Bart, und sie werden ihre Männer drängen, für Sie zu stimmen. Und dann werden Sie der Präsident.« Bekanntlich ließ sich Abraham dann tatsächlich eine Schifferkrause stehen und wurde der vermutlich wichtigste Präsident in der Geschichte der USA. Sein Gesicht mit

Bart gehört seither fest zum kollektiven Bildgedächtnis der Amerikaner. Heute aber tragen Politiker, die die Mehrheit in der Mitte der Gesellschaft suchen, keine Bärte mehr. Nicht mal Schnauzer. Fast alle US-Präsidenten seit Anfang des 20. Jahrhunderts waren bartlos. William Howard Taft war der letzte Schnurrbartträger im Präsidentenamt (1909–1913). Für alle, die jetzt einem historischen Aha-Erlebnis auf der Spur zu sein glauben: »Drei-Wetter-Taft« wurde nicht nach ihm benannt, dafür hatte er zu wenig Kopfhaar. Und bei den Russen hat sich seit Stalin kein Führer mehr einen Bart stehen lassen, einschließlich Wladimir Putin, der diesen Trend konsequent fortsetzt: glatt rasiert und gebotoxt verkörpert er den ewig jungen Herrschertyp. Wer nicht auf die Mehrheit schielen muss, hat in der Bartmode die freie Wahl, wie die Beispiele Alexander Lukaschenko oder König Salman von Saudi-Arabien mit seinem immer eine Spur zu kräftig gefärbten Bart zeigen.

Ich will nicht sagen, dass meine Entscheidung für oder wider Bart genauso entscheidend für das Weltgeschehen ist wie die von Abraham, aber von den deutlichen Signalen aus der männlichen Kollegenwelt gegen meinen Bart will ich mich nicht zu stark leiten lassen. Ich schlage eine führende Tageszeitung auf, die reihenweise Psychologen und andere Experten pro und kontra Bart Stellung nehmen lässt. Dort wird eine Stilberaterin zitiert: »Wenn Männer zu mir kommen und sagen, sie wollen Karriere machen, dann empfehle ich ihnen keinen Bart. Mit Wahrheit und Klarheit im Gesicht kann man einfach besser Karriere machen.« Ein Bart könne aber, so ein anderer Beauty-Coach, »runden Gesichtern mehr Kontur verleihen«; allerdings wirke der Vollbart vor allem durch den Gegensatz von reifer Männlichkeit und jugendlichem Alter des Trägers, man solle ihn also nur bis zum 30. Lebensjahr tragen, sonst sehe man damit wirklich alt aus. Im fortgeschrittenen Alter helfe der Vollbart, so fürsorgliche Visagisten, »altersbedingte Hautveränderungen oder die schlaffe Fülle der

Wangenpartie zu kaschieren« – ein Sichtschutz also für Couperose, Hamsterbacken und Doppelkinn. Habe ich das schon nötig? Ich frage ein paar Expertinnen aus dem Freundes- und Bekanntenkreis, was sie vom Vollbarttrend halten.

»Vollbärte, ja oder nein?«

Neele (13): »Ich finde Dreitagebärte gut. Die Jungs an unserer Schule sind allerdings noch nicht so weit.« Und ihre beste Freundin Nele (15): »Justin Bieber ist auch noch nicht so weit. Neulich hat er sich ein Bärtchen stehen lassen, voll doof. Aber seine Exfreundin Selina Gomez, die ist cool.«

Kerstin (23): »Haare sind super, auch im Gesicht. Warum nicht?«

Birte (24): »Ja, aber nicht bei meinem Freund.«

Iris (40): »Vollbärte? Bitte nur, wenn die gesamte Statur einen angemessenen Rahmen dafür bietet. Sonst wirkt es lächerlich.«

Wiebke (34): »Ja, bei einem Hänfling sieht das nach Psychopath aus.«

Joy (48): »Je weniger Gesichtsbehaarung, desto besser.«

Renate (49): »Das kann ich nur im Urlaub akzeptieren. Ansonsten: *Zero Tolerance!*«

Sabine (41): »Beim Bart geht es um den Mann dahinter. Und da gibt es ganz klar welche, denen Bart echt steht.«

Tina (26): »Dreitagebart ist meistens gut. Alles andere ist Faulheit oder mangelnde Selbstreflexion.«

Elke (40): »Vollbart – ja, wenn er nicht älter als drei Tage ist.«

Ines (35): »Vollbart geht gar nicht. Weder bei Männern noch bei Frauen.«

Valerie (23): »Ich bin von Natur aus leider nicht in der Lage, mir einen wachsen zu lassen, also neutraler Meinung, soll jeder so machen, wie er sich wohlfühlt.«

Sarah (31): »Ich finde Bart toll! Klar, es ist gerade eine Modeerscheinung. Trotzdem. Es macht den Mann ein bisschen mehr zum Mann.

Was die Abiturienten mit Vollbart angeht: Glückwunsch, wenn sie schon so vollen Bartwuchs haben.«

Katharina (31): »Ein Dreitagebart, der nach anstrengenden drei Tagen zufällig entstanden ist – wunderbar. Ein Bart, der dazu dient, den nicht vorhandenen Charakter zu schärfen und in extravaganten Koteletten, Spitzbärtchen oder Ähnlichem endet – nein, danke.«

Fabienne (23): »Je mehr Bart, desto kuscheliger.«

Die Damenwelt ist sich offensichtlich uneins über die Bartmode. Jetzt bin ich so schlau wie zuvor. Deshalb frage ich Boris Entrup, selbst Bartträger und außerdem Deutschlands bekanntester Makeup-Artist und Beauty-Experte:

»Boris, du trägst Bart in verschiedenen Varianten. Wie stehst du zum Vollbart?«

»Egal, ob Vollbart, Dreitagebart oder Kinnbart, Hauptsache, er ist gepflegt. Wildwuchs kommt für mich nicht infrage. Für mich ist der Bart ein Accessoire, das auch immer an den Style angepasst sein sollte, sonst schaut es schnell *old fashioned* aus. Im Zweifel sollte man den Bart lieber kürzer als zu lang tragen.«

Bei der Gelegenheit schweife ich vom Bart ab und spreche Boris auf seine super Haare an.

»Männer sind bestimmt oft neidisch auf deine tollen Haare. Ich übrigens auch. Was sagen Frauen?«

»Darf ich mal reinfassen?«

Bevor der Neid mich innerlich zerfrisst, wende ich mich wieder der männlichen Gesichtsbehaarung zu – ein wahrlich kontroverses Thema. Laut Umfragen bevorzugen Deutschlands TV-Konsumenten bartlose Protagonisten. Deshalb musste sich selbst TV-Dino Thomas Gottschalk zu einer Zeit, als er so populär war, dass er selbst im Micaela-Schäfer-Kostüm hätte moderieren können, vor einer *Wetten, dass ...?*-Sendung auf Anweisung des ZDF rasieren. Die BILD-Zeitung titelte erleichtert: »ZDF rasiert Thomas Glattschalk«. Andererseits sah ich neulich den Schauspieler Christoph Waltz in einer amerikanischen Talkshow über seinen Bart philosophieren, der ihm eher Sympathien einbrachte: »Ich habe den immer gut behandelt, wie mein Haustier. Und als er dann abrasiert wurde, kam ich mir vor wie ein Schaf.« Die Assoziation mit dem Haustier kann ich bestätigen. Ständig muss ich mir über den Bart streichen, daran zupfen, darin kraulen, dass vorbeilaufende Hunde neidisch gucken. Das Bartstreicheln ist für Männer, was für Frauen das Haarewickeln mit dem Zeigefinger ist. Viel Erfahrung damit hat Doro. Sie hat jamaikanische und deutsche Wurzeln, ist ein bisschen brauner als ich nach meinem letzten Kanarenurlaub und hat sehr lockiges Haar, das in den Längen karamellblond schimmert. Seit Ewigkeiten versucht sie sich das Haarewickeln abzugewöhnen, aber wenn es im Beruf stressig wird, gibt ihr das Halt wie anderen Menschen eine Zigarette.

»Das machst du schon jeden Tag, oder?«

»Ich fürchte, ja. Das ist im Freundeskreis zwar egal. Aber im Job ist es echt nicht förderlich. Das sieht ein bisschen unkonzentriert und unsouverän aus – wirkt wie eine ›Süßes Mädchen‹-Geste.«

Ihre Haare sind ein Thema für sich. Während Friseure im Angesicht meiner Haare nur müde lächeln, sorgen Doros afrodeutsche Haare für Schweißperlen auf so mancher Friseurstirn.

»Ich frage immer: ›Traust du dir das wirklich zu?‹, weil mein Haar ja ein bisschen mehr Krause drin hat als normale Locken. Die sind irgendwo dazwischen. Die haben auch ein bisschen was von Schafwolle, ist echt nicht leicht zu schneiden.«

Ich darf mal anfassen, und tatsächlich, es fühlt sich sehr, sehr flauschig an.

»Schwierig ist die Vorstellung, was passiert, wenn die Haare wieder trocken sind. Man muss sie wirklich anders schneiden. Mit dem üblichen System funktioniert das einfach nicht. Dann geht nach dem Föhnen nämlich das Geschnippel los. Für ein paar Stunden ist das dann auch ganz okay, aber spätestens nach der nächsten Haarwäsche ist es ganz furchtbar. Das reinste Grauen.« Aber mittlerweile hat Doro ihren Traumcoloristen und die richtige Friseurin gefunden – nach einer jahrelangen Odyssee, gegen die meine kleine Irrfahrt durch die Friseursalons wie ein Spaziergang um den Dorfteich wirkt.

Noch etwas unentschlossen mache ich mich auf den Weg zu einem türkischen Salon, der noch eine ordentliche Nassrasur mit heißen Handtüchern, scharfen Klingen und allem Zipp und Zapp anbietet – mittlerweile eine Seltenheit hierzulande. Diese moosartige Haarfülle, die sich um mein Gesicht gelegt hat, scheint mir eine gute Gelegenheit, mal ein Experiment zu wagen, statt einfach alles abrasieren zu lassen. Aber habe ich den Mut dazu? Dass alles anders kommt als erwartet, kann ich da noch nicht wissen. Ich habe vorher einen Termin gemacht, das ist hier eher unüblich, hat aber zur Folge, dass ich von Akkan Yildirim, dem Chef des Salons, extra freundlich begrüßt werde. Schon seinem Händedruck wohnt beachtliche Präzision und Feinmotorik inne. Es ist eine angenehme haptische Erfahrung – trocken, weich, ein bisschen kühl. Hier fühlt man sich gleich in guten Händen. Ich gehe wahrscheinlich zu weit, wenn ich von *Wellness* für meine Grußhand spreche, aber Akkan hat die vielen Lebensjahrzehnte gut genutzt, seine Begrüßungsperformance zu perfektionieren. Neulich im Kundenmeeting war einer dabei, der mir mit seinem absurd harten Händedruck beinahe die Augäpfel aus dem Schädel gepresst hat. Aber vielleicht lag es auch an meinem Bart: Er dachte wohl, einem solchen Kerl gebührt ein ordentlicher Händedruck. Auf den doppelten türkischen Wangengruß verzichten Akkan und ich wegen meines zugewucherten Gesichts.

EIN BART MACHT NOCH LANGE KEINEN PHILOSOPHEN

Als meine Mutter mich beim Skypen nach dem Urlaub sieht, fragt sie: »Junge, hast du 'ne Wette verloren?« Sie hat nämlich im TV gesehen, dass der deutsche Basketballspieler Dirk Nowitzki seine Barthaare ewig wachsen lassen musste, weil sein Basketballteam nach einer Niederlagenserie in der NBA eine miese Spielbilanz hatte und er sich erst wieder rasieren wollte, wenn die Bilanz ausgeglichen wäre. Das haben die Basketballer offenbar den Eishockeyspielern der NHL abgeguckt, die machen das schon seit Jahren, wenn es in die Play-offs geht. Muttern ist zu meiner Verwunderung der Ansicht, dass Dirk mit Bart gar nicht so schlecht aussieht.

»Der Bart gibt seinem Pferdegesicht einfach mehr Form.«

Der Leidenschaftsbart des Basketballprofis ist die weltliche Variante des religiösen Barts, in einer von Statistiken und Spielertaxierungen bestimmten Welt des Profisports unterstreicht der Bart die kultische Seite des Spiels.

»Fusselig sollte er nicht sein, aber ein bisschen mehr Bart als nur am Kinn, warum nicht? Da hat er sogar Ähnlichkeit mit diesem Schauspieler, der Österreicher, der manchmal im *Tatort* ist, wie heißt der noch mal?«

»Mama, ich muss ins Meeting.«

»Der Harald Krassnitzer, schau doch mal. Der ist nett.«

Da hält sie das *Goldene Blatt* oder *Die Aktuelle* oder eine andere dieser hochseriösen Illustrierten mit einem Bild von Harald in die Kamera, aber die Auflösung von Skype ist so schlecht, dass meine Mutter dem Dirk mindestens genauso ähnlich sieht wie dem Harald.

»Stimmt, Mama. Absolut.«

Als ich das dann googele, bin ich verblüfft. Sie hat wirklich recht! Dann beschwert sie sich noch darüber, dass der Reporter den Dirk einfach »Dirkules« nennt.

»Was soll das denn? Muss man denn jeden Namen verschandeln?«, usw. usw.

Das Meeting verschiebe ich dann, weil ich noch ein bisschen über die Sache mit den Spitznamen nachdenken muss. Der notorisch unverschämte Praktikant Benedikt z.B. ruft, als er mich am ersten Arbeitstag nach dem Urlaub auf dem langen Korridor zur Cafeteria entgegenkommen sieht:

»Reinhold, bist du's?« Eine seeeehr orginelle Anspielung auf den Tiroler Bergsteiger und Vollbartträger Reinhold Messner. Und ich zeigte ihm, in seeehr subtiler Anspielung auf dessen abgefrorene Gliedmaßen, meine um diverse Finger verkürzte Hand, nur der Mittelfinger ragt noch empor.

»Klar, ich bin's. Und guck mal, ich habe dir ein Dolomiti mitgebracht.« Was macht man nicht alles mit für ein gutes Betriebsklima. Meiner Meinung nach sind Spitznamen out. Das war eine historische Phase, in der man durch den technischen Fortschritt schon eine gewisse Beschleunigung im Alltag verspürte, die Kommunikationsmethoden aber noch in der analogen Zeit steckten und man dachte, dass man so Zeit sparen kann oder die moderne Hektik durch Verniedlichungen zumindest etwas menschlicher wirken lassen kann. Man schickte Menschen zum Mond, seiner Großmutter aber noch einen handgeschriebenen Brief und nannte sie *quick and dirty* »Oma«, eine Verkürzung der Kompromissformel Großmama, die dem Gebrabbel von Babys entlehnt ist, ein gefundenes Fressen für Kulturpessimisten. Wir haben einen Jungen aus der Nachbarschaft damals »Fritten« genannt, einen anderen »Kruste«, einen dritten »Butter«. Wie so viele Jungs in der Pubertät hatten sie ein Problem mit der hormonellen Umstellung des Körpers und keine Lust auf Körperpflege. Schließlich gibt es in dem Alter Wichtigeres, als sich hinter der verschlossenen Tür des Badezimmers mit dem Waschen von Haaren zu beschäftigen. Aber ich habe eine Idee, wie man den Konflikt, zumindest bei Männernamen, umgehen kann. Statt doofe Spitznamen zu erfinden, verkürzt man den Vornamen einfach. Mein Kumpel Walter hat sich das zu Herzen genommen, weil er den Spruch »Mein Gott, Walter!« nicht mehr ertrug. Deshalb besteht er neuerdings darauf, »Walt« genannt zu werden. Manchmal entsteht dann etwas Neues, Cooles, wie auch bei Herb Ritts, dem berühmten Fotografen, oder bei Lex Barker, dem Tarzan- und Old-Shatterhand-Mimen. Und man stelle sich vor, was aus Donald Duck geworden wäre, wenn man ihn »Don Duck« genannt hätte. Übrigens, Dirk ist schon eine Art Spitzname von Dietrich, und »Dirkules« nennen den berühmten NBA-Spieler wirklich nur gemeine Journalisten und Pseudoinsider, weil es für echte Fans wahlweise wie der Künstlername eines Pornodarstellers oder wie eine Zustandsbezeichnung nach erfolgter Entmannung (*»Dickless«*) klingt.

Für manchen soll sich die Totalrasur des Bartes ja auch wie eine Entmannung anfühlen, denke ich bei Akkan im Friseurstuhl sitzend. Neulich zum Beispiel las ich, dass 16 Angehörige der täuferisch-protestantischen Glaubensgemeinschaft der Amischen aus dem US-Bundesstaat Ohio im sogenannten »Bartattacken-Prozess« zu hohen Haftstrafen verurteilt wurden. Unter Anführung von Bischof Samuel Mullet hatten sie Glaubensbrüdern in einem nächtlichen Überfallkommando eine Totalrasur verpasst – mit Pferdescheren und elektrischen Rasierern. Wenn die akkubetriebenen Trimmer zum Einsatz kamen, um den Verdacht von den Tätern abzulenken, deren Glaubensgemeinschaft in der Regel den Gebrauch von modernen Dingen wie strombetriebene Geräte verweigert, ist das gründlich danebengegangen. Männer der Amischen lassen nach der Heirat ihren Bart wachsen, weil in ihm männliche Würde und Autorität zum Ausdruck kommt und der Bart in enger Verbindung zu ihrem Glauben steht. Was für uns wie ein Schülerstreich klingt, bedeutet für Männer der Amischen so etwas wie eine Vergewaltigung. Eins der geschorenen Opfer soll nach Aussage seiner Frau danach sein bloßgelegtes Kinn voller Scham hinter einer Serviette versteckt haben. Auch sonst kann man bei den Amischen heute noch beobachten, was jahrhundertelang im ganzen Einflussgebiet der christlichen Kirche galt: Frauen dürfen ihr offenes Haar nur dem Ehemann zeigen. Sonst muss es unter der Haube verschwinden oder züchtig geflochten und gesteckt werden.

Viele Religionen, neben dem orthodoxen Christentum auch der Islam, die Sikhreligion und Teile des Judentums, ergreifen ja Partei für den Bart, weil der nicht nur ein sekundäres Geschlechtsmerkmal ist, sondern auch als Gottes Widmung an den Mann gilt. Zu Beginn des Christentums wurde das auch ziemlich streng durchgezogen, weil in den einschlägigen religiösen Texten ständig von Bärten die Rede ist. Auf einen brennenden Busch kommen da zig Bärte. Einer derjenigen, die diesbezüglich besonders eifrig Stimmung gemacht haben, hieß Clemens von Alexandria – aus Sicht der Kirche spielt der heute nicht mehr in der ersten Liga der Kirchenväter. *Anyway*, Clemens wettert in einer Schrift gegen die »putzsüchtigen Männer«, die ihn an die »Unfreien und Dirnen« erinnern. »Wenn sich aber ein Mann die Haare kämmen und sie zu seiner Verschönerung mit einem Schermesser schneiden und sie vor dem Spiegel zierlich ordnen und sich die Backen rasieren und vom Haarwuchs befreien und schön glatt machen lässt, wie sollte das nicht etwas Weibisches sein? Und wenn man sie nicht nackt sieht, so könnte man sie auch für Weiber halten.« Donnerwetter, das ist mal ein meinungsstarker Typ, unsympathisch, aber geradeheraus. Typen, die sich rasieren lassen und ein bisschen Haarpflege betreiben, hält Clemens für »von Grund aus verdorbene Menschen«. Ist ja klar, dass Clemens sich mit weniger als dem Vollbart nicht zufrieden gibt. Aber gerade weil er uns nicht sagt, warum in Gottes Namen der Bart so wichtig für ein anständiges Leben als Mann ist, fragt man sich: Woher kommt die ganze Aufregung um den Bart? Ein paar Jahrhunderte später legt die christliche Kirche gar keinen Wert mehr auf Bärte, im Gegenteil. Das keusche, kirchliche Personal männlichen Geschlechts sollte sich durch Tonsur und Gesichtsrasur von den weltlichen Zeitgenossen unterscheiden. Auch bei den Kreuzzügen waren Bärte eher störend. Schon Jahrhunderte davor verordnete Alexander der Große seinen Soldaten die Rasur, damit sie im Kampf effektiver agieren konnten und sich nicht durch unfaire Bartzieher oder verknotete Schwerter aus dem Konzept bringen ließen. Es ist ein einziges Wirrwarr mit dem Bart: Eremiten durften Bart tragen, Mönche nicht. So ging das weiter. In der ersten Hälfte des 19. Jahrhunderts waren in manchen Teilen des deutschen Sprachraums Vollbärte gar verboten, weil damit demokratische Gesinnung signalisiert wurde. Wie wäre es mal mit einer klaren Linie?

Über die Jahrhunderte haben sich diverse Barttypen und ihre jeweilige Deutung angesammelt, da kann sich heute jeder nach Herzenslust bedienen. Allerdings muss man sich immer im Klaren darüber sein, dass jeder Bart mehrfach interpretierbar ist, gerade wegen der vielen Deutungshintergründe. Allein bei Vollbärten gibt es – wie besprochen – den Leidenschaftsbart, den Heiligenbart, den Protestbart, den Bußbart, den Glaubensbart, den Autoritätsbart, den Öko- und Aussteigerbart (auch in der Variante des Verrücktenbarts, also den Vernunftsaussteigerbart), den Bikerbart, den Klimabart (in Russland wurde der Vollbart vor Peter dem Großen durchaus als natürliche und wärmespendende Vervollständigung der Kleidung angesehen, bis eben dieser Peter den Vollbart mit einer Steuer belegte, auf dass die russischen Männer nicht mehr so barbarisch-verzauselt aussähen), den Kreativbart, den Extremistenbart, den Fake-Bart aus Wolle zum Schutz vor Kälte, habe ich einen vergessen? Ach ja, den Möchtegernbart, mangels Haarmasse. Bärte sind so deutungsoffen, dass man nicht mal widerspruchsfrei behaupten kann, ein Bart unterstreiche die Männlichkeit. Sofort kommt jemand wie meine Schwester Heike und regt sich tierisch über die, wie sie sich ausdrückt, »Prenzlauerbergsteiger« auf: »Statt sich zu freuen, dass sie noch jung sind«, nörgelt

Heike, »machen die sich künstlich alt und finden das auch noch cool. Dabei wirkt das bestenfalls nur ulkig. Die sehen eigentlich genauso langweilig aus wie die Typen bei uns in der Reihenhaussiedlung, mit denen keiner grillen will; bloß sind die da alle ein Vierteljahrhundert jünger.«

»Heike, das ist doch Ironie! Der ›*ironic moustache*‹ hat jetzt einen großen Bruder. Jetzt ist halt der Kreativbart chic. Die zeigen nur, dass sie nicht an die Konventionen des Geschäftslebens gebunden sind, ihr eigenes Ding machen oder in einer hippen Branche arbeiten. Aus meiner Perspektive ist das ganz okay, wenn sich die 20- bis 30-Jährigen ein bisschen älter machen.«

»Aha, so einfach macht ihr euch das hier.«

Was Heike verschweigt, ist, dass sich selbst mein Neffe Ruben neuerdings auch den Bart wachsen lässt, weil er einen radikalen Imagewechsel anpeilt. Vorläufig aber nur mit mäßigem Erfolg, der Bart will auch noch nicht so richtig.

Trotz seines exorbitanten Bartwuchses lässt selbst Sascha nichts Gutes an dem Trend der letzten Jahre. Wahrscheinlich ein Reflex auf all die Mühe, die er täglich mit seinem wuchernden Gesichtshaar hat. Sein Hipster-Bashing erinnert ein wenig an die unversöhnliche Tirade vom Clemens, bloß mit umgekehrten Vorzeichen. Dabei war Sascha selbst mal ein Hipster. Aber das ist ja das Typische bei Hipstern, dass es niemand gewesen sein will. In seinem Job als Marketingchef wäre Sascha, überließe er sein Gesicht der Natur, sehr schnell als Sonderling verschrien. Nicht mal »Stullen-Stefan« ist unrasiert; der macht morgens seine Runde durch die Etagen des Unternehmens und bietet aus seinem mit belegten Brötchen gefüllten Flechtkorb alles zwischen Walnuss-Pecorino-Baguette und Angusrind-Burger an.

»Die Hipster tragen Bärte als Ausdruck eines lässigen Antiprofessionalismus«, sagt mein ehemaliger Kommilitone Jörg, der ebenfalls einen Vollbart hat, »aber nur, um endlich so alt auszusehen, wie ich auch bin.« Tatsächlich wirkt er selbst mit dunklem Bart nicht wie 35. Wie ungerecht. Seine dichten, fast schwarzen Haare würden selbst Winnetou (Gott hab' ihn selig!) vor Neid erblassen lassen, und man kann seine grauen Haare an einer Hand abzählen. Bis vor Kurzem hat er sich die Haare nicht mal mit Shampoo, sondern nur mit dem All-in-one-Duschgel gewaschen. Und wenn es nicht so abartig schmecken würde, würde er damit auch gleich die Zähne putzen.

»Jetzt achte ich ein bisschen mehr darauf. Ich benutze jetzt tatsächlich ein Shampoo, damit die Haare nicht so trocken sind. Früher, so mit 13, 14, war das anders, da habe ich mich mehr ins Zeug gelegt. Habe ein bisschen auf Grufti gemacht. Schuhe spitz, schwarze Plumpsackhosen und Haare hochgestellt. In einem 2.000-Seelen-Dorf musste man gar nicht so extrem sein, um aufzufallen.«

Als Jörg zu jener Zeit seinen Eltern vorschlug, das Budget für Klamotten zusätzlich zum Taschengeld ausgehändigt zu bekommen, um seine Garderobe souverän selbst zu bestimmen, lehnte der Vater ab. Die Mutter schlug sich auf Jörgs Seite:

»Du willst ja nur nicht, dass dein Sohn am Ende besser angezogen rumläuft als du selbst.«

Als Jörg dann anfing, mit weißer Schminke zu experimentieren, streikte auch die Mutter. Der Bart heute ist da schon eher nach ihrem Geschmack.

»SUPERSORRY, aber dieser Vollbarttrend soll doch nur darüber hinwegtäuschen, dass die Leute immer kindischer werden und nur noch irgendwelchen Marken hinterherlaufen«, schimpft sich Sascha in Rage. »Alles ist ironisch, alles ist ein Spiel. Die totale Infantilisierung der Gesellschaft ... Kaum sind sie fertig mit der Uni, wollen sie auch gleich auf den Chefposten, aber mit Jutetasche und Sally-Jessy-Raphael-Brille, und wollen die Eier schaukeln, die sie nicht haben. Und wenn es dann mal ernst wird, schreien sie gleich ›Überforderung‹, ›Das steht nicht in meinem Jobprofil‹ und ›Wo bleibt hier die Work-

Life-Balance?‹, und ich sag dann: ›Junge, das Leben ist ein Wunschkonzert, aber meins, und da musst du jetzt eine Weile mitspielen, sonst kannst du gleich wieder gehen.‹«

Ich muss daran denken, dass die Intellektuellenklage über die Infantilisierung der Gesellschaft schon älter ist als meine Mutter. Und ich denke an unseren schönen Männerurlaub in Norwegen, als Sascha anfangs noch total gestresst von der Arbeit und dem Ärger mit seinen Kollegen war, und daran, dass er danach jeden unserer Saufwettbewerbe unbedingt gewinnen musste und einmal sogar meinen Beute-Eimer ins Wasser kickte, nur weil ich einen größeren Fisch geangelt hatte als er. Und ich denke, wie ärgerlich, aber der Sascha braucht halt ein Ventil für den ganzen Stress, und das findet er im Spiel und in einem stabilen sozialen Umfeld, das einiges erträgt. Dann reißt mich das Klingeln von Saschas iPhone aus diesem Gedanken, es steckt in einer Schutzhülle mit Legostein-Design. Sascha meldet sich dann bei »Walt«:

»Ey, Duuuude. Klar, Diggär. Was? Alte Pimmelkeule, kraaaass. Logen. Yo! Auf jeden! Bis spädda, Hängga! – Wo waren wir?«

Aber da habe ich keine Lust mehr, mit Sascha über Bärte zu reden ...

PSYCHO-SONJA WEISS BESCHEID

Im Westen war ja der Dreitagebart lange eine etwas verschämte Reminiszenz an die Männlichkeit vergangener Tage. Vorteil: Da fällt unregelmäßiges Haarwachstum nicht so schlimm auf. Vor beinahe zehn Jahren rückten dann einige Hollywood-Beaus ihr Naturbewusstsein in den Vordergrund. Plötzlich fuhren sie nicht nur auf den mit Hybridmotor laufenden Prius von Toyota, sondern auch auf Bärte ab. Ein Mann mit Bart, könnte man als Philosophie hinter dieser Form der Imagepflege vermuten, der pflanzt halt eher einen Baum, als ihn für seinen Carport abzuholzen. In den Filmen bleibt es aber bis auf Weiteres so: Outsider, Trottel und Verrückte tragen einen Vollbart –

Sandalen- und Fantasyfilme mal ausgenommen, da sind die Bösen die Bärtigen, die Germanen, die Zauberer, olympische Götter und Tolkiens Zwerge und Zwerginnen, die letztlich auf ihre Art natürlich auch Outsider sind. Meine Exfreundin Sonja, die Psychologie studiert hat, heute aber für die Fortbildungs- und Coachingprogramme in einem großen Logistikunternehmen verantwortlich ist, würde jetzt von den »mehrdeutigen erotischen Signalen des Bartes« sprechen. »Der glatt rasierte Mann signalisiert Kontrolle, Offenheit, freundliche Absichten«, sagt sie. »Der gestutzte Bart, der Schmuckbart, steht hingegen für eine gezügelte männliche Aggressivität.« Nach Sonjas ›System‹ hieße Vollbart also: Ich bin wild, triebhaft, unberechenbar, stürme an die Außenlinie der Zivilisation.

Sonja nenne ich abwechselnd die »schöne Sonja« (weil sie sehr, sehr schön ist – zu schön für mich jedenfalls, und ich vermute, für jeden, den sie sich zum Partner nimmt) und »Psycho-Sonja«. Genaueres dazu erkläre ich später.

Bei Sonja hätte ich nie gedacht, dass sie einmal die akademische Spur verlässt.

»Was für eine Verschwendung«, sagt sie selbst, als wir uns Jahre nach der Trennung zur rückblickenden Analyse unserer Beziehung bei ein paar Hugos und Mojitos treffen. »Ich habe sechs Jahre lang studiert, habe dicke Wälzer durchgelesen – von Platon, Nietzsche, Freud, Jaspers, Festinger, Butler, Irigaray und, und, und. Habe Vorträge gehalten, Supervision gemacht, das halbe Seminar und auch ein paar Kommilitonen durch mein Bett gejagt, um mehr Futter für meinen psychologischen Forschungseifer zu haben. Wir haben diskutiert, sinniert und schwadroniert, wenn's sein musste, saßen wir damals auch auf dem Fußboden vom Hörsaal. Und jetzt findet mein Leben jeden Tag zwischen 120 E-Mails und fünf Meetings statt, der ganze Wissensfundus schrumpelt zusammen auf ein paar flotte Sprüche und eine diffuse Erinnerungswolke. Kommt mir jedenfalls so vor. Jetzt sitze ich in meinem Office Chair, den niemand verstellen darf, weil er genau auf meinen Rücken eingestellt ist. Ich schiebe Zahlen durch Excel-Charts, werte Protokolle aus, oder auch nicht, schreibe Dateien, die heute noch fertig werden müssen, aber kein Mensch je lesen wird, und feile an Strategien, die morgen schon wieder Makulatur sind. Aber ich schleppe gutes Geld nach Hause. Ich verstehe die schlimmsten Irren dieser Welt, aber mein Leben verstehe ich nicht.«

Ob der Forschung so viel an Sonja verloren gegangen ist? Ich habe Zweifel, äußere sie aber nicht.

»Sonja, du brauchst Urlaub, klarer Fall.«

»Ist doch schon gebucht. Nach Barbados. Kommst du mit?«

Aber abgesehen davon, dass das Urlaubsbudget schon verplant ist, fahre ich nicht mit Exfreundinnen in den Urlaub. Da habe ich knallharte Prinzipien. Andererseits bin ich auch kein Dogmatiker. Aber sie meint es wahrscheinlich eh nicht ernst.

»War nur ein Scherz. Wollte mal sehen, ob du darauf anspringst.« Ja, da kommt jetzt vielleicht schon eine Ahnung auf, warum wir nicht mehr zusammen sind.

»Weißt du eigentlich, warum Barbados so heißt, wie es heißt?«, fragt Sonja.

»Keinen blassen. Aber es wird was mit Bärten zu tun haben, so viel Latein ist bei mir hängen geblieben.«

»Knapp, aber daneben. Der Name stammt von einem Spanier oder Portugiesen, der die Insel vor – keine Ahnung – fast 500 Jahren betrat und sich über die vielen Feigenbäume wunderte, deren Luftwurzeln wie Rauschebärte aussehen. Deshalb hat er sie ›Los Barbados‹ genannt.«

»Ich hoffe, du fliegst nicht aus diesem Grund dahin. Sonst muss ich mir ernste Sorgen um dich und deine Bartleidenschaft machen.«

Als ich Sonja vor einer gefühlten Ewigkeit kennenlernte, wurde dies gleich von einem Fauxpas überschattet, weil ich die Echtheit ihrer roten Haare in Zweifel zog.

»Färbst du deine Haare selbst? Die sehen so natürlich aus.«

»Spinnst du? Die sind echt rot.«

»Aha, das gibt es ja immer weniger. Stirbt angeblich aus.«

»Ich würde niemals färben. Jedenfalls nicht, solange die Haare nicht grau sind.«

»Das ist ein ziemlich relatives ›Niemals‹.«

»He, ich bin total *basic*, ich mache echt nicht viel für mein Aussehen, aber Biohaare – das muss ich mir noch überlegen. Aber diese Dauerfärberei ab dem Kindergarten finde ich doof.«

»Du hast leicht reden mit deiner Naturfarbe. Aber ich habe dich einmal beim Zupfen deines Damenbartes erwischt. Total *basic* ist das nicht gerade.«

Eigentlich sind Beziehungen zu Exfreundinnen die schönsten. Da kann man hemmungslos bewundern, aber auch diese kleinen, ehrlichen Unverschämtheiten äußern, die man in einer Beziehung um des Friedens willen lieber nicht sagt. Wenn die Augenringe ihren roten Locken Konkurrenz machen, dann sage ich es ihr. Wofür hat man sonst einen Exfreund? Nur, dass ich sie für ein bisschen verrückt halte, sage ich ihr nicht. Ich meine nicht dieses bilderbuchverrückt, das für unkonventionell, spannend, abenteuerlustig steht, sondern das echtverrückt im Sinne von unberechenbar, selbstgefährdend und ausbrennend. Aber Sonja hat natürlich recht, was rote Haare angeht. Ich meine, Sonja hat eigentlich fast immer recht, aber beim Thema rote Haare ganz besonders. Dieses oft grelle, gefärbte Rot versucht Blond rechts zu überholen, indem es einen Mythos aktiviert: Frauen mit langem rotem Haar sagt man traditionell Temperament und heftige sexuelle Energie nach. »Rostiges Dach, feuchter Keller«, rezitiert Sonja mit spöttischem Lachen die männlichen Vorurteile gegenüber Rothaarigen. »Bei Männern funktioniert der Spruch allerdings nicht«, ergänzt sie. »Da ist Rot fast nie scharf, sondern wirkt irgendwie schräg, so milchig und blass, da es meistens mit ganz heller Haut einhergeht;

oder es bringt die Assoziation von Verrücktheit mit sich, dann spricht man vom unberechenbaren ›Feuerkopf‹. Aber wahrscheinlich stammen diese Vorbehalte noch aus der Zeit der Wikinger.«

»Na, das ist aber schon ganz schön lange her.«

»Stimmt, aber du unterschätzt den langfristigen Einfluss solcher Zeichen. Diese Bilder vom Teufel mit rotem Bart, die gehen angeblich direkt auf die ›roten Horden‹ von Wikingern zurück.«

»Ich weiß nicht, denk mal an Prinz Harry. Den finden doch alle Mädchen so knuffig. Vielleicht wird das heute ja anders bewertet, wo alle so individuell sein wollen. Rote Haare sterben doch angeblich aus ...«, wiederhole ich mein gefährliches Halbwissen.

»Quark«, sagt Sonja dazu, »bis dahin kannst du dir das doch beim Genklempner für deinen Nachwuchs bestellen. Wird wahrscheinlich ein Verkaufsschlager. Bei Frauen zumindest.«

Die Vorstellung von besonders temperamentvollen Frauen mit roten Haaren war schon im Osmanischen Reich weit verbreitet. Dort wurden sie zu besonders hohen Preisen auf dem Sklavenmarkt gehandelt. Rotes Haar als Zeichen von Verführungskraft, Macht und Magie – das bescherte rothaarigen Frauen in der Geschichte ein wechselhaftes Schicksal. Hexen wurden meistens als rothaarig dargestellt, rothaarige Frauen wurden deshalb verfolgt und verdächtigt, und gleichzeitig galt Rotblond als Modefarbe an den Höfen des 16. Jahrhunderts, wie die berühmten Frauenbildnisse von Botticelli, Dürer und Tizian zeigen. Und dann entdeckte die Frauenbewegung in den 1960er-Jahren die roten Haare als Protestzeichen gegen die herrschenden gesellschaftlichen Werte, viele Frauen färbten sich entsprechend ›hennarot‹. Schließlich ging die Farbe auch in den Dresscode der Punkmode ein und Männer färbten sich wieder die Haare rot – erstmalig seit der Germanenzeit, in der die Krieger mancher Stämme zur roten Farbe griffen, um im Kampf so mächtig wie Thor und seine Götterkumpels zu wirken.

»Heute«, stelle ich mit Blick auf Sonja anerkennend fest, »kannst du hingucken, wo du willst. Wenn es darum geht, ein keckes, kluges Mädchen darzustellen, das seinen eigenen Kopf durchsetzt, dann ist es rothaarig. Pippi Langstrumpf, klar, die jugoslawische Kinderpartisanin ›Rote Zora‹, aber auch Merida«.

Prompt handele ich mir Sonjas Spott ein.

»Du darfst Wickie nicht vergessen. Der wird ja auch immer mal für ein Mädchen gehalten.«

Alle Achtung, Sonja, ihr rothaarigen Mädels habt's geschafft!

FORSCHUNG IM FRISEURSALON

Ich grübele, ob ein roter Vollbart mal etwas wäre, um mich *unique* zu machen, Kaiser Barbarossa wurde ja auch zur einzigartigen historischen Figur. Der Rotbart, eine ideale Mischung aus der sorglosen Selbstgewissheit einer Pippi Langstrumpf und der Virilität behörnter Seefahrer aus dem Norden. Bei aller stilistischen Unsicherheit, eines halten wir mal fest: Egal, welche Schönheitspraktiken ins Spiel kommen – der Bart versichert dann doch auf den ersten Blick, dass man ein Mann ist. Bis auf wenige Ausnahmen. Und spätestens, wenn Kinder im Anmarsch sind, wird der ironische Bart, über den sich Sascha so ereifert, zum erwachsenen Bart, der dann womöglich noch reift, wenn man durch den Erwerb einer Immobilie ins Lager der »Townis«, »Loftis«, oder »Pentis« wechselt.

Neulich kam mir mein ehemaliger Arbeitskollege Ben entgegen, inzwischen mehrfacher Vater – man kennt sich von früheren After-Work-Sausen und Stadtpark-Grillabenden, als sich das Leben noch wie ein frisch gewonnener und gigantisch großer Kirmesteddy anfühlte. Das Bier kam nicht aus einer Biobrauerei aus Baden-Württemberg, sondern aus der Blechdose. Nun trägt Ben schon wieder ein neues Kind vor dem Bauch, natürlich in einem »Sehr gut« getesteten

»Baby Carrier«, dazu aschfahle Haut und einen Räuber-Hotzenplotz-Bart, der ihn wegen seines starken Haarwuchses bis kurz unterhalb der tiefen Augenringe zu einem regelrechten »Kiez-Bärti« macht.

Er schaut mich vorwurfsvoll an. Eine Prise Selbstmitleid mischt sich in den Blick. Ich bin mir nicht sicher, ob es sein viertes oder fünftes Kind ist; ich habe irgendwann aufgehört zu zählen ... und zu gratulieren. Ab dem dritten Kind denkt man, gut, dass sich jemand um meine Rente kümmert, da wird man egoistisch. Manche denken auch: Was willst du mit so vielen Kindern? Hast du keine Freunde? Oder: Haben es die ersten zwei etwa nicht geschafft, deinen Lebenstraum kaputt zu machen? Aber so gemein bin ich nicht. Ich betreibe allenfalls Motivforschung. So sagte mir Tante Elisabeth mal in einem luziden Moment, dass der Lohn für all die Mühen als Eltern in einer Fantasie winke, die wie ein Rama-Werbespot aussehe: Ich bin dann der liebenswerte Großvater, der den Mittelpunkt einer großen, herzlichen Familienidylle bildet, ein Enkelkind selig schlummernd auf dem Schoß, ein älteres fragt mich nach meinen kostbaren Tipps für's Leben. Gläser klingen, es liegt so viel menschliche Wärme in der Luft, dass man schon von tropischen Klimaverhältnissen sprechen kann.

»Bei DIR hoffen wir da wohl vergeblich ...«

»Wart's ab, Tante Elisabeth.«

Aber ich war gerade bei einer Analyse von Bens vorwurfsvollen Blicken, die vermutlich ausdrücken sollen: »Ja, ICH kümmere mich um die Nachhaltigkeit unserer Gesellschaft – und du? ICH nehme schlaflose Nächte auf mich, sehe aus wie einmal durch den Schlamm gezogen und habe mir aus Solidarität mit meiner schwangeren Frau einen Bauch angefuttert, den ich jetzt mühsam wieder loszuwerden versuche. Und wenn die Kinder nachts mal nicht schreien, dann wache ich vom Knurren meines Magens auf. Und das alles für DEINE und vielleicht – wenn ich diese Tortur überleben sollte – auch meine Zukunft.«

Aber selbst Bens stummen Vorwürfen wohnt dank des Bartes etwas Mild-Gütiges, etwas Großväterliches, fast schon Großmütterliches inne. Das liegt an dem niedrigen Testosteronspiegel, mit dem die Natur Studien zufolge fürsorgliche Väter ›belohnt‹ und wahrscheinlich auch für den kuschelbärigen Look sorgt, welcher, je nach Intensität des Kontakts mit dem Kind, unter Umständen bis zu zwei Jahre lang anhält. Das heißt, die Natur ›belohnt‹ den Mann für seine väterliche Fürsorge mit weniger Lust auf Sex, was es leichter macht, treu zu sein, zumal der Mann nach außen hin signalisiert: »Ladys, ich bin vom Markt.«

Jetzt cremt mir Akkan den Bart kräftig ein. Weißer Schaum türmt sich auf meinen Wangen wie Löschmittel auf einem chemieverseuchten Gewässer. Aber Akkan hat alles unter Kontrolle. Er ist ein Friseur der stillen Sorte, der das Frisieren am liebsten zu einer Meditation macht. Das geht übrigens nicht wenigen Friseuren so, ganz entgegen dem Vorurteil, dass Friseure prädestinierte Plaudertaschen sind. Auch meine Stammfriseurin Sabine mag es meditativ, mit ihren langjährigen Kunden entwickeln sich dennoch richtige Freundschaftsbeziehungen, da redet man natürlich mehr. Sabine ist lange im Geschäft und sie kennt die Fakten rund um den Friseurbesuch ganz genau, zumal sie einiges an Fortbildungsmaßnahmen durchlaufen hat. Manchmal glaube ich fast, sie befindet sich auf dem Weg zur Friseurtheoretikerin.

»Erstaunlich, was alles untersucht wird. Ein Forscherteam von L'Oréal hat vor einiger Zeit herausgefunden, dass der Friseurbesuch einen sehr positiven Einfluss auf – Zitat – ›das Wohlbefinden von Frauen, ihre soziale Aktivität und den Aggressions- und Stressabbau‹ hat.«

»Aha, wo steht denn so was?«

»Im *International Journal of Cosmetic Science.* Das gibt es wirklich!

Den größten Einfluss auf die Geselligkeit hat der Friseurbesuch übrigens bei Frauen zwischen 46 und 55.«

Aber das sei noch nicht alles, erzählt Sabine.

»Stell dir ein Forscherteam im Jahr 2011 vor, das Down Under in Sydney einen Friseursalon der mittleren Preisklasse aufsucht und alle Plätze mit Mikros verwanzt, um zu untersuchen, welcher Art die Beziehung zwischen Friseur und Kunde ist und welche Rolle das Gespräch dabei spielt. So haben die festgestellt, dass insgesamt über 150 Gesprächsthemen vorkommen.«

»Heiliger Josef, der Friseur muss ja praktisch über alles reden können.«

»Dabei machen die Themen rund um Haar und Pflege nur sieben Prozent der Unterhaltung aus. Mit Stammkunden werden in einer Sitzung durchschnittlich 14 Themen besprochen.«

»Und gibt es da einen Unterschied zwischen Männern und Frauen?«

»Nein, erstaunlicherweise nicht. Das ist so ein Stereotyp, dass Frauen redseliger sind. Die Männer labern genauso viel.«

Dabei muss man den serviceorientierten, ›gescripteten‹ Teil der Konversation ja auch schon gut beherrschen, das können längst nicht alle Friseure, wie ich aus eigener Erfahrung weiß.

»›Und? Was machen wir heute?‹, oder: ›Wow, du siehst voll gestresst aus.‹ Das sind absolute No-Gos. Das geht gar nicht.«

Und wo ich gerade mit Sabine beim Thema Wissenschaft bin, nutze ich die Gelegenheit, um mir bei ihr über ein paar Legenden rund ums Haar Klarheit zu verschaffen. Ergrauen Haare über Nacht? Nein, Haare werden nicht über Nacht grau. Aber durch Stress, depressive Stimmungen können Haare ausfallen, und da es aus bisher ungeklärten Gründen vor allem pigmentierte Haare trifft, stechen dann ›plötzlich‹ die grauen Haare, die zuvor schon da waren, umso stärker hervor. Wachsen Haare nach dem Tod wirklich noch ein bisschen weiter? Jein. Die Überzeugung, dass Haare postmortal wachsen, hält sich hartnäckig. Aber das bisschen, was die Haare nach Eintritt des klinischen Todes, also dem Herz-Kreislaufstillstand, bis zum nach kurzer Zeit einsetzenden biologischen Tod mit dem nicht rückgängig zu machenden Erlöschen der Zell- und Organfunktionen noch wachsen, ist nicht der Rede wert. Dennoch kommt die Legende des auch am toten Menschen wachsenden Haares nicht von ungefähr. Denn ein toter Körper verliert Wasser, wodurch sich die Haut zurückzieht. So kommt der Teil der Haare, der eigentlich noch unter der Haut liegt, zum Vorschein. Selbst die Finger- und Fußnägel wirken dadurch größer, was auch hier zu dem Eindruck führt, sie würden nach dem Tod noch wachsen. Aber immerhin behaupten Haare ihre Eigenart auch nach dem Tod, weil sie als Zeugen einer Existenz den Körper überdauern. Und verändern Haare durch das Ausrupfen ihre Beschaffenheit, werden sie härter? Nein. Die Stärke der Haare ist erblich bedingt und wird von Hormonen gesteuert, deshalb werden Haare durch das Rasieren nicht borstiger, auch nicht durch Zupfen. Allerdings kann das Rausreißen der Haare samt Wurzel schon eine dauerhafte Veränderung bewirken. Jedes Mal ist es ein kleines Trauma für den Haarbalg und kann tatsächlich dazu führen, dass er sich irgendwann der Produktion eines Haares ganz enthält. Aber dafür muss man oft zupfen. Manchen Augenbrauen von Frauen sieht man das allerdings auch an. Wachsen Haare nach dem Schneiden schneller nach? Auch nein, die Haare wachsen durch das Schneiden nicht schneller nach, aber die Geschwindigkeit, mit der Haare am Körper wachsen, ist unterschiedlich. Barthaare wachsen mehr als doppelt so schnell wie Augenbrauen – bei manchen sehr behaarten Männern durchaus ein kleines Wunder. Woher weiß der Körper, wo das eine anfängt und das andere aufhört?

FREUD ODER FRISEUR, DAS IST HIER DIE FRAGE

Akkan macht keine Konversation. Dafür ist er sehr konzentriert am Werk. Das besänftigt mein Gemüt, denn als ich meine erste Erfahrung mit einem klassischen Barber Shop in Brighton Beach (New York) machte, erlebte ich das anders. Ich war der einzige Gast bei zwei muskelbepackten Einwanderern aus Russland, die sich in der Neuen Welt aus welchen Gründen auch immer als Herrenfriseure versuchten. Vielleicht haben sie das Handwerk in einem Straflager erlernt? Talent oder Leidenschaft für diesen Beruf jedenfalls kann nicht der Grund gewesen sein, denn die beiden sind dermaßen von einem Baseballspiel im Fernseher oberhalb der klapprigen Eingangstür absorbiert, dass ich es mit der Angst zu tun bekomme. Der Typ, der mich rasiert, zieht nämlich an meinem Ohr, um die Haut unterhalb der Schläfe glatt zu bekommen. Dann ergibt sich aber eine Spielsituation, die von den beiden als spannend interpretiert wird; sie geraten in eine heftige Diskussion und der Typ vergisst, dass das, was er in der Hand hat, ein Ohr und kein Wettschein ist. Direkt daneben blitzt das Rasiermesser.

»*Sir, please, my ear …*«, höre ich mich winseln.

Keine Reaktion, stattdessen zieht der Typ im Eifer mein Ohr näher zum Fernseher. Jetzt reicht's, denke ich, aber warte. Ich sollte jemandem, der die Klinge direkt an meinem Hals hat, nicht unbedingt drohen oder ihn erschrecken. Kein Wunder, dass die letzten 100 Jahre Filmgeschichte – von Karl Valentins *Mysterien eines Frisiersalons* über Charlie Chaplins *The Great Dictator* und Johnny Depps *Sweeney Todd* bis zur Fernsehserie *Sons of Anarchy* – voll sind mit Barbierszenen, in denen der Kunde auf dem Barbierstuhl um einen Kopf kürzer gemacht wird oder zumindest etwas passiert, das sein Ausgeliefertsein demonstriert. Sollte ich mich darauf einlassen, mich in Schicksalsergebenheit üben und auf einen reichen Strom an Ideen und Inspirationen vom Rande der irdischen Existenz hoffen?

»Sir, would you please …« Meine Worte versickern im TV-Lärm. Die Stimme des Moderators überschlägt sich, für einen Moment befürchte ich, dass der Mann mit der Klinge seine Wette verloren hat, doch dann Erleichterung. Mein Ohr fügt sich wieder an die gewohnte Stelle am Kopf, und die Klinge macht wieder ihren Job.

»Puh, lucky me«, sage ich im Scherz, den der Typ mit dem Messer aber nicht versteht.

»No, no. Lucky me!«

Wenn die beiden heute immer noch rasieren, statt ein Wettbüro zu betreiben, dann muss es wirklich gute Gründe dafür geben. Als Friseure sind sie so authentisch wie ein Italiener, der entkoffeinierten Instant-Espresso trinkt. Möglich, dass ich damals im Vorhof der Hölle war. Vielleicht bilden die beiden eine Art Killerbereitschaftsdienst und warten, dass mal wieder jemand kürzer gemacht werden muss.

Da Akkan praktisch nicht redet, rede ich umso mehr. Ich komme ihm mit Sonderwünschen. »Heutzutage«, las ich kürzlich nämlich in einer Wartezimmerzeitschrift, »experimentiert der moderne Mann mit seinem Äußeren und zeigt auch mit dem Bart sein kreatives und ästhetisches Selbstverständnis.« Mercan, der Azubi, den ich durch den Spiegel dabei beobachte, wie er den Boden fegt, verkörpert diese These perfekt: Seine Wangen und das Kinn werden von einem dünnen Bartstreifen geziert. Am Hinterkopf trägt er einen Fade Cut, der nach oben ebenfalls in ein Muster übergeht und schließlich im gegelten, aufrecht stehenden Deckhaar mündet. Sieht schon irgendwie kreativ aus, aber auch ganz schön manieriert – fast wie der Look aus einem Endzeitfilm. Ich erinnere mich an den fein ziselierten Bart der Figur Seneca Crane (Wes Bentley) in den *Hunger Games*. Der Bart hat sogar eine eigene Fanpage bei Facebook. Dafür verbrachte Make-up-Artist Ve Neill jeden Tag vor dem Dreh zwei Stunden allein damit, den Bart wieder exakt in seine spezielle Form zu bringen.

Ich lasse Akkan zunächst nur die mittlere Wangenpartie ausrasieren. Die Koteletten sind sehr lang geblieben und laufen nach unten breit zu. Sieht irgendwie cem-özdemirig aus. Um Mund und Kinn herum weiterhin dichter Bart. Damit kann ich mich nicht anfreunden. Weiter geht's. Ich spüre, dass Akkan meine Experimente nicht goutiert, aber er macht als Dienstleister alter Schule das Spiel mit. Bei jedem Zwischenschritt der Rasur muss er den Schaum wieder abnehmen und meine Entscheidung abwarten. Aber es ist deutlich zu merken, dass in Akkans Haltung eine gewisse Reserviertheit aufkeimt. Er ist nicht gern Teil eines Experiments, dessen Ausgang er nicht kennt.

Links von mir hat unterdessen ein Herr Platz genommen – Issam Korkmaz, ein Stammkunde. »Der lehrt an der Universität«, raunt mir Akkan zu, nicht ohne Stolz, solch' gebildete Menschen unter seiner Kundschaft zu haben. Issam lässt sich von Mercan unaufgefordert einen Tee bringen und beschaut mein Bartexperiment mit kritischen Augen, ohne sich jedoch zu äußern. Dann wendet er sich seiner Zeitung zu. Eilig scheint er es nicht zu haben. Die Koteletten im Stil des späten Las-Vegas-Elvis lasse ich auf ein erträgliches Maß stutzen, ebenso fällt der Haarwuchs am Hals und unterm Kinn. Der Mund wird nun von einem dichten Haarkranz umrahmt. Die volkstümlichen Bezeichnungen »Gewerkschafter-« oder »Beamtenbart« spuken in meinem Kopf herum, aber auch pikantere Assoziationen kommen auf. Schuld daran ist selbstverständlich Sonja mit ihrem Psychofimmel. Sie hat mich mit ihren ›Weisheiten‹ auf Jahre hinaus regelrecht versaut. Einmal wünscht sie sich von mir einen Bart, für Kinder ist es da noch zu früh. Na gut, sage ich, mit unter 30 ist das vielleicht doch ganz lustig; auf ihren Wunsch hin lass ich mir sogar mal die Haare grau färben, weil sie meint, *»salt and pepper«* stünde mir bestimmt gut. Das sagt sie dann so: »Magst du mal einen Bart ausprobieren?«, so wie sie sonntags morgens sagt: »Magst du heute mal Brötchen holen ...?« Das ist ihre psychologisch ausgebuffte Befehlsform: »Magst du mal ...?«

Als ich dann mit Nussknackerbart dastehe, behauptet sie allen Ernstes, das würde die Bemühung des Mannes verdeutlichen, seine Gefühle von Weiblichkeit zu kompensieren, seine geheimen Wünsche, eine Frau zu sein. Einmal vertritt sie – beflügelt durch die Anwesenheit vieler schüchterner, an ihren Lippen hängenden Männer zwischen 40 und 50 – diese Theorie bei einem festlichen Dinner ihres Instituts, zu dem ich sie begleite. Der bärtige Uni-Rektor kämpft sichtlich mit seiner Fassung, als er sich anhören muss: »Ein Bart um Mund und Kinn ist nichts anderes als vorbeugender Männlichkeitsbeweis, ein prophylaktischer Penisersatz gegenüber diesen mit Kastrationsängsten verbundenen Wünschen, eine Frau zu sein, der aber zugleich auch Weiblichkeit symbolisiert und damit zulässt: in Gestalt der Behaarung rund um die Öffnung des Mundes, die vage an die weibliche Intimbehaarung erinnert, bla, bla, bla.«

Manchmal kommen einem die Universitäten wie Spielplätze für abseitige Hirnakrobatik vor; ein Stepper für graue Zellen, Treppen, die nirgends hinführen; aber wenigstens kann man Sonja nicht vorwerfen, dass sie da irgendein Treppenhaus ausgelassen hätte. Auch zum Dreitagebart hat sie natürlich eine Theorie parat: Die aufgerichteten Stoppeln des Dreitagebartes würden beim Küssen in die weiche Haut der Partnerin eindringen und auf diese Weise den Penetrationsvorgang des Geschlechtsverkehrs vorwegnehmen. Hilfe! Sex allerdings haben wir nach diesem Dinner nicht, daran kann ich mich gut erinnern. Spätestens die Beziehung zu Sonja hat meine Skepsis gegenüber der Psychologie in phallische Dimensionen wachsen lassen. Einmal fragt sie mich, ob ich weiß, was wir für eine Beziehung haben. Und ich stammele:

»Ja, also, eine Liebesbeziehung halt, würde ich sagen, oder?« Mein Gott, wie naiv sich das aus meinem Nussknackermund anhört.

»Nein, so einfach ist das nicht. Ist unsere Beziehung eine Tüte oder ein Beutel?«

»Wie meinen?«

»Tüte oder Beutel, ist doch ganz klar.«

Aber mir ist nichts klar. Deshalb erklärt sie mir, dass eine Tütenbeziehung auf den ersten Blick gut aussieht, aber unweigerlich irgendwann auseinanderreißt, wenn immer mehr Erfahrungen, Ernüchterungen und Enttäuschungen reingestopft werden. Selbst die schönen Dinge belasten die Tüte, weil sie meist teuer erkauft sind.

Was für ein blödes Gleichnis, denke ich. Dann erzählt sie von der »Beutelbeziehung«. Die halte einiges aus. Hier passen die widersprüchlichsten Erfahrungen rein, selbst giftige können in irgendeiner Ecke ihre Beule oder Flecken hinterlassen, machen den Beutel aber insgesamt nur standfester.

Nach dieser schrägen Tüten-Beutel-Theorie kommt die Offenbarung, dass sie unsere Beziehung für eine Tüte hält. Da ist die Luft natürlich raus, weil ich gar keine Lust mehr habe, ihr zu beweisen, dass wir Beutel sind. Nun wird mancher sagen: »Wegen so einem Quatsch kann doch nicht Schluss sein, wie unreif ist das denn?« Aber für einen Alphasoftie wie mich gibt es Grenzen. Die kleinen Rädchen in einem Getriebe sind genauso wichtig wie die großen; auch wenn die sich nicht bewegen, bleibt alles stehen. Ich hätte es schon vorher wissen können, wenn ich den kleinen Rädchen im Getriebe unserer Beziehung mehr Aufmerksamkeit geschenkt hätte. Einmal versuche ich nämlich, den Spieß umzudrehen, weil ich mir bei Sonja immer ein wenig wie eine Labormaus vorkomme. Da bringe ich eine Nusscreme mit nach Hause, die nicht vom Marktführer ist, aber meiner Meinung nach besser schmeckt. Und wie so oft will sich Sonja, die den ganzen Tag über strenge Diät hält, um ihre Topfigur nicht zu gefährden, spätabends an einem Glas Nutella schadlos halten. Unbeeindruckt von Konventionen wie Toastbrot schaufelt sie das Zeug mit einem Löffel pur in sich rein, fast in der gleichen Frequenz, wie Chinesen Suppe mit Stäbchen essen, und behauptet, das sei Energie in einer Konzentration, die es ihr überhaupt erst ermögliche, mit einem »Superbrain« wie mir zusammen zu sein. Das ist damals auch so eine Masche von ihr – völlig überzogene Komplimente, die jeder Glaubhaftigkeit entbehren und praktisch wie eine Beleidigung klingen. Aber da ist an diesem Abend keine »Nutella«, sondern »Nudossi« – die ehemalige Ost-Nusscreme. Sie sagt kein Wort, schaut mich nur mitleidig an, weil mein Experiment einfach zu durchschaubar ist, und geht an ihr Geheimdepot mit einem frischen Glas Nutella. Dass sie mich nicht braucht, steht da eigentlich schon fest.

Pikanterweise ist sie dann ein Semester mit dem Uni-Rektor zu sammen, der für das Intermezzo seine langjährige Ehefrau verlässt und sich vor seinen erwachsenen Kindern (die älter sind als Sonja) zum Hörnchen macht. Ich kann mich erinnern, dass sein Blick damals beim Institutsdinner immer wieder auf Sonjas ferrari-rote Lippen fiel und ihre frech tanzenden roten Locken ihn regelrecht hypnotisierten. Ständig spricht Sonja von Äußerlichkeiten und weiß, dass sie wegen ihrer offensichtlichen Intelligenz trotzdem niemand für oberflächlich hält. Sie zeigt einem damit, dass ihre Kapazitäten sogar noch für die kleinen, schönen Nebensächlichkeiten reichen. Als ich sie nach dem Dinner fragte, ob der Cornelius nicht ziemlich gut aussehe – der Doktorand, der neben ihr am Tisch saß und für meinen Geschmack zu oft die Gelegenheit ergriff, ihr in den Ausschnitt zu schielen, da sagte sie: »Der? Nein, da fallen mir mindestens zehn andere ein, die ich attraktiver finde.« Beruhigt hat mich das nicht, und der Schock, dass sie ausgerechnet mit dem fusselbärtigen Rektor etwas anfing, sitzt tief. Sonja gehört zu den Frauen, die man erst begreift, wenn man sie nicht mehr aus nächster Nähe betrachtet. Wie ein Gebirge.

Als ich Sonja auf diese Episode anspreche, sagt sie:

»Schönheit ist eine kurzlebige Tyrannei.«

»Alle Achtung, so was schüttelst du einfach so aus dem Ärmel?«

»Nein, das ist von Sokrates.«

Da ist er wieder, der hässliche Sokrates, der sich mit der Schönheit auskannte und einen langen Bart nach Philosophenart wachsen ließ, wohl, um sich dahinter auch ein bisschen zu verstecken. Ich würde sagen, die Macht der Schönheit tyrannisiert die Menschheit schon recht lange.

Mit der Gewissheit, dass ich Sonjas Macht-Level mit noch so vielen Schönheitsbemühungen niemals erreichen werde, lasse ich Akkan jetzt meinen »Henriquatre« links und rechts am Kinn unterbrechen. Der Einzige übrigens, der es schafft, auch ohne diesen Bart wie ein Nussknacker auszusehen, ist Dieter Bohlen. Allerdings strahlen die aufgemalten Augen von Nussknackern mehr Menschlichkeit aus. Ich versuche Akkan ein bisschen aufzulockern und frage ihn, was er von Dieter, dem Trashpop-König, hält. Eine billige Methode, um von meinem enervierenden Bartspiel abzulenken, das gebe ich zu, aber Akkan springt sofort darauf an:

»Bohlen ist bei mir durch, seit er einen Kandidaten von *Deutschland sucht den Superstar* fertiggemacht hat: ›Du wirst dein ganzes Leben lang ein scheiß erfolgloser Friseur sein‹, so was sagt man doch nicht. Ich glaube nicht, dass der seine blonden Strähnen selber macht. Der Vogel soll mir mal unters Messer kommen ...«

»Was macht ihr denn für Spielchen?«, schaltet sich jetzt der Gelehrte Issam ein. Die Herren verstehen offenbar keinen Spaß mit dem Bart. Nun habe ich eine Kombination von Spitzbart und weit heruntergezogenem Oberlippenbart im Gesicht. Den Kinnbart lasse ich auf eine kleine Insel schrumpfen, einen Bartrest unterhalb der Unterlippe.

»Bist du Musiker?«, fragt Issam. »Ich hatte mal einen Soul-Patch. Bis er zu grau wurde, dann sieht das komisch aus; irritiert den Blick.«

Ah, man kommt ins Gespräch. Stimmt, der Bart sieht für mich zu ambitioniert aus. Das ist ein richtiger Konzeptbart. Ich bitte Akkan, den Unterlippenschmuck wegzurasieren, und der Schnurrbart wird ein wenig gekürzt. Beim Blick in den Spiegel komme ich mir vor wie der kleine Bruder von Hulk Hogan. Ein Hauch von »Wrestle Mania«, vielleicht gar von »Hells Angels« liegt jetzt in der Luft, passt aber so gar nicht zu meinem gutmütigen, überzivilisierten Gesichtsausdruck. Akkan rümpft die Nase und kürzt den Oberlippenbart.

RIECHT ES VERBRANNT?

In Akkans Salon läuft permanent ein Fernseher im Hintergrund, allerdings bleiben die Bilder stumm und sorgen einzig mit ihrem Geflacker für gelegentliche Aufmerksamkeit – wie jetzt. Eine Nachrichtensendung zeigt aufgebrachte Demonstranten in Gaza, Kairo oder Köln, die brennende israelische Flaggen schwenken. Die Männer tragen halblange, fusselige Kinnbärte, unter der Nase haben sie aber alles blank rasiert. Dazu tragen sie eine Art Umstandskleidung und weiße, gehäkelte Kappen.

»Komische Bartmode haben die«, entfährt es mir, während Akkan beipflichtend nickt. Issam setzt zu einer professoralen Erklärung an.

»Das ist die Bartmode der Islamisten. Die nehmen Mohammeds Hadithe ernst, nach denen nur derjenige ein guter Muslim ist, der fünf Dinge beherzigt: das Gebet, die Beschneidung, das Abrasieren der Schamhaare und das Kürzen des Schnurrbartes. Dafür wird der Rest des Bartes stehen gelassen, ungetrimmt.«

»Und was ist das Fünfte?«

»Gut aufgepasst, so mache ich das mit meinen Studenten auch immer.«

Jetzt kommt plötzlich universitäre Seminaratmosphäre im Salon auf, ich fühle mich examiniert, aber mit dem gelehrten Issam an meiner Seite auch gleich wieder ein bisschen jünger.

»Er muss die Miswak als Zahnbürste benutzen.«

»Was ist das denn?«

»Das ist die Wurzel vom Arakbaum.«

Ich fühle mich ermutigt, Fragen zu stellen, die ich mangels türkischer oder arabischer Freunde kaum je stellen kann.

»Fusseliger Ziegenbart und blanke Oberlippe, sieht aber irgendwie nicht so cool aus.«

»Na ja, darauf kommt es denen nicht an«, sagt jetzt Akkan, der sich mit dieser ins Feld der Ästhetik ragenden Frage angesprochen fühlt.

»Im Gegenteil, die wollen sich abgrenzen.« – »Umar ibn al-Chattab überlieferte, dass der Gesandte Allahs, Sallallahu Aleyhi Ve Sellem, sagte: ›Unterscheidet euch von den ungläubigen Muschrikin, lasst den Bart wachsen und schneidet den Schnurrbart kurz.‹«

Issam haut jetzt sein geballtes Wissen in den Friseursalon, während im Fernseher schon wieder Werbung läuft – für einen neuen Rasierer mit fünf Klingen, die so dünn sind, dass sie selbst beim Zerschneiden eines Fliegenbeins Dellen bekommen und alsbald gegen einen neuen Rasierkopf ausgetauscht werden müssen.

»Allerdings«, werfe ich nun in die Runde, »was ist mit denjenigen, die kaum oder gar keinen Bartwuchs haben? Sind die dann lebenslang schlechte Muslime?«

Akkan weiß zu berichten, dass es einen regelrechten Barttourismus in die Schönheitskliniken Istanbuls gibt.

»Viele Männer in der Türkei und in den arabischen Ländern fühlen sich ohne ordentlichen Bartwuchs nicht als richtiger Mann. Ein Bart bringt mehr Respekt.«

Angeblich bieten in der türkischen Metropole über 200 Praxen und Kliniken Barttransplantationen an. Das lässt sich gut als Geschäftsreise tarnen, und schon findet sich manches Haar, das unschuldig auf Nebenschauplätzen wie Rücken oder Brust vor sich hin wächst, auf dem Centre Court unter der Nase wieder und kommt zu ungeahnten Ehren. Issam gibt zu bedenken, dass man auch ohne Bart weit kommen kann, und verweist auf das paradoxe Erscheinungsbild des Mullahs und langjährigen Präsidenten der islamischen Republik Iran, Ali

Akbar Haschemi Rafsandschani, der wegen seines geringen Bartwuchses und dem fast glatten Gesicht den Spitznamen »der Hai« trage. Rafsandschani sei offenbar so gerissen, dass er es auch ohne Bart an die Staatsspitze schaffen konnte.

»Aber hat der nicht genug Kohle, um sich ein paar Haare ins Gesicht operieren zu lassen?«

»Kohle? Der ist Milliardär ... aber hat wahrscheinlich Angst vor schlechter PR. Wenn das rauskommt, dass er sich einen Schönheitschirurgen nach Teheran einfliegen lässt ...«, sagt Issam.

»Moment!«, sagt Akkan. »Was die islamische Bartmode angeht, da werden sonst kaum Mühen gescheut. Selbst Osama bin Laden hat sich doch zurechtmachen lassen. Die al-Qaida hatte doch einen Mann, der intern nur der ›Friseur‹ hieß.«

»Stimmt. Der war für die Bart- und Haartrachten von Attentätern zuständig, mit denen sie sich zu tarnen pflegten. Walid Muhammad Farhan Juwar al-Zubaydi, Deckname »Firas« – der wurde aber 2005 im Irak verhaftet. Googel das mal.«

Das mache ich später, aber welchen Einfluss der »Friseur« auf die Gesamtstrategie der al-Qaida hatte, kann mir auch das Internet nicht beantworten – Friseure können entgegen des verbreiteten Vorurteils auch schweigen, und ein Interview mit *GQ*, *Men's Health* oder *L'Uomo Vogue* steht nicht in Aussicht. Dafür stoße ich in einem englischsprachigen, arabischen Infoportal auf die irre Meldung aus der irakischen Provinz Diyala, wo die ortsansässigen Friseure behaupten, dass sich immer mehr lokale al-Qaida-Aktivisten einen sogenannten Emo-Look wünschen – nachdem sie bis vor Kurzen noch tödliche Jagd auf alle jungen Männer machten, deren Frisuren ihnen irgendwie »dekadent« oder »satanisch« bzw. »westlich« vorkamen. Während die Friseure Abu Salah und Ahmad Jassem Wahab in der Provinzhauptstadt Baquba eine Trendwende in Richtung »Mehr Style in der Männerhaarmode = mehr Frieden im Land« ausriefen, kommentierten wütende al-Qaida-Officials dies als »Marketing-Gag« der Friseurbranche und propagierten als neuen Terror-Stylingtrend die schwarze Kapuze. Man kann nur hoffen, dass Abu und Ahmad richtigliegen – zumindest auf lange Sicht.

Ich hingegen sehe mich jetzt im Spiegel mit einem kräftigen Freddie-Mercury-Schnäuzer. Und bin ratlos im Gegensatz zu Sonja, die mir auch zu Freddies Bart mal mit einer Theorie kam. Sie meinte, die gepflegten Schnurrbärte der Schwulen in den 70ern und 80ern seien Zeichen der Selbstvergewisserung der männlichen Identität, Bekräftigung des Anspruchs, der ›aktive Hintermann‹ zu sein. Den Anspruch hatten auch Otto von Bismarck mit seinem imposanten Walrossschnäuzer und Kaiser Wilhelm mit dem protzigen »Es-ist-erreicht«-Oberlippenbart, gleichwohl auf die Politik beschränkt. Schnurrbärte waren eine halbe Ewigkeit lang Standard im Männerlook des Abendlandes. Von Salvador Dalí ist der Ausspruch überliefert: »Ohne Schnurrbart ist ein Mann nicht richtig angezogen.«

Laut Sascha war der Ausgangspunkt der jüngsten Schnurrbart-Renaissance die historische Bartmode von Pornodarsteller John Holmes in den 1970ern. Sie sei damals für eine ganze Generation von Möchtegerncasanovas zum Standardlook geworden, daher der etwas despektierliche Ausdruck vom »Pornobalken« unter der Nase. Auch bei Tom »Magnum« Selleck hatte diese Art der Gesichtsbehaarung noch eine erotische Dimension – selten verschmolz das Image eines Schauspielers so mit seiner Gesichtsbehaarung wie bei Tom, sieht man von Charlie Chaplin einmal ab. Die ernsthafte Schnauzbartära endete dann in den 1990er-Jahren in einer späten, extrem manierierten Blüte in Kombination mit der Vokuhila-Frisur. Frisurikonen wie Rudi Völler oder Wolfgang Petry prägten jene Epoche, und man ist heute noch fasziniert von solchen ästhetischen Irrläufern, deren Konsequenz die Verbannung des Schnurrbarts ins Reich der Ironie war. Doch die Ironie ist eine feine Kunst, die schnell kippt. Kaum merklich wird man vom fein beobachtenden, ironisierenden Kommentator eines Trends zum Protagonisten des Mainstreams. Dieses Prinzip kann man getrost auf das ganze Leben ausweiten. Es ist wie beim Fernsehen, da schaust du eine grottige Sendung oder zwei oder drei und fragst dich: »Mein Gott, wer guckt eigentlich diesen ganzen Scheiß?« Und dann stellst du fest: »Verdammt, das bin ja ich.« Und dann fragst du dich: »Warum posten die Leute bei Facebook so einen Unsinn, ihr Essen oder das tausendste Duckfacefoto?« Und dann postest du selbst so einen Unsinn, nur findest du das dann total interessant.

Heute ist der Schnurrbart selbst bei Polizisten und Berufssoldaten selten geworden.

»Türken tragen den Schnauzbart auch immer seltener«, sagt Akkan. »Schaut euch doch nur meinen Mercan an ...«

Issam gibt zu bedenken: »Staatspräsident Gül und Ministerpräsident Erdogan hatten da zwischenzeitlich eine Trendwende eingeleitet. Aber Erdogan wurde dann so unbeliebt ...«

»Eben!« Ich bleibe dabei. Egal wo: Der Schnäuzer ist nicht mehr Mainstream. Daran änderte auch Brad Pitt nichts, der nach *Inglourious Basterds* seinen Schnauz stehen ließ und klagte: »Schnurrbärten wird einfach nicht genug Respekt entgegengebracht!«

Akkan schickt sich auf meine Bitte hin an, den Schnauzbart ganz abzunehmen, Issam quittiert das mit Kopfschütteln. Akkans Hand versperrt mir den Blick, deshalb schließe ich vertrauensvoll die Augen. Ich sehe noch das Tanzen der Lichter des Fernsehers an der Salondecke.

Akkan arbeitet sich von beiden Schnurrbartenden aus in die Mitte vor. Mit einem gewissen Unbehagen spüre ich, dass er nun selbst in Experimentierlaune geraten ist. Mein Bart schrumpft unter meiner Nase zusammen. Mein Atem stößt gegen die geschickt agierende Hand des Friseurs. Riecht es verbrannt? Aus dem Hinterzimmer dringt Rauch in den Salon. Jemand ruft »Feuer, alles raus, alles raus!«

Akkan, Mercan, Issam – wir alle stürzen ins Freie, wo sich schnell Schaulustige aus dem benachbarten Internetcafé vor dem qualmenden Friseursalon einfinden. Man schaut mich merkwürdig an, schnell wische ich mir den Rasierschaum aus dem Gesicht und reiße den grauen Plastikumhang ab, der wie ein lächerliches zu kurz geratenes Regencape aussehen muss. Doch nun schaut man mir noch entgeisterter ins Gesicht, manche belustigt, andere irritiert, fast schon empört. Ein älterer Herr schüttelt die Faust, Jugendliche zeigen lachend mit dem Finger auf mich, einer knipst mich unverfroren mit seinem Handy. Ich wage nicht zu protestieren, das würde noch kompromittierendere Bilder geben, dafür reiße ich die Augen weit auf – in der Hoffnung, dass man mich als Irren auf den Fotos nicht erkennt. Der Weg zur U-Bahn wird zum Spießrutenlauf. Ich komme mir vor wie in einem Sketch von Kurt Krömer. Im Waggon presse ich die Hand vor Mund und Nase, als müsse ich einen Hustenanfall im Zaum halten. Noch zwei Stationen bis nach Hause. Da geht die Waggontür auf und Sonja stolziert herein, begrüßt mich mit leicht überzogener Freude des Wiedersehens: »Hey, wie geht's? Was hast du da hinter der Hand?« Zu diesem Bart fällt selbst ihr nichts mehr ein. Es ist ein Alptraum ...

... da rüttelt Akkan an meiner Schulter. Gerade hat er mit einem glühenden Metallstäbchen die Härchen in meinen Ohren weggeschmolzen, wie es beim guten Barbier alter Schule üblich ist. Mit einem Faden hat er zuvor die oberen Haare auf den Wangen ausgezupft. – »Du bist eingeschlafen. Arbeitest viel, mmh?« Ich sage Akkan nicht, dass ich gerade aus dem Urlaub komme und eigentlich einen gewaltigen Überschuss an Energie haben sollte. Vielleicht haben die vielen kleinen Wettkämpfe doch an meiner Substanz gezehrt. Jetzt schaue ich in den Spiegel und sehe einen blassen Mann unbestimmten Alters mit windkanaloptimierter Visage. Vorhin war ich mir noch sicher – das bin ich. Jetzt fühle ich mich nackt. Eine Serviette habe ich nicht zur Hand, aber ein Trost bleibt. Nach dem Bart ist vor dem Bart ...

KAPITEL 6
BIG HUG, BABY!

Eines Morgens wache ich auf und habe keine Haare mehr. Ich taste und taste, aber da ist nur eine heiße Kugel auf meinem Kissen – mein entblößter Kopf. Mein Gott, mit welcher Sachlichkeit ich die Katastrophe zur Kenntnis nehme, denke ich. Das muss der Grund sein, warum Franz Kafka in der Schule Pflichtlektüre ist; damit man in den unwahrscheinlichsten Krisen so cool bleibt wie Gregor Samsa & Co und damit die öffentliche Ordnung selbst unter extremen Umständen aufrechterhalten bleibt. Hey, ich sterbe, aber den Müll trenne ich trotzdem ordnungsgemäß, und die Blumen auf dem Balkon müssen noch gegossen werden. Soweit mein erster Gedanke. Der zweite gilt einem Traum. Nicht meinem, den ich offensichtlich gerade habe, der aber nicht enden will, obwohl ich schon im Traum mein Missfallen zum Ausdruck bringe und auf sein Ende dränge. Nein, Kafkas Erzählung *Ein Traum:* »Es war ein schöner Tag und K. wollte spazieren gehen. Kaum aber hatte er zwei Schritte gemacht, war er schon auf dem Friedhof.« Ein Hammersatz, der mir zuverlässig immer dann einfällt, wenn es um diesen rasanten Ausflug geht, den wir Leben nennen. Kein Wunder, dass die Leute seit Ewigkeiten versuchen, die Zeit zu begreifen, und davon träumen, sie anhalten, vor- und zurückspulen zu können.

Gedanklich geht das ja, deshalb schnell mal zehn Stunden zurück: Ich sitze abends vor der Glotze und schaue *Das perfekte Promi Dinner* und bekomm fast einen Herzinfarkt. Nicht, dass jetzt jemand sagt: »Was ist denn das für einer, der sich Kochsendungen anguckt?«, aber nach einer stressigen Arbeitswoche braucht doch jeder mal eine Hirnspülung – Unsinn rein, Sorgen raus. Und dann so etwas! Da sitzt der Hamburger Country-Barde Gunter Gabriel in einer munteren Runde und plaudert, wie ihm der Schnabel gewachsen ist. Plötzlich und unerwartet reißt sich Gunter zur Unterhaltung seiner Tischgesellen das Toupet vom Kopf – Zaaarrrppp! macht es und ein Ding, das aussieht wie ein überfahrenes Sheltie-Meerschweinchen, hängt zwischen seinen Fingern; ›Dinieren und Skalpieren‹ nennt das der Sender. Mit am Tisch sitzt Model Sarina Nowak, die 6. aus der 4. GNTM-Dynastie (da behaupte noch jemand, denen gingen fürs Promidinner die Promis aus), und kreischt wie in einem Horrormovie. Üblicherweise faltet Gunter in Talkshows zum Gefallen des Publikums die anderen Gäste mit derben Wutausbrüchen zusammen. Dem müssen die Redakteure solcher Sendungen nicht lange erklären: »Die Leute wollen unterhalten werden, sonst zappen die ganz schnell weg«, der macht das instinktsicher und kennt kein Pardon, nicht mal mit sich selbst. Nachdem sich mein Schock gelegt hat, denke ich an alte Zeiten zurück. In jungen Jahren hat man die Mädchen mit Albernheiten versucht zu beeindrucken. Stunts von der Schulhofmauer, Köpper vom 10-Meter-Turm oder Sprünge mit dem Snowboard in lawinengefährdete Abhänge. Und im Alter dann zieht man eben im richtigen Moment das Zweithaar vom Kopf. Kein Wunder, dass ich schlecht schlafe.

Ich weiß, Männer tun so etwas eigentlich nicht, aber nach der Sendung muss ich Sascha anrufen, weil sich das Thema Haarverlust wie eine eine Große Anakonda immer enger um mich zieht. Verdammt, warum kann man nicht die nächsten 150 Jahre so aussehen wie auf dem einen Foto, auf dem man sich ganz gut gefällt, und dann einfach tot umfallen? Für Medienleute ist das ja noch viel schwieriger. Die merken, dass es immer aufwendiger wird, diese Fassade wieder und wieder vor den Linsen der Kameras aufzubauen. Ich bin der Letzte, der sich über Fauxpas amüsiert, weil wir alle Opfer unseres eigenen Jugendkultes werden (wenn wir Glück haben und alt werden). Als ich zur Abwechslung zu den Newshäppchen auf meinem Handy mal wieder TV-Nachrichten gucke (als Sascha das mitbekommt, nennt er mich spöttisch »Professor«), suche ich reflexartig meine Sonnenbrille, weil Anchorlady Petra Gerster plötzlich viel blonder ist als früher. Da hat ihr Friseur wohl geträumt oder es einfach zu gut gemeint. Oder Tom Buhrow, ehemaliger *Tagesthemen*-Moderator. Hartnäckigen

Gerüchten, er habe sich auf dem Kopf mehr Fülle verschafft, hält er entgegen: »Ich habe nie ein Haarteil getragen! Das Geheimnis lautet: mildes Licht. Und jedes Härchen wurde so gekämmt, dass es auch zu sehen war.« Für Frauen bleibt in solchen Hairstyle-Krisensituationen immerhin der Trost durch Anteilnahme der Geschlechtsgenossinnen. Die Freundinnen sagen dann voller Passion: »Komm, lass dich drücken,« oder: »Ooch, Mensch, BIG HUG, Baby«, oder: »Du Ärmste. Das tut mir voll leid, du, aber ist doch alles nicht so schlimm«, usw. usw. Und jetzt hoffe ich, dass auch Sascha ein bisschen Einfühlungsvermögen zeigt und vielleicht sogar meine Befürchtungen zerstreuen kann. Denn immer wieder taucht Phong, der Friseur im vietnamesischen Haarsalon, vor meinem geistigen Auge auf – »Ist schon dünn, das Haar oben, ne?«, eigentlich jedes Mal, wenn ich vor dem Spiegel stehe und Geheimratsecken und Wirbel hinten auf der Schädelplatte inspiziere. Es gibt Sätze, die breiten sich wie Gift im Hirn aus. Aber Sascha fährt seinen eigenen Film: »Willkommen in der Welt von Prinz William! Guck mal, der hat doch auch 'ne Braut abgekriegt. Trotz Haarausfall.« Gemein, wenn die eigenen Freunde so unsensibel sind. Und Sascha geht direkt, ohne jede Muße für mein Problem, zu seinem aktuellen Lieblingsthema über:

»Ich hoffe, der Dieter Bohlen bringt irgendwann den Mut auf, es Gunter Gabriel nachzumachen. DAS wäre mal ein Statement. Ich meine, immerhin traut er sich ja auch zu singen, obwohl er sich anhört wie ein kastrierter Domspatz.«

»Nee, Sascha, der hat doch kein Toupet ...«

»Na, egal, aber die NSA, die CIA, das FBI und wie sie alle heißen überlegen ja schon, ob man Dieter mit Mikro und großen Lautsprechern einsetzen sollte, um die Leute in Guantanamo endlich zum Reden zu bringen.«

Sascha ist ja in seinen Ansichten ziemlich kontrovers, aber er hat die Zeichen der Zeit erkannt und seine ganz spezielle Art, den

Feminismus zu unterstützen. Denn er will jetzt keine Blondinenwitze, sondern nur noch Dieter-Bohlen-Witze erzählen, was, wie er sagt, keine große Anstrengung bedeutet – »Weil: der Dieter ist ja auch blond. Übrigens, was haben die ganzen Exfrauen von Bohlen gemeinsam?«, fragt er mich.

»Keine Ahnung!«

»Die haben alle tiefere Stimmen als er.«

Soweit mein Telefonat mit Sascha und sein Talent für Anteilnahme.

AU REVOIR, ENGELSHAAR!

Ganz anders sieht das schon bei Stefan aus, ein guter Freund und hochreflcktierter Neurowissenschaftler, den ich viel zu selten sehe, weil die Fliehkräfte unserer Lebensläufe das nicht zulassen. Stefan ist auch ein gebranntes Kind. Er hat sich seinem Haarausfall gestellt, als es mit 30 über Nacht losging. »Meine ganze Identität hing an diesen Haaren, ich war daran gewöhnt, dauernd darauf angesprochen zu werden.« Stefan hatte bis dahin richtiges Engelshaar – lange, blonde Locken mit herrlichem Volumen, dazu ein superfreundliches Gesicht. Ich kann mich noch gut an meinen Neid erinnern, als ich ihn an der Uni kennengelernt habe. Vielleicht war es kein Haarneid, eher der Neid darauf, dass die Frauen so darauf abfuhren.

»Es verging kein Tag ohne solche Begegnungen rund um die Haare. Im Supermarkt die älteren Damen, die einfach mal anfassen wollten und so weiter.« Na gut, da muss man nicht neidisch darauf sein. »Ich wurde als Kind ständig für ein Mädchen gehalten. Auch im Fußballverein mit 14 noch. Meine erste richtige Freundin hatte ich mit 18, wir saßen im Café, kommen zwei Typen und wollen uns abschleppen, weil sie dachten, wir wären zwei Frauen.« Auch da sage ich: Muss ich nicht haben.

Im zweimonatigen Urlaub auf Borneo erlebt Stefan dann als junger Erwachsener seinen ›ganz persönlichen‹ Triumphzug, weil die Bewohner ihn für Michael Bolton halten – ein damals ziemlich berühmter Popstar mit einer ähnlichen Physiognomie, inklusive blonden Locken. Wer darf das schon mal erleben – viele ergebene Fans und jubelnde Menschenmassen, die ständig hinter einem herrennen? Zunächst kann es sich Stefan gar nicht erklären, weil er Bolton nicht mal kennt: »Warum sagen die immer Michael zu mir?«

Stefan kombiniert damals seine exorbitante Haarpracht mit einem total individualistischen Klamottenstyle, lila-schwarz getigerte Stretchhosen, Wifebeater und Jackett über dem muskulösen Oberkörper, Ketten, Accessoires in einer Fülle, dass Keith Richards einpacken kann. Die Model-Agenturen in Berlin, Hamburg und München würden heute um ihn pitchen, er hätte wahrscheinlich einen angesagten Styleblog, Lenny Kravitz würde sich die Haare grün färben, um einen Gastbeitrag darauf schreiben zu dürfen, und Stefan hätte, keine Ahnung, 100.000 Follower bei Twitter – pro Locke! Und wenn er dann seine Haare verliert – gar nicht so unwahrscheinlich, dass »Das Erste« einen *»Brennpunkt«* sendet. Ich denke, es ist schon ziemlich klar geworden, was für ein Knüllertyp der Stefan damals war.

Und dann dieser Schock. Büschelweise gingen die Locken flöten. Da stand Stefan als junger Wissenschaftler vor der Wahl: Entweder mimst du den verrückten Professor à la Albert Einstein und riskierst, als sexuelles Wesen nicht mehr ernst genommen zu werden. An schlechten Tagen siehst du aus wie »Krusty the Clown«, und die Kinder auf der Straße laufen vor dir weg (wenn die überhaupt noch auf der Straße spielen und nicht den ganzen Tag an der Spielkonsole kleben). Oder du machst Tabula rasa und schaust dann aus wie ein typischer Wissenschaftler. Dafür müssen die Haare gar nicht so spektakulär ausfallen wie bei Stefan. Irgendwann kommen viele Männer in eine Reifephase und trimmen, vielleicht auch aus Gestaltungsmüdigkeit, die Haare konform – auf vier bis zwölf Millimeter. Allerdings gibt es auch unter Wissenschaftlern einen regelrechten Kult um lange Haare. Klar, kaum jemand wagt, sich mit dem großen Sir Isaac Newton zu vergleichen, der als Begründer der modernen Physik gilt und (bis er auf Perücke umschwenkte) mit langem, wallendem Haar gesegnet war; gleichwohl es diese Newton'schen Haare waren, die Jahrhunderte später seinem Image als großer moderner Vordenker eine ziemliche Delle verpassten. Die Untersuchung einer Strähne ergab nämlich, dass sich Isaac bei alchemistischen Experimenten mit Quecksilber und Blei vergiftet hatte, was auch seine zwischenzeitliche Phase nahe des Wahnsinns mit paranoiden Zuständen und schweren Depressionen erklärt. Seine lange geheim gehaltenen Notizbücher zeugen ebenfalls von passionierten alchemistischen Experimenten. Trotzdem oder vielleicht gerade deshalb kann man Isaac als Ur-Nerd und Vorbild vieler langhaariger Forscher begreifen, Computerfreaks inklusive. Es gibt sogar einen *»Luxuriant Flowing Hair Club for Scientists«*, der sich »LFHCfS« abkürzt – fast so eingängig wie GZSZ, GNTM oder DSDS. Wer weiß, was man bei denen so im Haar findet ...

»Ich muss immer laut protestieren, wenn Leute behaupten, ich hätte eine Glatze«, sagt mein Kumpel »Walt«, bei dem schon mit Mitte zwanzig eine fatale Wanderbewegung der Haare einsetzte. Einmal habe ich ihn nach einem Dreivierteljahr oder so wiedergesehen und wunderte mich schon, dass Walt mich zur Begrüßung ganz fest umarmte, richtig herzlich, als wolle er sich an mir festhalten, als könne er damit alle Fehlentscheidungen seines Lebens rückgängig machen. Sonst gab's immer nur den kernig-sportlichen Daumenhandschlag, manchmal musste es sogar der ›Knuckle-Gruß‹ sein, Faust an Faust.

»Was ist los, Walt?«, sage ich noch, schau ihn an und denke, der Walter hat sich echt verändert. Noch weniger Haare auf dem Kopf, und auf den Grundgliedern der Hände hat er sich tätowieren lassen – zumindest meine ich »Love« auf der rechten und »Beer« auf der linken Hand lesen zu können. Dann erkenne ich aber, dass es einfach sehr starke Fingerbehaarung ist. Himmel, Walter! Was stellt dein Körper nur für Sachen an? Warum verkrümelt sich das Haar oben und wächst dafür an Stellen, wo es kein Mensch braucht: Ohren, Nase, Hals, Wangen, Backen, Rücken – bis hin zu den Fingern? Eines dieser halbfertigen, unentschlossenen Projekte der Natur? Nach dem Motto: Da komme ich noch mal drauf zurück.

Ich erinnere mich an eine wissenschaftliche Lektüre, nach der es einen Zusammenhang zwischen früher Glatzenbildung, starker Körperbehaarung und hohem Testosteronspiegel gibt. Glatzköpfe müssten demnach eigentlich besonders potent wirken. Hat »Pimmel mit Ohren«, das Schmähwort für Glatzköpfe, hier seinen Ursprung? Das müssen die Experten beantworten. Wir bleiben bei der Oberfläche.

»Können die Leute denn den Unterschied nicht erkennen? Meine Frisur ist doch Lichtjahre von einer Glatze entfernt«, beschwert sich der verzweifelte Walt und streicht immer wieder über seine vielleicht zwei Millimeter kurzen Haare, die zumindest im Nacken und an den Seiten den Schatten eines pflegeleichten Büroflors bilden, oberhalb der Stirn allerdings nur noch in der Mitte sichtbar sind und entfernt an den Abdruck eines schmalen Bügeleisens erinnern.

»In der ersten Zeit musste ich mir vorm Spiegel ständig über den Kopf streichen und habe mich gefragt, ob das bei mir auch so cool aussehen kann wie bei Woody Harrelson.«

»Wir sollen uns doch nicht immer mit den Stars vergleichen! Das ist ungesund! Walt ist eben Walt und nicht Woody«, schwätze ich leichtfertig wie ein altkluges Lehrerkind daher und erinnere mich an eine Begebenheit, die viele Jahre zurückliegt: Ich streife mit meiner Clique durch die Straßen, da kommt uns eine Frau zwischen 40 und 50 mit langen geflochtenen Zöpfen entgegen. Und ich denke in meinem jugendlichen Leichtsinn: in dem Alter noch Zöpfe, darf die das? Da fängt einer aus der Clique plötzlich an, auf offener Straße zu singen – »Holadiooo ...« und »Heidi, Heidi, deine Welt sind die Berge ...« Aber die Frau lächelt nur milde; das passiert ihr sicher zwei-, dreimal die Woche. Vielleicht fühlt sie sich ›in ihrem Alter‹ durch die Alpenhymne auch ein bisschen geschmeichelt. Oder sie hat eine Vision: In spätestens fünfzehn Jahren muss dieses gehässige Jüngelchen, das sich über ihre herrlich kräftigen Zöpfe mokiert, um jedes einzelne seiner Haare kämpfen. Vergebens, wie man heute weiß, denn der Sänger von damals ist niemand anderes als Walter.

»Vielleicht solltest du mal 'ne Vollglatze probieren, würde ich gern mal sehen«, berate ich ihn.

»Aber dann muss ich alle zwei oder drei Tage rasieren. Ich habe auch ein bisschen Angst, dass mich keiner mehr nach dem Weg fragt. Angeblich finden Frauen vollhaarige Männer attraktiver als Männer mit Glatze.«

»Glatze hätte aber den Vorteil, dass sich Kinder beim Eisdealer nicht mehr einfach an dir vorbeidrängeln.«

Sportler wie Michael Jordan haben die Glatze populär gemacht, und für mich drängt sich die Vermutung auf, dass dieser Look deshalb bei Sportlern so beliebt ist, weil sich der männliche Körper damit den Fantasien von einer zweckoptimierten Waffe angleicht, die Aerodynamik, Konzentration und souveräne Macht verkörpert. Klar, der kahle Kopf bedeutet einen gewissen Verzicht auf Individualität, und es kommt extrem darauf an, was man dazu trägt: Sonnenbrille, Bomberjacke, Anzug oder Schlabberpulli mit Argyle-Muster – da ist von Gewaltorgie über Satire bis Tragikomödie alles drin. Die freiwillige Glatze ist heute oft das Resultat eines auf Reduktion bedachten Stilisierungswillens. Das puristische Kopfdesign formuliert gewissermaßen die Behauptung, dass man ein sportliches oder auch intellektuelles Großkaliber sei – pure Kraft, reiner, schnörkelloser Inhalt. Dieser

Versuch einer radikalen Neudeutung des haarlosen Kopfes ist für viele Männer der Ausweg und die Flucht nach vorn, wenn ›das Knie durchkommt‹, schließlich gaben laut einer Umfrage des Forschungsinstitutes Gallup 43 Prozent der Männer an, dass Haarausfall sie depressiv stimme. Nicht unwahrscheinlich, dass die Umdeutung gelingt und Glatze mehr und mehr als cool und stylish gilt. Ist Glatze also eine Frisur? Ganz sicher ja. Und was sagt Friseur Hans-Jürgen Dzwikowski, dessen Glatze, in der Jugend durch falsche Medikation entstanden, längst sein Markenzeichen geworden ist?

»Der Herrgott nahm mir meine Haare, damit ich mehr Zeit für die der Frauen habe.«

BEAUTYTALK MIT MEINER BANKERIN

»Darf ich dir einen Tipp geben?«, fragt meine ehemalige Mitbewohnerin (und heutige Finanzberaterin) Renate, als ich ihr meine Haarsorgen anvertraue. »Mach bloß nicht den Fehler und lauf immer mit 'ner Wollmütze rum. Das machen die Typen neuerdings sogar im Sommer, im Büro, überall. Ich habe das Gefühl, manche von denen kriegen vor lauter *Coolness* gar nicht mit, dass sie aussehen wie eine Babuschka in Omsk oder Tomsk.«

Gerade von Renate hätte ich mehr Toleranz erwartet, weil sie nach ihrer Schwangerschaft jede Menge Haare verloren hat, seither auf Haarverdichtung schwört und unerschütterlich auf Langhaarfrisuren besteht.

»Und deine Brille, dieses komische Nasenfahrrad aus Horn, kannst du dann mit Glatze aber nicht mehr tragen. Eine Extravaganz reicht.«

»Die nehme ich doch eh nur zum Lesen.«

»Vergiss es! Mit der Brille hast du den Joker, wenn du mal bei einem Unsexynesswettbewerb mitmachen solltest.«

»Und das sagst du mir erst jetzt?«

»Na ja, über Beautydingsbumse haben wir uns bisher doch nie unterhalten.«

Und dann beginnt Renate mit einer regelrechten Beschwerdeorgie: Wie traurig es sie macht, dass eine Freundin nach der anderen in ihrem Alter mit dem Kapitel »Lange Haare« abschließt, ihr gesteht, dass sie sich einfach nicht mehr sexy genug fühlt, keine Lust mehr auf den Pflegeaufwand hat oder mit 40+ nicht mehr auffallen will.

»Neulich war ich fast selbst so weit. Ich war bei meiner Friseurin und meinte, ich bin es leid mit den langen Haaren, mach doch mal kurz. Da hat sie sich geweigert.«

»Warum?«

»Weil ich vor Jahren gesagt habe, wenn ich mal schwach werde, soll sie mir den Marsch blasen. Na ja, sie hat gesagt: ›Renate, du hast so schönes, gesundes Haar. Warum willst du das abschneiden?‹ Und schon war mein Vorhaben ad acta gelegt. Aber trotzdem fühle ich mich wirklich alleingelassen. Vor kurzem erst habe ich mit einer Freundin noch darüber Witze gemacht, wie es früher nichts Wichtigeres gab, als das nächste Festival zu besuchen, und ob X oder Y auch hinfährt; sicherzugehen, dass wir neben diversen Aufputschmitteln auf jeden Fall auch Trockenshampoo dabeihaben, damit wir uns nicht nur drei Tage auf den Beinen halten können, sondern auch gut dabei aussehen, trotz Staub, Schweiß und Spaß. Und während wir die Erinnerung aufwärmen und uns gegenseitig anschauen, denke ich, das ist uns eigentlich immer noch zuzutrauen. Aber dann macht es einmal ›Schnipp‹ (Renate kann so laut schnippen, dass mir ihre Lehrer noch im Nachhinein leidtun), und die Freundin kommt mit kurzen Haaren um die Ecke und sagt: ›Pfiffig, oder?‹ Und ich verkneife mir zu sagen: ›Bist du nicht mehr ganz bei Trost, jetzt auf alte Frau zu machen? Wir waren doch gestern erst auf dem Festival, weißt du nicht mehr?‹«

»Aber kurze Haare bei Frauen haben doch nichts mit Altsein zu tun«, werfe ich, typisch männliche Ahnungslosigkeit simulierend, ein.

»Nee, ich habe auch nichts dagegen. Aber wenn sich Freundinnen von mir lange Haare nicht mehr zutrauen oder das Gefühl haben, jetzt in eine Phase gereifter Unauffälligkeit eintauchen zu müssen, dann schon. Dann macht's noch einmal ›Schnipp‹, und die lassen sich eine Pudelfrisur verpassen. Muss ich nicht haben ... Übrigens, mit grauen Haaren wirst du mich frühestens mit 80 sehen. *Promise!* Mit so Sprüchen wie ›Grau kleidet jede Frau. Grau ziert jede Frau‹ muss mir keiner kommen. Alles Theorie. Ich weiß, dass graue Haare in Indien hoch angesehen sind und sogar bewundert werden, aber das nützt mir hier doch nichts. Ich bin umzingelt von so ausgemergelten Toptussis, die sich wie ausgehungerte Krähen auf meine Schwächen stürzen würden. Da kann ich mir graue Haare gar nicht leisten. Das können die meinetwegen tausendmal in der *Brigitte*, *Vogue* und *Cosmopolitan* schreiben.«

»Ja, aber schau dir doch mal die Christine Lagarde an, die Direktorin vom IWF. Die ist doch auch in deiner Branche unterwegs und sieht mit grauer Kurzhaarfrisur spitze aus.«

»He, da drückst du jetzt echt auf einen meiner *pain points*. Lagarde geht auf die 60 zu und hat wahrscheinlich immer noch doppelt so viele Haare wie ich. Dazu jeden Tag Chanelklamotten, Hammerschals und als Passepartout ein paar alte, übergewichtige Bürokraten. Klar, da macht sie auch mit grauen Haaren was her. Aber nicht, wenn es aussieht wie eine alte Spülbürste.«

Renate will das Thema offenbar nicht weiter besprechen, zumindest nicht mit mir. Sie schweigt. Und ich hänge noch einem Gedanken zu Powerfrau Christine nach, dass sie so professionell ist und dass sie ihre Einschätzung der Zukunft der Weltwirtschaft sogar spontan mit Zitaten von Philosophen garnieren kann, zum Beispiel mit Rousseau, der meinte: »Das Leben ist hart.« Und Voltaire antwortete: »Verglichen mit was?«, doch ich komme nicht mehr dazu, Renate damit zu behelligen. Sie fragt: »Und dir ... geht's gut? ... Schön!« Schon vergessen, dass meine Haarsorgen Ausgangspunkt unseres Gesprächs waren? Aber ich kann es ihr nicht verübeln. Wir alle sind so gut geölte Egomaschinen, da ist es verdammt schwer, mal nicht über sich zu sprechen oder immer wieder auf sich zu sprechen zu kommen. Ich bilde mir nicht ein, eine Ausnahme zu sein.

Übrigens schließt sich auch Stefan Renates Meinung zu Männern mit Ganzjahreswollmützen an: »Die können sich gleich ein Schild umhängen: ›Bitte findet mich süß‹.«

»Aber ich dachte, das soll cool sein. Stellt sich halt die Frage, ob es das lässige Cool oder doch nur das dumme Cool ist.«

Das Stichwort *»Coolness«* regt ihn sogar zu einem Exkurs an, wie er nur von ihm kommen kann.

»Cool kann nur sein, was nicht danach aussieht, dass derjenige Mühe darauf verwendet hat, cool auszusehen. Weil Mühe darauf verwenden, für andere cool auszusehen, nicht cool sein kann. Cool bedeutet, mir ist egal, was die anderen denken. Und wenn jemand so viel Mühe darauf verwendet, von mir cool gefunden zu werden, ist es eher armselig. Einerseits darf man die Mühe nicht sehen, die hinter dem Aussehen steckt, es soll so aussehen, als hätte man einfach das Erstbeste angezogen und dem Friseur gesagt, mach mal schnell irgendetwas. Das schließt natürlich alles Gewagte, Flohmarktsachen, schräge Kombinationen etc. aus.«

»Ja, aber wenn jemand noch mehr Anstrengung darauf verwendet, als ohnehin schon nötig ist, damit alles wie schnell übergeworfen und durchgefuddelt aussieht, um echt cool oder cool cool und nicht angestrengt cool rüberzukommen – das ist dann ja noch uncooler.«

Stefan schweigt eine Weile, scheint alles noch mal zu durchdenken, dann sagt er:

»Keine Frage, unsere Welt wäre sehr viel langweiliger, wenn sich alle an meine Regeln hielten.«

Seine Haare zumindest haben sich nicht daran gehalten.

»Der Übergang zu den kurzen Haaren war eine Erlösung, weil ich so lange gezögert habe, sie abzuschneiden – lange Haare bei fortschreitendem Haarausfall. Eine insgesamt gute Strategie, so lange zu warten, bis alles andere als der aktuelle Zustand eine Erleichterung sein muss. Als ich mich endlich durchgerungen hatte, habe ich abends bei einem etwas buddhistisch angehauchten Friseur probegesessen, mal ausprobiert, wie es sich so sitzt.«

»Echt? Wie bei einer Probefahrt?«

»Als sie dann ab waren, fühlte ich mich so nackt ohne Haare vorm Gesicht, dahinter konnte ich mich ja immer gut verstecken.«

Deshalb hatte Stefans Entscheidung Konsequenzen fürs ganze Erscheinungsbild.

»Ich habe mir gleich fünf schlichte Hosen und graue Rollkragenpullover gekauft, weil ich es angemessener für einen Mann mit Haarausfall fand. Die Haare hatten den Akzent trotz der sehr bunten Klamotten immer auf den Kopf gesetzt. Ohne Haare, dachte ich, kann man so etwas nicht tragen, weil es dann zu viel Gewicht bekommt.«

»Was denkst du heute, wenn du Männer mit langen Haaren siehst? Ist ja auch eine Form von Angeberei. Immerhin bleiben nur 15 Prozent der Männer bis ins hohe Alter verschont von Haarausfall.«

»Wenn es scheiße aussieht, aber der Typ einigermaßen sympathisch rüberkommt, denke ich: ›Tapfer, du ziehst dein Ding durch.‹ Wenn es noch gut aussieht, denke ich: ›Armes Schwein, du bist ein Sklave deiner Haare. Ewig wird das nicht gut aussehen, dann hast du mein Problem.‹«

Stefan schwört auf den budhistischen Friseur, ich gehe eher mit dem Bauhaus. Deshalb besuche ich für meinen nächsten Haarschnitt Bernd Kramer in Berlin, dessen Hairdesign im Zeichen von *form follows function* steht und für klare Geometrie auf dem Kopf sorgt. Lockenwickler haben bei ihm Hausverbot. Ich erhoffe, wie so mancher dünnhaarige Nachrichtensprecher, eine optimale Selbstdarstellung jedes einzelnen Haares, denn Drückeberger kann ich mir nicht mehr leisten.

»Künstler gibt es hier wie Sand am Meer, aber finde mal einen guten Handwerker. Für mich ist das perfekte Handwerk im Hairdesign absolut wesentlich«, sagt Bernd, der früher als Trainer bei Vidal Sassoon in London tätig war und sich heute auf dem Prenzlauer Berg behauptet, wo es so viele Friseure wie Cafés gibt. Ich fühle mich in guten Händen, wenngleich Bernd zu meinen ›Männersorgen‹ keinerlei klare Aussage macht. Dafür arbeitet er über eine Stunde an meinen Haaren – länger saß ich bei keinem. Ich gehe zufrieden und mit dem Gefühl, dass ich mir mein Problem wirklich nur einbilde. Bis in der Woche darauf mein Neffe Ruben mal wieder zu Besuch kommt ...

DU BIST NICHT MEHR POP, ALTER!

Das wird mir langsam echt zu viel. Ständig kommt Ruben, um sein Taschen-, Weihnachts- und Omageld bei mir auf den Putz zu hauen. Die normalen Höflichkeitsformen haben sich längst abgeschliffen. Zur Begrüßung sagt er:

»Hey *Bro*, was ist denn mit dir passiert? Du siehst so fertig aus ...«

Er nennt jetzt jeden ihm halbwegs bekannten männlichen Zeitgenossen *»Bro«*, weil er das in irgendeiner amerikanischen TV-Serie aufgeschnappt hat und glaubt, die ›Coolen‹ sagen das jetzt: »Bro«, also kurz für *»Brother«*, nachdem *»Dude«*, »Dicker« und »Alter« durch sind.

»Was mir passiert ist? Keine Ahnung. Die Jahre ziehen ins Land, und nicht etwa elegant an mir vorbei, sondern knallen mir volles Brett direkt in die Visage, verdammt! So spricht man übrigens nicht mit seinem Onkel. Weißt du das nicht?«

»Ey, *sorry, Bro*. Ich mache mir halt Sorgen. Bist mein Lieblingsonkel, absolut. Willst du eigentlich was mit den Haaren machen?«

Das hat mir noch gefehlt, dass ich jetzt selbst von Minderjährigen unter Druck gesetzt werde. Gerade war die Welt für mich wieder halbwegs in Ordnung, jetzt sehe ich plötzlich wieder überall die Kopfhaut schimmern und bin überzeugt, dass ich den Übergang von haarkosmetischen zu haartherapeutischen Mittelchen einleiten sollte. Früher musste ich meinen Seitenscheitel im Dickicht der Haare regelrecht suchen und mühsam ziehen. Eine Zeitlang bin ich deshalb zu einem Herrenfriseur alter Schule gegangen und habe mir den Scheitel sogar ausrasieren lassen. Und heute? Ist er fast so breit, dass ein beschwipster Pilot mit seiner A380 versucht sein könnte, darauf zu landen.

Völlig übertrieben, werden jetzt ein paar denken. Und das ist ein Punkt, der mich hier noch beschäftigen wird. Wir Menschen übertreiben immer! Auf den Osterinseln reichte es den Leuten damals nicht, ab und an mal einen dieser überdimensionalen Eierköpfe *(Moai)* aufzustellen. Nein, man muss gleich so viele machen, dass man die eigene Lebensgrundlage zerstört und sich so in die Haare kriegt, dass die kleine Gesellschaft auf der Insel in einem Bürgerkrieg versinkt. Bis heute beeindrucken allerdings einige der Moai mit ihren seltsamen Hüten oder Haarknoten, die eigens aus einer anderen Gesteinsart gehauen und mühevoll über die halbe Insel gerollt wurden, um die schweren Blöcke dann auf die Statuen zu hieven. Das gibt den Forschern Rätsel auf. Beispiele für die menschliche Neigung zur Übertreibung gibt es in Hülle und Fülle. Nehmen wir all die phallischen Wettbewerbe, die schon mit dem Turmbau zu Babel ein prominentes frühes Highlight boten und mit den Prestigeduellen der Supermächte im Kalten Krieg (Wettrennen im Weltall, Wettlauf um das größte Bombenarsenal etc.) einen Höhepunkt erreichten. Heute zwingt der Wettbewerb aufstrebender Wirtschaftsnationen um den höchsten Wolkenkratzer der Welt ganze Generationen von Stadtbewohnern, ihr Leben im Schatten von Riesenpimmeln aus Glas und Stahl zu verbringen (den längsten haben derzeit die Araber mit dem »Burj Khalifa« in Dubai).

Eine andere Form phallischen Wettbewerbs war wohl die Perückenmode unter dem bereits erwähnten Sonnenkönig Ludwig XIV., der für diese absurd in die Höhe wachsenden Haarteile auch persönlich verantwortlich war. Das ging so weit, dass Perücken als echte Kostbarkeiten galten – mein Haus, meine Kutsche, meine Perücke! Sogar in Testamenten wurden Perücken als Erbmasse erwähnt. Weniger begüterte Leute, die sich keine Perücke leisten konnten, stylten ihre Haare so, dass sie Perücken ähnelten!

Auf dem Höhepunkt des Perückenhypes im 18. Jahrhundert kam es natürlich zu ästhetischen Exzessen – ein weiteres Beispiel für die uns in die Wiege gelegte Neigung zur Übertreibung. Nach der Lektüre einschlägiger Geschichtsbücher bin ich mir übrigens nicht mehr sicher, ob man die Menschen damals überhaupt zu unseren Vorfahren zählen kann. Heute ist Reinlichkeit gewissermaßen zur Religion avanciert. Damals wurden die kostbaren Perücken nur wenige Male im Jahr gewaschen. Ja, richtig – im Jahr! Der Geruch der ranzigen Pomaden aus Ochsenmark muss infernalisch gewesen sein. Keine Ahnung, wie man sich unter solchen Umständen attraktiv finden konnte, aber vielleicht war für die damaligen Zeitgenossen gerade das extrem antörnend? »Kesse Stinkhaube« sucht »heiße Müffelmütze« zum ›gemeinsamen Abstinken‹. Hinzu kam der unvermeidliche Ungezieferbefall. Verzweifelt versuchte man sich mit Flohfallen zu helfen. Nachts wurden mit Blut und Honig getränkte Lappen in die Perücke gesteckt, um die Parasiten anzulocken. Abnehmbare Perücken hängte man über Nacht gerne in die Voliere, damit die Vögel die Flöhe herrauspickten. Sogar Nagetiere sollen sich mit Vorliebe in hohlen, turmhohen Haaraufbauten eingenistet haben. Kein Wunder, dass Perücken nicht nur Fürsprecher hatten. Manch kritischer Zeitgenosse ätzte über »Köpfe wie Riesenpudel, die das Tageslicht verfinstern«, oder verglich Zeitgenossen mit Schafen, die aus Brombeerhecken hervorlugen.

Jahrzehnte später hatte sich die Perückenmode in ganz Europa und auf dem amerikanischen Kontinent ausgebreitet, die Leidenschaft für künstliche Haarteile flaute aber allmählich ab. Von Existenzängsten geplagte britische Perückenmacher reichten deshalb eine Petition beim König von England ein, um eine Perückenpflicht für Erwachsene durchzusetzen. Ohne Erfolg. Hat sich das eigentlich schon zu den Anwälten auf der Insel und in Den Haag durchgesprochen? Die tragen bis heute ihre Perücken.

COMEBACK IN GANZ GROSSEM STIL?

Für viele verbindet sich mit dem Thema Perücke jenseits von Party und Fasching erst mal eine gruselige Vorstellung. Mein persönlicher Horror ist noch immer die Perücke von Mrs. Bates (bzw. das, was von ihr übrig ist) in *Psycho* – vielen Dank dafür, Mr. Hitchcock! Vielleicht denkt man an die vielen Witze und Slapsticks, in denen ein Mann sein Toupet verliert und eine symbolische Entmannung erleidet. Die Leute kommen eher mit der Vorstellung zurecht, dass Silikon, Plastik oder Metall in ihren Körper eingebaut wird, als dass sie von heute auf morgen auf ein künstliches Haarteil angewiesen sind. In den 1960er-Jahren allerdings flackerte wieder eine gewisse Leidenschaft für Perücken auf. Alles musste damals neu, modern und praktisch sein. Die Kunststoffeuphorie wurde noch ungehemmt ausgelebt, ebenso die Lust an präzisen, artifiziellen Haarkreationen. Wer es sich leisten konnte, hatte für jeden Anlass die passende Perücke im Schrank. Der biedere Bürolook verwandelte sich binnen weniger Minuten in eine elegante Abendfrisur. Aber Muttis Perücken sind längst bei Ebay als »Dachbodenfunde« gelandet.

Doch auch, wenn heute jeder halbwegs sorgfältig abschreibende Lifestyle-Kommentator Natürlichkeit und Authentizität in der Friseurkunst beschwört, sprechen viele Zeichen dafür, dass uns eine neue Ära ins Haus steht, die wie jene des Sonnenkönigs im Zeichen des Zweithaares steht. Charlie Le Mindu zum Beispiel – er ist für die meisten Haarkreationen von Lady Gaga ›verantwortlich‹ (ein albernes Wort in diesem Zusammenhang, weil »Verantwortung« so einen seriösen Klang hat und irgendwie nicht zum Lifestyle von Gaga und Charlie passt) –, ließ sich vor Kurzem einen Wohnwagen mitten auf die Brust tätowieren, wo sich andere, die sich für mutig halten, ein Marienbild oder einen Erzengel in XXL nadeln lassen. Warum einen Wohnwagen? *Who cares?* Immerhin stimmen die Proportionen. Charlie ist, auch dank Gagas Ruhm, im Moment einer der angesagtesten Friseure und behauptet, dass die Perücke eine große Zukunft hat. An natürlichen Frisuren hingegen lässt Charlie kaum ein gutes Haar. Zusammen mit Lady Gaga, die als Kind noch auf den Namen Stefani hörte, sich aber auch als Lady das Kindsein bewahrt hat, hat Charlie der Kryptomoderne endgültig zum Durchbruch verholfen. Stilelemente sind zum Beispiel textmarkergelbe Mähnen, pinke Bobs oder Coladosen in der Frisur. Für Gagas berühmtes Fleischkleid, mittlerweile ein Museumsstück, zeichnet Charlie aber wohl nicht ... ›verantwortlich‹.

Fest steht, dass die Zweithaarindustrie boomt. In Venezuela müssen Frauen mit langen Haaren jetzt schon Angst haben, ihre Haare in der Öffentlichkeit zu zeigen. Banden – die Einheimischen nennen sie »Piranhas« – überfallen im Umfeld von Shoppingmalls langhaarige Frauen und schneiden ihnen, mit Scheren bewaffnet, die Haare ab, um sie anschließend zu verhökern. Geschickter stellt sich da mal wieder Hollywood an. Für die PR der Verfilmung von John Greens Weltbestseller *Das Schicksal ist ein mieser Verräter* (es geht um zwei schwer krebskranke Teens) ließ sich Hauptdarstellerin Shailene Woodley werbewirksam die Haare abrasieren und spendete sie an eine Organisation, die kranken Kindern kostenlos Perücken zur Verfügung stellt.

Was zudem für eine Perückenrenaissance spricht, ist die steigende Lebenserwartung. Sie führt dazu, dass bald Sechzigjährige einfach noch keinen Bock haben, das Image eines alten Menschen abzugeben. Sie fühlen sich eher wie Mitte 40 und wollen auch so aussehen – schwierig, mit extrem ausgedünntem Haar auf dem Kopf. Diese Entwicklung geht noch weiter, denn wenn man sich anschaut, mit welcher Energie und medizinischer Dauerüberwachung die Kids heute so hochgezogen werden ... Im letzten Monat war ich bei Heike zu Besuch und habe meine achtjährige Nichte Ragna, Rubens Schwester, in Augenschein genommen. Sie geht, für mich nicht nachvollziehbar, zur Ergotherapie, die Pläne für eine jahrelange Zahnkorrektur stehen auch schon (nicht, weil man sich sorgt, dass Ragna wegen schiefer Zähne keinen Mann oder Job findet, sondern weil das in den ganzen Körper strahlt, sagt Heike, Kopfschmerzen, Rückenschmerzen, Magenprobleme etc. pp. Außerdem soll Ragna auch als Seniorin noch kraftvoll in die Cantuccini beißen können, auch wenn Heike, dann wohl bereits kompostiert, nichts mehr davon hat). Ragna hat jetzt schon Schuhgröße 38 (!) und torkelt nicht, wie bei meinem letzten Besuch, ungeschickt wie eine animierte Playmobilfigur durch die Wohnung, sondern stolziert in Erwartung bald voll entwickelter Superkräfte wie ein preisgekröntes Fohlen durch ihre Welt; die scheint ihr jetzt bereits zu klein. Ihre Eltern wirken darin wie geduldete Nebendarsteller, voll und ganz erfüllt von der Aufgabe, ihrem Nachwuchs den roten Teppich Richtung 22. Jahrhundert auszurollen.

»Heike, sag mal, deine Jüngste ist ja riesig, was gebt ihr der denn bloß zu futtern?«

»Sprich das Thema bitte nicht an. Das ist jeden Tag ein Riesenstressthema.«

»Jetzt schon? Du machst aber nicht gerade Werbung dafür, mal Tante zu werden.«

»Du, da haben wir die Hoffnung eh schon aufgegeben.«

Ragna darf angesichts ihres Geburtsjahres und der Lebensumstände in Deutschland wohl damit rechnen, über 90 zu werden. Da kann man beim besten Willen nicht erwarten, dass sie sich mit 70 schon alt fühlt, auf Powermähne, Porzellanhaut und Partynächte verzichtet.

Aber wir waren ja beim Zweithaar. Die Tatsache, dass technisch heute weit mehr geht als noch vor 20, 30 Jahren, spricht ebenfalls für eine glorreiche Zukunft von Toupet und Perücke. Bilder wie einst von Andre Agassi, der über Jahre ein Haarteil, mal überzeugend, mal weniger überzeugend platziert, trug und sich auf dem Tennisplatz häufiger um den Halt des Toupets Sorgen machte als um den Ausgang des Matches, gehören wohl der Vergangenheit an. Wenn man sich die Fotos von damals anguckt, ist erstaunlich, dass sein Geheimnis so lange unentdeckt blieb. Ich meine, es ist total offensichtlich, und dann hat er das Teil auch noch mit einem Stirnband fixiert. Heute wird das Zweithaar entweder dauerhaft mit einem medizinischen Bindemittel auf der Kopfhaut befestigt – das sitzt bombenfest. Oder es kommt ein rutschfestes System zum Einsatz. Das kann man abends abnehmen, wenn man nicht noch etwas vorhat. Ich frage Valerie, meine ehemalige Kollegin, was sie dazu denkt.

»Stell dir vor, du wachst morgens auf und stellst fest, dass dein Partner ein Toupet oder eine Perücke hat. Wie reagierst du? Machst du Schluss?«

»Nein, ist doch lustig. Vielleicht würde ich es mal heimlich färben, je nachdem, wie viel Spaß derjenige versteht.«

Na gut, Valerie ist 23, da liegen solche Probleme noch in weiter Ferne. In der Regel. Aber es gibt eben auch Ausnahmesituationen, z. B. wenn die Diagnose Krebs heißt und durch eine Chemotherapie die Haare ausgehen. Manche Krebspatientinnen wie Birte hassen ihre durch das Chemo-Gift im Körper verursachte Glatze zwar, begnügen sich aber trotzdem mit einem Kopftuch und nehmen die neugierigen Blicke anderer in Kauf.

»Ich mag keine Perücken, damit fühle ich mich total unwohl. Keine Haare zu haben war eben eine Zeit lang erzwungener Ausdruck meiner Probleme.«

Stundenlang und immer wieder starrt sie in den Spiegel, um sich daran zu gewöhnen, aber nein, da passiert nichts, es ist und bleibt scheiße. Heute freut sie sich über jedes gesunde Haar und über die Tatsache, dass sie überhaupt wieder eine Frisur haben kann.

Zum ersten Mal vertiefte ich mich in das Thema, als die kanadische Schauspielerin Lisa Ray 2009 an einem unheilbaren Multiplen Myelom, eine seltene Form von Knochenmark-Krebs, erkrankte – ein Schock für sie, ihre Familie und ihre Fangemeinde, ich darunter. Neben einer Menge Medikamenten, die ihre Modelfigur deutlich veränderten, folgte eine Chemo, anschließend eine Stammzellentransplantation. Sie kam der Wirkung der Chemotherapie allerdings zuvor und ließ sich die langen braunen Haare schon vorher abrasieren. In ihrem Blog, den sie während der Behandlung unter dem Motto *»Never stop fighting«* schrieb, berichtet sie von einem Gratis-Krankenhaus-Workshop, *»Look good, feel better«*, in dem Frauen mit Krebs in einem zweistündigen Crashkurs zum Thema Perücken und Kosmetik informiert wurden. Entgegen der Erwartung war Lisa aber ziemlich angetan von ihrer Glatze, die Perücken schienen ihr zu *flirty*. »Ich werde mein Leben lang Medikamente schlucken müssen, da ist es nicht schlecht, eine Menge Kohle bei John Frieda und Co. zu sparen.« Später bekundet eine Talkmasterin im Interview neidisch, dass Lisa mit ihrem Gesicht ja eh alles und nichts auf dem Kopf tragen könne und es sehe immer noch fantastisch aus.

Die niederländische Moderatorin Sylvie Meis, ehemalige van der Vaart, verlor ihre blonde Mähne ebenfalls wegen einer Chemotherapie und ging damit in die Medienoffensive, statt sich aus der Öffentlichkeit zurückzuziehen. Die Zeitschriften berichteten flächendeckend über die Zahl ihrer Perücken (sechs), wie viel eine gute Echthaarperücke kostet (ab 1.500 Euro), wie die Beziehung zum spezialisierten Friseur in dieser Zeit ist (eng) und was Sylvie bewegte, als die Haare ausfielen (»Mein erster Gedanke war, alles abzusagen. In einer glamourösen Show will man nicht mit Kopftuch sitzen«). Heute ist wieder Routine eingekehrt und die Medien berichten wie gewohnt über Sylvies Beziehungsstress, in welcher Show sie welches Kleid anhatte und wie toll sie – auch als Mutter – im Bikini aussieht.

Obwohl man heute gute Perücken kaum mehr von natürlichem Haupthaar unterscheiden kann und sie schwieriger zu identifizieren sind als Extensions, die sich z. B. bei einem heftigen Windstoß verraten können, weil die im Haar versteckten Verbindungsstellen sichtbar werden, sind die Vorbehalte gegen Perücken immer noch ausgeprägt. Vielleicht liegt das auch an der, sagen wir, nicht ganz sauberen Vorgeschichte vergangener Jahrhunderte. Auch Renate bleibt bei ihren Extensions, selbst wenn sie höllisch viel Arbeit machen – sie sind einfach gesellschaftsfähig.

»Wenn jemand erkennt, dass ich eine Perücke trage, denkt er womöglich, ich habe Krebs! Das wäre ein FESTMAHL für die Krähen ... «

EIN BEHAARTER SELBSTMORDATTENTÄTER

Ich hole mir Rat bei Christa. Sie ist geprüfte Fachkraft für Zweithaar und hat selbst einen beneidenswert vollen Lockenschopf. – »Alles echt«, versichert sie, als ich sie in ihrer Mittagspause treffe und einen möglicherweise zu interessierten Blick auf ihren Kopf werfe. Sie trägt eine weiße Hose, dazu ein türkisfarbenes Top, was ihr eine angenehm therapeutische Anmutung gibt. In dem Hamburger Nobelrestaurant, in dem wir lunchen, wirkt sie wegen der vielen herausgeputzten Hanseaten allerdings exotisch. Neben uns am Tisch sitzt ein sehr kultiviertes älteres Paar; sie mit schulterlangen braunen Haaren, Perlenkette und weißem Blazer mit schwarzen Streifen, dabei sichtlich bemüht, dass beim Essen ihr Lippenstift nicht leidet; er im Jackett mit Goldknöpfen und Hermès-Einstecktuch, perfekt rasiert, auf dem Kopf strömt leicht gewellt sein dichtes, schwarzgraues Haar vom Ansatz der hohen Stirn über den Schädel und endet in einem imposanten Kulturspoiler im Nacken – man könnte ihn für einen Museumsdirektor halten. Dann aber kommt ein Bekannter der beiden in den Laden und ruft quer über die Tische: »Heinz, alter Schanufke«, und bevor das Paar vor Scham erröten kann, ist der Mittsechziger in Designerjeans und -lederjacke schon am Tisch. Mit einer Aufdringlichkeit, die keinerlei Widerstand zulässt, küsst die Papptüte der Dame im Streifenblazer die widerwillig hingestreckte Hand.

»Brigitte, küss die Haaand«, und er küsst sie wirklich. Pfui!

Heinz stopft er anschließend das feine Tuch in die Brusttasche.

»Heinz, dein Futter guckt raus.«

»Bauunternehmer«, sagt Christa. »Ihre Perücke ist aber wirklich gut gemacht.«

Ich bin verblüfft und schaue noch mal genau hin, kann aber beim besten Willen nicht erkennen, dass die Dame Zweithaar trägt.

Christa ist die Freundin einer Freundin meiner Schwester und soll sehr sensibel und vor allem unbestechlich sein, wenn es um das angstbesetzte Thema Haarverlust geht. Wird wenigstens sie mir ohne falsche Höflichkeit sagen, ob ich Hilfe brauche oder mir mein Problem aus Angst vor dem Altern nur einbilde?

»Wer hat eigentlich mehr Angst vor Haarausfall, Männer oder Frauen?«

»Immer noch Frauen. Die identifizieren sich mit ihrem Kopfhaar stärker als Männer. Für die sind gesunde Haare ganz wichtig, um sich wohl zu fühlen. Das überträgt sich auf ihre Ausstrahlung. Deshalb wollen auch die meisten Frauen, die durch eine Krankheit oder Chemo die Haare verlieren, das mit einer Perücke kaschieren. Da geht es in erster Linie nicht um Schönheit oder Eitelkeit, sondern um

Lebensqualität. Die Leute schauen sich Frauen mit Glatze vielleicht gern mal im Science-Fiction-Film an, aber im echten Leben reagieren sie geschockt.«

»Stimmt, bei *Star Trek* hat mal ein indisches Model mitgespielt, das sah ohne Haare besser aus als mit Haaren – Persis Khambatta.«

»Ja, auch in *Alien*, *Babylon 5* und *Minority Report* gibt es Frauen mit Glatze, damit kenne ich mich schon von Berufswegen aus.«

»Aber dass Frauen mit Glatze auch auf der Straße nicht mehr auffallen – das wird wahrscheinlich in 100 Jahren noch nicht der Fall sein, oder was meinst du?«

»Mmh, würde ich jetzt keine Wette darauf abschließen. Aber ich erlebe heute junge, selbstbewusste Frauen, die scheint nichts umhauen zu können, die sind mit ihrem Körper im Lot, auch wenn sie keine Modelmaße haben. Und dann kriegen sie kreisrunden Haarausfall – bei manchen geht das schon in der Pubertät los. Die sind so unglücklich, die haben das Gefühl, ihr Leben sei vorbei. Was willst du denen sagen? Das hat nicht jeder, macht dich zu etwas Besonderem?«

»Das ist doch aber selten, oder?«

»Ja, das sind an die 0,3 Prozent, die an krankhaftem Haarausfall leiden. Ehrlich gesagt: Langes, volles Kopfhaar gilt seit Jahrtausenden *par excellence* als Ausdruck von Erotik und Vitalität, als unübersehbares weibliches Geschlechtsmerkmal und sexuelles Symbol. Gut möglich, dass das auch in 100 Jahren noch so ist. Ärgerlich nur, dass sich bis heute die Ansicht hält, dass eine Frau ohne volles Kopfhaar gar keine richtige Frau ist.«

»Wird ja von der Werbung für Haarpflegeprodukte auch immer wieder neu inszeniert!«, ergänze ich nicht ohne mitfühlende Empörung, allerdings spüre ich dabei einen Anflug intellektueller Billigkeit, weil es so leicht ist, die Werbung für jeden Mist verantwortlich zu machen – weit und breit kein Chef-Clown, der dann beleidigt insistiert, dass die Leute in der Werbung auch nur Menschen sind, die Tiere mögen, für Weltfrieden sind und ihren Kindern eine porentief reine Zukunft ermöglichen wollen. Außerdem verschweige ich Christa, dass ich kürzlich auf einer Party den Mode- und Ästhetik-Experten Christian Janecke getroffen habe, der mal in Darmstadt als Wella-Stiftungsdozent lehrte. Dabei habe ich natürlich das ein oder andere aufgeschnappt. Zum Beispiel seinen Gedanken, dass die in Zeitlupe hin und her wallenden, glänzenden Mähnen in den Werbespots die Frauen quasi zu »Statisten in ornamental orchestrierten Glanz- und Spannkraftorgien« degradierten. Dieses unerreichbare Vorbild kollidiert dann im Alltag mit dem bangen Blick auf die Haarbürste, denn im Gegensatz zu der von mir und meinen Geschlechtsgenossen gefürchteten »androgenetischen Alopezie« (erblich bedingter Haarausfall), habe ich inzwischen bei meinen Internet- und Partyrecherchen gelernt, kommt es bei Frauen im Alter nicht zu einer Glatzenbildung auf dem Oberkopf, sondern zu einer diffusen Lichtung der Kopfhaare.

»Richtig«, bestätigt Christa, offenbar beeindruckt von meinem Fachwissen, und ergänzt: »Die Angst vor dem Vitalitätsverlust ist zur Lebensgrundlage der Beauty-Industrie geworden.«

»Aber wenn wir die Haare als sexuellen Fetisch betrachten, dann sind wir doch gar nicht weit entfernt vom Kult mancher Naturvölker, die dem Haar eine magische Kraft zuschreiben.«

»Stimmt. Um die rächenden Kräfte der Geister abzuwehren, wurden zum Beispiel bei den Maori beim Haareschneiden Zauberformeln aufgesagt«, sagt Christa.

»Ein Freund von mir geht zu so einem esoterischen Friseur, der behauptet, es gebe einen Zusammenhang zwischen Haaren, Mondphasen und Sternzeichen. Bei abnehmendem Mond hat der immer die Bude voll, weil die Kunden alle glauben, dass die Frisur länger hält, wenn sie bei abnehmendem Mond geschnitten wird ... Auch eine Form von Beschwörung, oder?«

»Aha«, sagt Christa und lässt keinen Zweifel daran, dass sie das für Blödsinn hält. Ich lege nach und will sie nun mit einer noch abseitigeren Anekdote beeindrucken.

»Pablo Picasso war überzeugt, dass seine Haare, sogar seine Fingernägel von seinem Genie durchdrungen waren. Er soll allen Ernstes gesagt haben, dass seine Haare, selbst abgeschnitten, Götter seien – genauso wie er.«

»Einmal das Filetsteak mit Pfefferrahmsauce und Gurkensalat, zum Nachtisch eine Lemon-Baiser-Torte und eine große Apfelschorle, bitte«, ordert Christa jetzt bei der Bedienung, offensichtlich total unbeeindruckt von meinem Picasso-Exkurs. Das ist dann wohl die besagte Sensibilität, die Christa bescheinigt wird. Als Dankeschön für ihre Zeit und ihr Wissen lade ich sie zum Essen ein – in ein Restaurant ihrer Wahl. Beim Blick auf die Speisekarte wird mir schnell klar, dass ich mir ein Toupet nach dieser Verabredung in jedem Fall nicht mehr werde leisten können. Ich bestelle die Tagessuppe.

»Die meisten kommen bei Haar und Magie immer mit der alten Geschichte von Samson und Delilah. Samson ist so etwas wie der erste Selbstmordattentäter.«

»Was?«, erschrecke ich. »Ich kenne Samson nur aus der Sesamstraße. Der war immer so nett.« Christa lächelt, Mission erfüllt, denke ich befriedigt. Bei ihr zieht die Deppennummer. Jetzt haben wir wieder die richtige *Convenience* im Gespräch.

»Das steht im Alten Testament. Samson ist ein Riese des Volkes Israel, der seine Leute vor Feinden schützt und dabei nicht zimperlich ist. Dafür hat Gott ihm Superkräfte verliehen. Dann verguckt er sich aber in Delilah, die ihn mit ihrer erotischen Power richtig weichkocht. Dank ihrer Überredungskünste verrät Samson schließlich das Geheimnis seiner übermenschlichen Kraft. Rate mal!«

»Die Haare?«

»Genau. Das ungeschnittene Haar ist Garant seiner göttlichen

Macht. Delilah steckt aber mit Samsons Feinden unter einer Decke und verpasst ihm, der neben ihr auf dem Liebesbett ruht, sozusagen einen nicht autorisierten Haarschnitt. Durch diese List kann Supersamson gefangen genommen, geblendet und versklavt werden.«

»Das wäre einer Frau wohl nicht passiert.«

»Kaum. Aber Frauen wissen halt, wo Männer ihre Schwächen haben. Schönheit ist eben doch eine Waffe! Das dicke Ende kommt aber noch.«

Passend zum Spannungsbogen wird jetzt das blutige Filetsteak angekarrt.

»Alle machen sich über den blinden Samson lustig, auch Delilah. Doch bei einer Feier, zu der die gesamte Elite der Feinde erscheint, nutzt Samson seine durch die nachgewachsenen Haare wiedergekehrte Kraft, um an ein paar Säulen zu rütteln, wodurch der ganze verdammte Tempel einstürzt und nicht nur Samson, sondern auch seine Feinde unter sich begräbt.«

»Das wäre doch eine Rolle für Til Schweiger, oder?«

»Der hat auch schon Werbung für Rasierer gemacht. Da drehen wir uns jetzt im Kreis.«

»Apropos Kreis. Schau dir doch mal meinen Wirbel da hinten an, ist der nicht riesig?«, komme ich jetzt auf das eigentliche Thema zu sprechen, weil Christas Steak schon auf die Größe von Hamburger Speck geschrumpft ist. Unsere Zeit läuft ab.

»Du übertreibst. Für ein Toupet ist es zu früh bei dir. Komm in zehn Jahren noch mal wieder«, sagt Christa kalt und ungerührt. »Bei dir sieht alles okay aus. Nimm halt ein bisschen Volumenshampoo.«

»Und sonst kann ich nichts machen? Nur die Haare drüberkämmen? Ich habe wirklich Angst, dass ich mit so einer ›*Comb-over*‹-Frisur ende, mit einem kümmerlichen Rest Haare, und ich bin der Letzte, der es merkt.«

»Doch, klar kannst du was machen. Vor allem: Mach dich nicht verrückt! 80 bis 120 Haare pro Tag zu verlieren ist normal, aber wenn du dich darauf konzentrierst, dann siehst du plötzlich überall Haare. Dann hast du plötzlich den Eindruck, die Wanne sieht nach jedem Duschen aus, als hätte man einen Collie gebadet.«

»Aber wenn ich zu lange warte, ist es dann nicht schon zu spät?«

»Manche lassen sich gleich zu Beginn auch Haare transplantieren. Das ist natürlich teuer und langfristig oft unbefriedigend. Ich sage nicht: immer, aber oft.«

»Aber warum denn?«

»Es gab ja auch schon früher welche, die haben sich Haare transplantieren lassen. Das sah aber aus, als hätte denen jemand Schnakenbeine auf den Kopf getackert. Da sind die heute technisch etwas weiter, aber wenn es nicht sorgfältig gemacht ist, hast du zu dicke Haarbüschel zu tief in die Haut eingepflanzt, das wirkt extrem unnatürlich. Außerdem wird gern auch die Wuchsrichtung missachtet, die Haare wachsen dann wie Kraut und Rüben. Und wenn der Haarausfall weitergeht, werden Verpflanzungen allmählich zu Stückwerk, das kann ziemlich *spooky* aussehen. Ich hatte mal einen Kunden, der sich Haare aus dem Nackenbereich auf die Stirnglatze verpflanzen ließ, doch nach einiger Zeit wurde der Bereich dahinter kahl, und das verpflanzte Haar blieb als isolierte Insel stehen. Er ließ sich die kahle Stelle durch weitere Verpflanzungen abdecken, aber die Glatze wanderte weiter. Dann ging er dazu über, sich alles glatt rasieren zu lassen, doch das sah bei den zu dicken, zu tief eingesetzten Büscheln des Implantats unmöglich aus. Heute, viele Tausend Euro später, trägt er ein Toupet.«

Klar, jeder hat seine Perspektive auf die Sache. Dass Christa Zweithaar favorisiert, hätte mir natürlich klar sein können.

»Und was ist mit Chemie?«

»Sicher, es gibt natürlich auch diverse Mittel, die Leute vorbeugend nehmen. Manche Frauen schwören auch deshalb auf die Antibabypille, das geht bei dir natürlich nicht. Lass den ganzen Schrott wie

›Laser-Comb‹, Selbsthypnose und Priorin oder Nourkrin sein. Wirklich nachgewiesene Wirkung haben nur zwei Wirkstoffe, und das ist auch nur zufällig entdeckt worden; das eine ist ein Wirkstoff gegen Bluthochdruck, das andere ein Mittel gegen Prostatabeschwerden ...«

»Meinst du Minoxidil und Finasterid?«

»Genau.«

»Habe ich beide schon ausprobiert. Bei Minoxidil habe ich Herzrasen bekommen und von Finasterid, na ja ...«

»... das kann auf die Libido schlagen, ich weiß. Schönheit hat ihren Preis.«

»Also, wenn es um die Libido geht, ist der mir dann doch zu hoch.«

Als ich die Rechnung zahle, schaut Christa auf die Uhr und hat es plötzlich eilig.

»Ich muss los, war nett. Danke.«

»Hast du einen Kunden?«

»Ja, dem muss ich das Toupet neu kleben. Rate mal, was der beruflich macht.«

»Keine Ahnung, Nachrichtensprecher?«

»Nee, Friseur.«

EIN GRANDIOSES ERBE

»Völlig übertrieben!« So reagiert auch meine Exfreundin Wiebke, als ich ihr von meinen altersbedingten Haarproblemen erzähle. Dabei spielt sie unentwegt mit ihrem – trotz Schwangerschaft, einem Rechtsstreit mit dem Arbeitgeber und immerhin auch schon 34 Jahren – unverschämt vollen Haar. Ihre Spezialität: Sie dreht eine Strähne und legt sie sich über die geschürzte Oberlippe, eine kokette Travestie. Auf meine Sorgen geht sie kaum ein.

»Jetzt tu mal nicht so, als hättest du da schon eine Fleischmütze«, sagt sie und zeigt mir dabei praktisch einen Vogel. Klar, dass Wiebke über ihre vielen Sorgen – welche Möbel kaufen wir für unseren Dachgarten? In welche Schule kommt Mathilda Marie? Und ist Wolframs neue Assistentin eine Gefahr? – nicht so supersensibel mit dem Darstellerensemble ihres früheren Lebens sein kann. In ihrer Welt ist es noch so, dass Männer Spuren des Alterns, z.B. Haarausfall, stoisch zu ertragen haben. Sonst sind sie keine Männer. Schütteres Haar, Tonsur, Glatze und Co. sind in ihren Augen *just fair*, weil Frauen fürs Kinderkriegen und Älterwerden von der Natur ja auch nicht gerade belohnt werden.

Noch perfider reagiert meine Mutter, als ich sie mit der Befürchtung konfrontiere, dass ich bald keine Haare mehr haben könnte, und sie frage, ob sie einen Rat weiß.

»Da kommst du ganz nach deinem Vater. Dafür bin ich nicht verantwortlich.« Aber wer ist schon für seine Gene verantwortlich? Da sind wir doch alle die reinsten Wundertüten, prall gefüllt mit Überraschungen, und nur die paar Bonbons ganz oben, die sieht man dann auf unseren Oberflächen. Ein paar davon schmecken vielleicht nicht jedem, aber wäre es sonst nicht auch ein bisschen öde? Aber das ist nur eine nette Theorie. In der Praxis erlebt man diesen albernen Stolz von Eltern, wenn jemand ein besonders schönes Merkmal am Kind entdeckt: »Ah, sie hat DEINE Augen, toll. Bei solchen Augen kann sie später einen Kartoffelsack tragen und sieht immer noch großartig aus.« Warum sagt niemand »Wie geil ist das denn? Diese Schweinchenaugen zusammen mit den abstehenden Ohren, da bin ich echt gespannt, wie sich das noch entwickelt.« Das wäre mal ein ernsthaftes Interesse an einem immer wieder spannenden Experiment, das die Natur im Zusammenspiel mit dem, was so im Leben passiert, veranstaltet, und nicht dieser vulgäre Beautycheck, bei dem man wie auf einem Einkaufszettel Häkchen setzt.

Neulich hörte ich in der Mittagspause einem jungen Paar Mitte 20 neben mir auf der Parkbank zu, und mir fiel beinahe mein pappiges

Sushi-to-go vom Stäbchen, weil die beiden wichtige Beautyfragen verhandeln.

»Ich hasse meine Fingernägel. Die sind so klein. Diese *fuckin'* Fingernägel habe ich von meiner Schlampe von Mutter geerbt!«

»Da kann man doch bestimmt was machen ...«, lautet seine Antwort, die sie als ehrliche Anteilnahme interpretiert und zum Anlass nimmt, das Gespräch mal auf seine Schwachstellen zu lenken. Mit gespielter Zärtlichkeit fasst sie ihm in die kurzen Haare am Hinterkopf – jetzt sehe ich auch ihre wirklich winzigen Fingernägel; ein Marienkäfer würde sich darauf beengt fühlen, von einer Grünen Stinkwanze ganz zu schweigen – und spekuliert, ob er später mal eine Tonsur oder gar eine Glatze haben wird und wie das dann aussähe. Gleichzeitig fummelt sie an seiner Hand rum und zieht sie näher an ihren Schoß. *Good Lord*, denke ich, jetzt wagt sie einen Blick in die Zukunft, vielleicht eine *gemeinsame* Zukunft. Ihm ist diese sprichwörtliche Verbindlichkeitsgeste hier in der Öffentlichkeit etwas unangenehm, weil immer wieder Passanten vorbeieilen und jeder das mitbekommen könnte. Ich schiebe mit größtmöglicher Umständlichkeit einen *»Big Roll«* in den Mund, um den beiden zu signalisieren, dass ich schon mit dem Essen von Sushi so überfordert bin, dass ich, selbst wenn ich es wollte, ihrer Unterhaltung nicht die Spur folgen kann; bloß keinen Anlass geben, das Thema zu wechseln. Ich merke, dass ihm der Schwenk auf seine Haare auch nicht behagt. Aber vor dem Hintergrund einer seines Wissens wohl guten genetischen Mitgift sagt er:

»Mein Vater hat noch volles Haar. Ich denke, das wird bei mir später auch so sein. Aber der Paul, der hatte ja schon mit Anfang 20 fast eine Glatze.«

Netter Versuch, denke ich, das Thema von sich wegzuschieben. Vergeblich.

»Mmh«, sagt sie und versucht das kurze Haar ihres Freundes zu wuscheln, aber da ist nichts zu wuscheln. Die Haare bleiben ungerührt und widerstehen jedem Versuch, es in eine romantische Stimmung zu bringen.

»Stell dir doch mal vor – mein Vater hat auch noch keine Glatze. Stell dir vor, wir hätten einen Sohn ...«

»Äh ... mh. Ja ...« Da steht einer gemeinsamen Zukunft ja nichts mehr im Weg, denke ich und wende mich wieder voll und ganz meiner Nahrungsaufnahme zu. Ich habe genug gehört.

Wo war ich stehen geblieben? Bei den Ratschlägen meiner Mutter. Ich beschwere mich also bei ihr, dass mein Körper quasi schon mal den Blinker zur Ausfahrt setzt, um die »große Reise« dann langsam austrudeln zu lassen, während ich mich gedanklich noch auf der Überholspur wähne. Muss das jetzt schon sein? Ich habe noch genug Sprit im Tank und noch längst nicht den ganzen Nektar aus diesem Lebensabschnitt gesaugt! Und sie verweist billigerweise auf die Natur, als wäre damit das Problem gelöst.

»Mama, das ist mir egal, von wem ich die Haare habe. Ich weiß, dass man früher einfach vor sich hin alterte. Das macht man heute aber nicht mehr.«

»Junge, sei froh, dass du keine Erektionsprobleme hast.« Was soll das? Weiß sie etwa von Veranlagungen, von denen ich noch nicht weiß? Es gehört für Männer zum Schlimmsten, genötigt zu werden, mit der Mutter über das eigene Liebesleben zu sprechen. Jetzt will sie wissen, ob ich außer Haarausfall noch weitere Ausfälle zu beklagen habe, um das dann womöglich in ihrer Lady-Pokerrunde breitzutreten. Deshalb habe ich ihr auch nicht von meiner Darmspiegelung und der urologischen Vorsorgeuntersuchung erzählt, obwohl ich superstolz auf mich war, den männlichen Schweinehund in mir überwunden zu haben, der einem zuflüstert, dass man als Mann erst zum Arzt geht, wenn sich die Sargklappe schon mal mit einem lauten Knarzen öffnet. Aber ich will nicht undankbar sein. Denn ich habe von meiner

Mutter eine Handvoll lebenssatter Weisheiten mit auf den Weg bekommen – nicht so blöde Plattitüden wie »Alles wird gut«, »Du kannst alles schaffen, du musst es nur wirklich wollen«, oder ähnlichen Quatsch. Nee, richtig praktische Leitsätze, die mir in dieser speziellen Situation allerdings auch nicht weiterhelfen:

Erstens: Geh niemals hungrig in den Supermarkt!

Zweitens: Geh niemals einsam in die Tierhandlung!

Drittens: Wenn du bei der Arbeit stirbst, stirb *niemals* auf der Toilette. Schlepp dich noch irgendwie auf den Flur, sonst gilt das nicht als Arbeitsunfall und deine Familie bekommt keine Hinterbliebenenrente. Das hört sich an wie ein Witz, ist es aber nicht. Tatsächlich sterben viele Leute auf der Toilette. »Nicht nur Elvis, auch wenn es bei dem kein Problem mit der Rente gab«, ätzt meine Mutter in einer unnachahmlichen Mischung aus Respekt und Neid. Selbst New Yorks milliardenschwerer Ex-Bürgermeister Michael Bloomberg beherzigt den Rat meiner Mutter und versäumt es auch nicht, der Welt mitzuteilen: »Mach niemals eine Mittagspause und geh nicht auf die Toilette.« Das ist nebenbei erwähnt auch sein ›Geheimrezept‹ für eine erfolgreiche Karriere. Die statistische ›Häufung‹ des Toilettentods hängt angeblich mit dem Platzen eines Aneurysmas bei großer Kraftanstrengung zusammen. Weiter will ich das hier nicht vertiefen.

Also einfach vor sich hin altern oder sich so lange wie möglich jugendlich inszenieren und Gefahr laufen, als Karikatur verlacht zu werden? Da muss es noch einen anderen Weg geben, dem wachsenden ›Schönheitsdruck‹ zu begegnen – als Frau, als Mann. Das Spiel der Schönheit hat sich längst über Partnerwahl und Beruf erhoben und bestimmt in vielen Bereichen unser Dasein. Vor allem nutzen wir unser Aussehen und die Merkmale unserer Oberfläche zur Veranschaulichung unserer Position und unseres Selbstverständnisses in der Gesellschaft. Zu dumm, wenn wir darin keinerlei spielerische Leichtigkeit mehr finden. Ich habe versucht, hinter die Worthülse der gelungenen Selbstinszenierung zu schauen, mir bei Männern und Frauen, vor allem Frauen, Rat geholt und experimentiert. Und mich beim Blick nach links und rechts noch auf dem Friseurstuhl gefragt: Ist da noch ein Funken Leben, Neugier, Bereitschaft für unbekannte Terrains unter der Oberfläche oder nur noch Erstarrung? Dabei ist mir klar geworden, dass die Formbarkeit der Haare einerseits Möglichkeit, aber auch Verpflichtung ist. Haare sind, ob wir wollen oder nicht, ein Kommunikationsmedium und geben Auskunft über Anpassung, Auflehnung, Veränderung, selbst wenn sie nicht da sind. Am Ende bleiben mehr Fragen als Antworten.

Wie wäre es erst mal mit Dankbarkeit und Demut? Der Mensch trägt ungefähr 100.000 Haare auf dem Kopf spazieren, jedes davon wächst im Schnitt um die 0,2 Millimeter am Tag. Das heißt, die Kopfhaut produziert täglich etwa 20 Meter Haare! Jede Kopfhaut? Nicht ganz. Aber wenn jemand wie ich sich der unbehaglichen Aussicht stellt und davon ausgeht, dass ab 40 mit Haarausfall zu rechnen ist und dann mit, sagen wir 70, die Glatze ›perfekt‹ ist, dann hat die Kopfhaut bis dahin ganz grob gerechnet über 400 Kilometer Haare produziert. Die durchschnittliche weibliche Kopfhaut schafft, klar, weit mehr. Ein bisschen Dankbarkeit ist also in jedem Fall angebracht, egal, wie gut oder schlecht es um meine Haare heute steht. Dass sich auch mal ein, zwei, drei Haare verirren – sei es beim Mann auf die Nasenspitze oder bei der Frau auf die Brust – *So what?* Wozu gibt es Pinzetten? Das kann man als ungestüme Form der Lebensbejahung interpretieren, in die sich diese euphorische Kraft des Haares ab und an stürzt. Das Prinzip Übertreibung ist uns also schon in den Leib geschrieben, ein paar Mankos inklusive. Konnte ja keiner ahnen, dass die Menschen es irgendwie schaffen, die eigene Lebenserwartung um das Dreifache hochzuschrauben und sich technisch so zu exponieren, dass sie ständig von sich selbst überfordert und kompromittiert werden. Ein Beispiel, das Anthony, der Top-Friseur aus Barcelona, von einem seiner Kunden berichtet: Der zeigt ihm mit stolzgeschwellter Brust ein Doppel-Selfie auf dem iPhone. Zu sehen sind der Kunde und eine junge Frau, mit der er zum Zeitpunkt des Auslösens offensichtlich gerade nackt im Bett lag. Beim nächsten Friseurbesuch kommt er dann ziemlich geknickt auf den Friseurstuhl und erzählt, dass sich sein iPad zu Hause via iCloud mit dem Handy synchronisiert und seine Frau deshalb besagtes Bild gesehen hat, woraufhin sie nicht nur das iPad zertrümmert, seine Klamotten zerlegt und in sein Auto gestopft hat, damit er einen Abgang macht, sondern auch gleich das Konto geplündert hat. Scheint etwas dran zu sein, dass Friseure die besten Geschichten serviert bekommen. Aber wie unbarmherzig ist diese Technik. Früher deponierten wir unsere Geheimnisse im Giftschrank, heute in aller Öffentlichkeit. Wahrscheinlich wäre selbst Isaac Newton keine Legende geworden, wenn er damals schon Selfies aus dem heimischen Alchimistenlabor gepostet hätte. Heute muss man nicht mal mehr »Klick« machen und das eigene Leben ist ruiniert – das übernimmt die Technik ganz allein und lässt einem einfach keine Zeit mehr, über die eigene Dummheit nachzudenken. Würde mich nicht wundern, wenn nachfolgende Generationen da souveräner mit umgingen und eine postdigitale Mentalität entwickelten, nicht zuletzt, weil nahezu jede digitale Bewegung auf den Geheimdienstservern landet und die durchgeknalltesten Verschwörungstheorien offenbar zum Vademecum der Sicherheitsbeauftragten geworden sind. Die kommenden Generationen lachen dann über diesen infernalischen Mitteilungseifer wie wir über die Frisuren der 1980er-Jahre oder über Herrenhandtaschen.

Was ich sagen will: Wir haben tolle Fähigkeiten, aber leider keinen inneren Kompass bekommen, um das Maß zu erkennen. Die Natur, dieses perfide Monster mit dem schönen Gesicht, ist eine geniale Bastlerin, die mit uns einen richtigen Flitzer auf die Piste geschickt hat – mit breiten Felgen und mächtig Bums unter der Haube und einem Gaspedal, so breit wie ein Wiener Schnitzel. Aber an den Bremsen, na ja, da wird noch getüftelt. Trotzdem kann man ja schon mal losfahren. Und dann ihr genialer Trick: Der Mensch entdeckt den Horizont, das Feuer und dass die Haare auf dem Kopf kein Fell mehr sind. Da hat die Natur auf halber Strecke das Steuer übergeben und gesagt: Leute, ihr seid jetzt Kulturwesen. Das wird so 100.000 bis 200.000 Jahre her gewesen sein. Ab da war es unsere Sache, das mit der Bremse, dem Steuer, dem Treibstoff. Da wird jetzt auch klar, warum Autos so ein Männerding sind. Seither ist der trotzige Verweis auf die Gene eigentlich ein Verrat an den Ambitionen unseres Gehirns. Jetzt sitzen wir in dieser halb fertigen Kiste und rasen in die Zukunft, egal, ob in Politik, Wissenschaft oder Liebe. Ich denke zum Beispiel an diese Rüstungsspirale bei Heiratsanträgen, die mit der Überraschung so weit gehen, dass man gleich einen Herzinfarkt der oder des Geliebten riskiert. Dann wird die Hochzeit so pompös gefeiert, dass man sich die Scheidung Jahre später praktisch gar nicht mehr leisten kann und Privatinsolvenz anmelden muss. Aber, Leute, ich habe nichts dagegen, solange ihr mich zur Hochzeitsfeier einladet und Bar, Buffet und Beschallung mir keinen Grund für Reklamationen geben.

Himmel, die Menschheit verhält sich doch wirklich wie ein Teenager. Der Schönheitswahn ist nur ein weiteres Beispiel für unsere Jugendhitze, unser Übertreibungstalent. Und was machen wir Menschen jetzt aus dieser pubertären Unzufriedenheit mit unserer Oberfläche? Wir verstehen uns zwar als souveräne plastische Inszenierungsoberflächen und werden auch so wahrgenommen, aber unser Begriff von Schönheit ist seltsam eingeengt und ganz traditionellen Vorstellungen verhaftet. Schönheit ist ein Land, das wir gerade erst entdecken. Klar, es ist leichter gesagt als getan, das Beautyding als dynamischen Prozess und Dreiklang aus Bewegung, Moden und Altern zu begreifen, statt konservatorisch, statisch, maskierend.

Was habe ich zu Beginn in Paris behauptet? Unser Leben ist wie ein anstrengendes lebenslanges Seminar, in dem wir lernen müssen, dass altersbedingte Spuren keine Makel sind, sondern nichts anderes als biologische Zeitansagen. Und am Ende sind wir wie kostbare Uhren mit vielen Komplikationen. Sammlerstücke. Im Moment haben wir das Bewusstsein dafür noch nicht entwickelt, aber es könnte nicht schaden, darüber mehr nachzudenken.

Was mir Renate neulich sagte klang ein bisschen nach Utopie: »Ich hoffe, dass man als Frau irgendwann nicht mehr mit der Form des Hinterns beeindrucken muss, sondern ganz einfach als Persönlichkeit dasteht und attraktiv ist, egal, wie groß der Hintern ist. Und die Männer vielleicht sagen, dieser tollen Frau steht genau dieser Hintern richtig gut. Kleiner wäre einfach nicht *alright*. Und sie weiß auch noch, wie sie ihn bewegen muss.«

Schlimm, jetzt höre ich mich an wie ein richtiger Frauenversteher. Dabei ist es schon schwer genug, mich selbst zu verstehen.

Aber was ich mich frage: Wollen Frauen wirklich Männer, die so kompliziert und raffiniert sind wie sie selbst? Typen, die nicht mehr so leicht zu durchschauen und zu kontrollieren sind? Männer, die Blumensträuße nicht nur zum Geburtstag von Mutti und ihrer Freundin kaufen, sondern regelmäßig, auch Konzeptsträuße, sagen wir: einen herrlich intellektuellen Distelstrauß – nicht, weil es in irgendeinem *»Smarter-Living«*-Blog empfohlen wird, sondern weil der Mann mit Blumen kommuniziert? Und wird die Frau etwas anderes denken können als: ›Wie niedlich. An meinem Mann ist ein schwuler Florist verloren gegangen‹? Typen, die am Tresen sitzen und warten, dass Frauen sie anquatschen, sie einen Drink ausgegeben bekommen und für ihr Aussehen ein paar Komplimente ernten?

Ich bin mir sicher, dass Männer und Frauen in Zukunft andere gut verhandelte Wertmaßstäbe für die gemeinsame Lebenspraxis brauchen werden als die Anbetung einer möglichst ästhetischen Oberfläche, damit sie nicht von alten Stereotypen in neue fallen, die dann genauso unbarmherzig und tyrannisch sind wie unsere heutigen. Und ich glaube, wir haben da noch einen weiten Weg vor uns. Es ist zum Haareraufen.

KLEINES WHO'S WHO

Hannah (ca. 45)
strippende, vollschlanke Latina

Danny (ca. 28)
strippender Beau

Sarah (31)
Ex-Kollegin

Cara (28)
Künstlerin in Barcelona

Ricardo (ca. 30)
strippender Punk

Samanta (31)
Beste Freundin von Wiebke

»Stullen-Stefan« (29)
Brötchenlieferant

Mathilda (0)
Wiebkes Kind, noch nicht geboren

Hinnerk (30)
›Partner‹ von Samanta

Sabine (41)
Bekannte

Wolfram (38)
Wiebkes Mann

Ben (37)
vier- oder fünffacher Vater

Doro (35)
Bekannte

Mia (19)
Praktikantin mit Dutt

Peter (45)
Powerseller

Dietmar (57)
Ilonas Mann

Hedi (34)
Kollegin

Kerstin (23)
Studentin

Benedikt (22)
Praktikant

Mascha (16)
Leandras Tochter

Birte (24)
Bekannte

Fabienne (23)
Bekannte

Heiner (60)
Leandras Mann

Dietmar (35)
vollschlanker Kollege

Tina (26)
Bekannte

Melissa (29)
Ex-Kollegin, Ex-Blondine

Issam (54)
Kunde bei Akkan

Valerie (23)
Ex-Kollegin

Ines (35)
Ex-Kollegin

Corinna (48)
Ex-Mitbewohnerin

Elke (40)
Bekannte

Nele (15)
Schülerin

Neele (13)
Schülerin

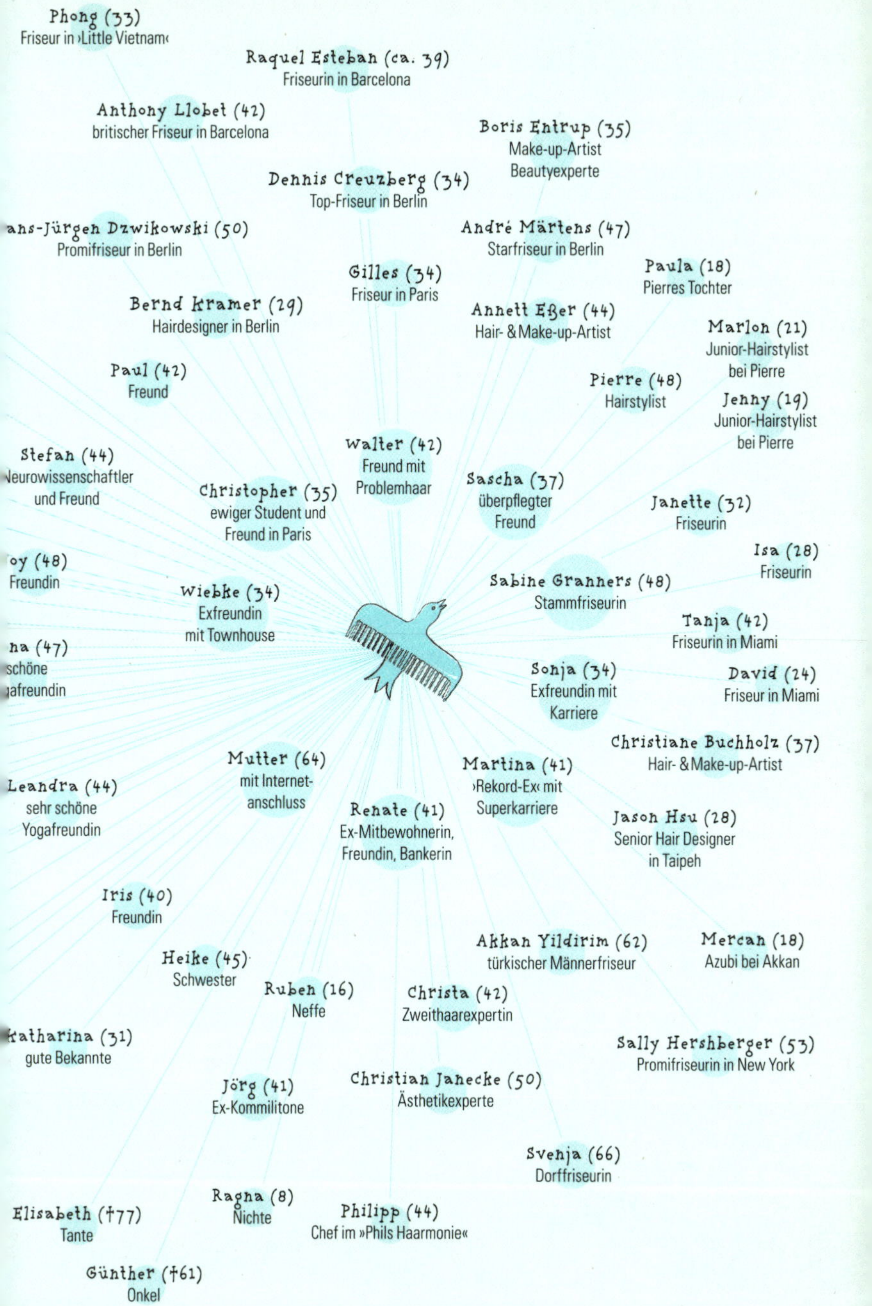

Phong (33)
Friseur in ›Little Vietnam‹
Raquel Esteban (ca. 39)
Friseurin in Barcelona
Anthony Llobet (42)
britischer Friseur in Barcelona
Boris Entrup (35)
Make-up-Artist
Beautyexperte
Dennis Creuzberg (34)
Top-Friseur in Berlin
ans-Jürgen Dzwikowski (50)
Promifriseur in Berlin
André Märtens (47)
Starfriseur in Berlin
Paula (18)
Pierres Tochter
Gilles (34)
Friseur in Paris
Bernd Kramer (29)
Hairdesigner in Berlin
Annett Eßer (44)
Hair- & Make-up-Artist
Marlon (21)
Junior-Hairstylist
bei Pierre
Paul (42)
Freund
Pierre (48)
Hairstylist
Jenny (19)
Junior-Hairstylist
bei Pierre
Walter (42)
Freund mit
Problemhaar
Stefan (44)
Neurowissenschaftler
und Freund
Christopher (35)
ewiger Student und
Freund in Paris
Sascha (37)
überpflegter
Freund
Janette (32)
Friseurin
oy (48)
Freundin
Isa (28)
Friseurin
Wiebke (34)
Exfreundin
mit Townhouse
Sabine Granners (48)
Stammfriseurin
Tanja (42)
Friseurin in Miami
na (47)
schöne
afreundin
Sonja (34)
Exfreundin mit
Karriere
David (24)
Friseur in Miami
Christiane Buchholz (37)
Hair- & Make-up-Artist
Mutter (64)
mit Internet-
anschluss
Martina (41)
›Rekord-Ex‹ mit
Superkarriere
Leandra (44)
sehr schöne
Yogafreundin
Renate (41)
Ex-Mitbewohnerin,
Freundin, Bankerin
Jason Hsu (28)
Senior Hair Designer
in Taipeh
Iris (40)
Freundin
Akkan Yildirim (62)
türkischer Männerfriseur
Mercan (18)
Azubi bei Akkan
Heike (45)
Schwester
Ruben (16)
Neffe
Christa (42)
Zweithaarexpertin
Katharina (31)
gute Bekannte
Sally Hershberger (53)
Promifriseurin in New York
Jörg (41)
Ex-Kommilitone
Christian Janecke (50)
Ästhetikexperte
Svenja (66)
Dorffriseurin
Ragna (8)
Nichte
Philipp (44)
Chef im »Phils Haarmonie«
Elisabeth (†77)
Tante
Günther (†61)
Onkel

Einige Namen in diesem Buch
wurden zum Schutz von
Persönlichkeitsrechten geändert.

September 2015
DuMont Buchverlag, Köln

Illustrationen: Sarah Egbert Eiersholt
Umschlaggestaltung: Lübbeke Naumann Thoben, Köln
Umschlagabbildung: © Iynea – Fotolia.com
Umschlagillustration: © Stephan Rehberg
Satz: Silvia Cardinal
Gesetzt aus der Proforma Book und der Providence
Gedruckt auf säurefreiem und chlorfrei gebleichtem Papier
Druck und Verarbeitung: CPI books GmbH, Leck
Printed in Germany
ISBN 978-3-8321-6329-7

www.dumont-buchverlag.de